1

# 유림

## 1

儒林
王道

1부 1권

왕도

하늘에 이르는 길

조광조 하늘 아래
지극한 도를 구하다

열림원

# 유림1

1판 1쇄 발행 2005년 6월 30일
1판 4쇄 발행 2005년 7월 11일

지은이  최인호
펴낸이  정중모
펴낸곳  도서출판 열림원
주간  김이금
책임편집  김수진 · 최해경
디자인  박소희 · 권영진 · 윤혜민 · 고은이
제작  송정훈
영업  김석현 · 배한일 · 정범용
관리  김명회 · 강정희 · 김은성 · 정소연
등록  1980년 5월 19일(제406-2003-026호)
주소  경기도 파주시 교하읍 문발리
      출판문화정보산업단지 513-15
전화  031-955-0700
팩스  031-955-0661
홈페이지  www.yolimwon.com
이메일  editor@yolimwon.com

• 책값은 뒤표지에 있습니다.

ISBN 89-7063-469-X   04810
ISBN 89-7063-468-1   (세트)

그 효(孝)와 그 충(忠),
그 예(禮), 그 경(敬)으로 가득 찼던
유림의 숲으로 가자.

# 책머리에

　'유림(儒林)'에 대한 구상은 15년 전으로 거슬러 올라간다. 나는 그 무렵 경허를 주인공으로 하는 『길 없는 길』이란 장편소설을 신문에 연재하고 있었다. 인도에서 석가모니에 의해서 출발한 불교가 중국을 거쳐 해동(海東)인 우리나라에서 찬란한 꽃을 피운 사실을 소설로 쓰면서 우리 민족의 혈맥 속에는 불교뿐 아니라 또 하나의 원형질이 깃들어 있음을 깨달았다. 그것이 바로 불교와 거의 동시에 2천5백여 년 전 중국에서 공자로부터 비롯된 유교(儒敎)였던 것이다.

　이처럼 우리 민족의 핏속을 흐르는 또 하나의 원형질인 유교에 대한 소설을 쓰지 않고는 우리의 민족성을 파헤치지 못할 것이라고 생각하고 있었던 나는 10년 전 이미 두 차례나 공자의 고향인 곡부(曲阜)와 공자의 사당이 있는 태산, 공자가 주유열국을 시작하였던 제(齊)의 수도 임치(臨淄)에 올라 사전답사를 하면서 구상을 하고 있었다. 공자의 무덤을 둘러보면서 소설의 제목을 미리 정해두었는데, 그것이 바로 '유림'이었다.

보통 소설을 쓰다보면 제목을 정하기가 가장 어렵고, 소설을 다 쓴 후에도 제목을 못 정해 전전긍긍하는 것이 보통인데, '상도' '유림'과 같이 아직 태어나지도 않은 아이의 이름을 미리 정해두듯 제목이 미리 떠올라 15년 동안 마음속에 화두처럼 품고 있는 경우는 매우 드물다.

그러나 언젠가는 써야지 하고 구상을 하고 있다손 치더라도 막상 소설로 형상화되는 것은 시절인연(時節因緣)이 맞닿아야 한다. 마치 봄이 되어야만 꽃이 피고, 가을이 되어야만 열매 맺듯 소설에도 제 나름대로의 시절인연이 분명히 있는 것이다.

15년 전부터 구상해두고 있던 유림이 오늘날에야 시작되는 것을 보면 해산의 진통을 거쳐야만 아이가 태어나듯 모든 것이 다 때가 있는 모양이다.

불교가 중국을 거쳐 우리나라에서 위대한 사상가인 원효를 탄생시킨 것처럼 유교 역시 우리나라에서 위대한 사상가인 퇴계를 낳았다. 석가모니의 불교가 원효에 의해서 사상적으로 열매 맺었다면 공자의 유교 역시 퇴계에 의해서 사상적으로 열매 맺었던 것이다. 그런 의미에서 우리나라는 원효와 이퇴계라는 불세출의 위대한 사상가를 배출한 유례없는 정신적 선진국인 것이다.

그러나 오늘의 이 현실은 어떠한가.

'동방예의지국'이란 이름의 찬란한 정신적 유산은 무례와 부도덕으로 얼룩지고 건국 이래 이처럼 정치가 혼란스러운 적은 없었다.

전세계에서 보기 드물게 청렴하고, 청빈하고, 나라에 충성하고, 꼿꼿한 자존심으로 무장하였던 '선비' 사상을 낳은 국가의 이념은 부패한 관리들과 국민보다는 사사로운 이익에 눈이 어두운 지도자들에 의해서 혼돈과 무질서로 흔들리고 있는 것이다.

한 사람의 개인에게는 인격이 있듯이 한 국가에도 국격이 있는 것이다. 이러한 인격이 그 사람의 인간성을 이룬다면 이러한 국격을 가진 국민들이 그 나라의 국민성을 이루고 있는 것이다.

그렇다면 우리의 국격은 어떠하고 우리의 국민성은 도대체 어떠한가.

세계적 성리학자 이퇴계의 초상은 천원짜리 화폐 속에서만 존재하고, 이율곡의 초상 역시 오천 원짜리 지폐 속에서만 존재하는데, 과연 오늘을 사는 우리들은 화폐 속에 그려져 있는 그 인물의 정신을 이어받고 있는 것일까.

우리는 천박한 천민자본주의에 젖어 이퇴계의 사상보다는 이퇴계의 얼굴이 그려진 그 화폐만을 더 사랑하고 있는 것이 아닐까.

조광조.

성종 13년(1482년)에 태어나 중종 14년(1519년), 37세의 젊은 나이로 사약을 받고 죽은 정치개혁자. 썩어빠진 정치를 바로잡으려다 실패하였던 이상주의자, 조광조 역시 유교의 사상으로 나라를 구하려 하지 않았던가.

그의 나이 33세 때 중종은 직접 과거를 치르는 시험장에 나아가 다음과 같은 알성문과 시험문제를 낸다.

"공자께서 '만약 내가 등용이 된다면 단 몇 개월이라도 가하지만 적어도 3년이면 정치를 통해 이루고자 하는 목적을 이룰 수 있다'고 하셨다. 성인이 어찌 헛된 말을 하셨으리오. 그러니 그대들은 이를 낱낱이 헤아려 말할 수 있겠는가……."

이에 조광조는 그 유명한 답안을 쓰기 시작한다.

"하늘과 사람은 그 근본됨이 하나입니다. 그러므로 하늘이 사람에 대하여 도리에 맞지 않은 일을 한 적이 없었습니다. 또한 임금과 백성 역시 그 근본됨이 하나입니다. 그러므로 이상적인 임금들은 백성들에게 도리에 맞지 않는 일을 한 적이 없었습니다……."

그러나 과연 그러한가.

우리의 지도자들이 백성들에게 도리에 맞지 않은 일을 한 적이 없는가. 아아, 나는 작가로서 이 혼란한 시대를 향해 내가 할 수 있는 유일한 방법으로 이처럼 나약한 펜을 들어 글을 써 질문을 던지려 함이니. 공자여, 과연 그대가 2천 년의 세월을 뛰어넘어 오늘을 다시 살아간다 하더라도 수년 안에 우리나라의 어지러움을 바로잡을 수 있겠는가. 조광조여, 과연 그대가 5백 년의 세월을 뛰어넘어 다시 우리 곁에 돌아올 수 있다 하더라도 국민의, 국민을 위한, 국민의 경세지략(經世之略)를 펼칠 수 있겠는가.

내가 굳이 박수무당이 되어 공자의 혼을 불러들이고, 이퇴계와 조광조를 초혼하는 것은 바로 이러한 이유 때문이니. 일찍이 독일의 철학자 피히테는 나폴레옹에게 패망한 국민들에게 '독일 국민들에게 고함'이란 글을 썼다. 비탄에 빠져 있는 독일 국민들에게 '불행은 그것을 받아들이고 인식함으로써 극복할 수 있다'고 역설했다.

나도 감히 내 사랑하는 조선민족들에게 불행을 극복하기 위해서

이 글을 바치려 함이니. 오마니, 아부지, 누이야, 우리 이제 오마니 등에 업고, 앵두 따다 실에 꿰어 목에다 걸고, 검둥개 앞세우고 달마중가자. 그 효(孝)와 그 충(忠), 그 예(禮), 그 경(敬)으로 가득 찼던 숲으로 가자, 유림의 숲으로 가자.

2005년 여름 無二堂에서

최인호

차례

제1부

王道

하늘에 이르는 길

제一장

# 천인무간 天人無間

하늘에 이르는 길

# 1

너릿재 터널을 지나자 흐린 하늘에서 희끗희끗한 벌레 같은 것들이 흩날리기 시작하였다.

처음에는 이 깊은 가을에 웬 하루살이 같은 날벌레들인가 하고 눈여겨보았더니 가늘디가는 세설이었다.

광주를 출발할 때부터 잔뜩 하늘이 찌푸려 있어 비라도 뿌릴 것 같다고 생각하고는 있었지만 가랑눈은 뜻밖이었다. 찾아가는 길이 초행길이라 눈이 계속 내리면 난처하다고 생각한 것도 잠시, 가랑눈은 차창에 맺힌 순간 곧 녹아버릴 정도의 분설(粉雪)이었다.

터널을 지나자 가을걷이를 끝낸 들판이 펼쳐졌다. 들판은 텅 비어 있었고, 죽은 허수아비들이 방치된 채 드문드문 서 있었다. 탈곡하여 낟알들을 털어낸 볏단들도 빈 들판에 이리저리 나뒹굴고 있었다.

11월 중순이라 깊은 가을이라기보다는 초겨울의 느낌이 드는 황량한 들판에는 이따금 일부러 불을 태워 검게 그을린 흔적들이 노인의 얼굴에 피어난 검버섯처럼 점점이 박혀 있었다.

평일이어서 그런지 다행스럽게도 국도에는 오가는 차량들이 드물었다. 그래서 비교적 차의 속력을 낼 수 있었다. 미리 광주에서 사전 준비해둔 대로 화순읍 네거리에서 J병원 앞까지는 무사히 도착하였지만 병원 앞 네거리에서 나는 차를 멈췄다. 우회전해야 하는지 좌회전해야 하는지 순간적으로 헷갈려 정확한 기억이 떠오르지 않았기 때문이었다. 길을 안내해준 P형도 내게 이렇게 말을 했었다.

"길이 좀 복잡해서 몇 번을 사람들에게 물어봐야 할 것입니다."

좀 귀찮더라도 모르는 초행길은 현지 주민들에게 물어보는 것이 현명한 일이라는 것을 나는 잘 알고 있었으므로 차에서 내려 눈에 띄는 약방 안으로 들어갔다. 약방 주인은 TV화면을 쳐다보고 있다가 들어서는 나를 맞았다.

"길 좀 묻겠습니다. 적려유허비(謫廬遺墟碑)를 가려면 어느 쪽으로 가야 합니까."

"잘 모르겠는데요."

약방 주인은 얼뚱한 눈빛으로 나를 쳐다보며 대답하였다.

"그러면 능주로 가는 방향은 어느 쪽입니까."

"능주라면 네거리에서 우회전하세요. 29호 국도를 따라가다 보면 능주가 금방 나올 겁니다."

능주로 가는 방향을 알았으므로 더 이상 망설일 필요는 없었다. 다시 차에 올라타서 주인이 가르쳐준 대로 우회전을 하자 과연 능주로 가는 이정표가 나타났다.

적려유허비.

약방 주인에게 물었던 것은 내가 지금 찾아가고 있는 곳인 적려 유허비인 것이다. '적려'라 함은 귀양 또는 유배되어 가는 곳을 말하는 것으로 '적려유허비'는 문자 그대로 능주로 귀양 가서 죽었던 사람을 기념하는 비가 세워져 있는 곳인 것이다.

적려유허비의 원 이름은 '정암(靜菴) 조광조(趙光祖)선생 적려유허비.' 그러므로 내가 지금 찾아가고 있는 곳은 조광조란 역사적 인물이 귀양 와서 비참하게 죽은 바로 그 장소인 것이다.

조광조.

1519년(중종 14년) 11월. 이곳 능주로 유배되어 온 조선 중기의 대표적인 정치가. 이곳으로 유배되어 온 지 불과 한 달 만인 12월 20일 조광조는 바로 이곳에서 사약을 받고 죽는다.

그러므로 거의 5백 년 전의 일을 기억하지 못하는 약방 주인이 자기 손바닥 안의 고장에 있는 유적의 이름을 모르고 있다고 해서 그의 무관심을 탓할 수만은 없을 것이다.


능주로 가는 29번 국도로 접어들자 다시 세설이 흩날리기 시작하였다. 터널을 지날 때보다 조금 더 알이 굵어진 가랑눈이었다. 나는 윈도브러시를 작동시킨 후 히터를 틀었다.

문득 내 머릿속으로 조광조가 불과 1개월간 머물렀던 바로 이곳 능주에서 지은 시 한 수가 떠올랐다. 이곳 능주를 가리키는 옛 이름, '능성(綾城)에서 유배 중에 지은 시'라는 「능성적중시(綾城謫中詩)」의 내용은 다음과 같다.

누가 활 맞은 새와 같다고 가련히 여기는가

내 마음은 말 잃은 마부 같다고 쓴웃음을 짓네

벗이 된 원숭이와 학이 돌아가라 재잘거려도 나는 돌아가지 않으리

독 안에 들어 있어 빠져 나오기 어려운 줄을 어찌 누가 알리오.


이곳에 유배되어 온 자신을 '말 잃은 마부(失馬翁)'와 같아 '독 안에 들어 있어 빠져 나오기 어렵다.(難出覆盆中)'고 자조적으로 표현하고 있는 조광조.

그는 도대체 어떤 이유로 이곳에 유배를 와서 아까운 37세의 젊은 나이에 왕 중종으로부터 역적의 죄명을 쓰고 사약을 받아 비참하게 죽게 되었는가.

화순에서 능주까지는 10분도 채 걸리지 않는 짧은 거리. 능주에서 나는 다시 차를 세우고 지나가는 사람들에게 유허비의 위치를 물어보았다. 경운기에 무엇인가를 잔뜩 싣고 가는 노인 하나가 잘 알고 있다는 듯 손가락을 들어 자세하게 가르쳐주었다.

이제 거의 다 온 모양이었다. 노인이 가르쳐준 대로 주유소를 끼고 좁은 길로 들어서 5백 미터쯤 나아가자 키 낮은 울타리로 둘러싸인 몇 채의 초라한 건물들이 나타나기 시작하였다. 작은 주차장까지 마련되어 있어 그곳에 차를 세우고 길을 건너 건물 앞으로 다가갔다. 정문 옆에는 '적려유허비'를 설명하는 안내문이 철판으로 만들어 세워져 있었는데, 영문과 더불어 한글로 설명문이 새겨져 있

었다.

　정암 조광조 선생 적려유허비
　전라남도 기념물 제41호
　소재지 전라남도 화순군 능주면 남정리
　이 비는 조광조(1482~1519) 선생이 이곳에서 사사당한 것을
기념하기 위해 세운 것이다. 선생은 조선 중기 성리학자로 중종
반정 이후 연산군의 폐정을 개혁하다가 반대파의 모함을 받아
중종 14년(1519년) 이곳 능주면 남정리에 유배되어 1개월 만에
사약을 받고 죽음을 당하였다. 그 후 현종 8년(1667년) 당시 능
주 목사인 민여로(閔如老)가 우암 송시열(宋時烈)의 글을 받아
이 비를 세워 선생의 넋을 위로하고 그 뜻을 되새기게 하였다.

　매우 간단한 설명문이었다. 비록 37세의 짧은 인생을 살고 갔지
만 파란만장한 생애를 보냈던 조광조의 일생을 요약하여 안내판에
축소시킨다는 것은 애당초 무리였던 것일까.
　나는 천천히 활짝 문이 열려져 있는 정문 안으로 들어가 보았다.
이 유허비가 있었던 곳은 능 성현의 북문이 있었던 곳으로 원래는
비신과 이를 보호하는 비각일원뿐이었으나 후대에 이르러 조광조
가 유배되어 있던 초가집을 복원하고 영정을 모신 사당과 강당을
증축하여 이와 같은 건물군을 이루고 있는 것이었다. 정문을 들어
서자 기념관이 보였다. 아마도 이 기념관의 소유자는 조광조의 후
손인 한양 조씨의 문중일 터인데, 그렇다면 누군가가 이 사당을 지

키고 관리하고 있을 법도 하건만 그 어느 곳에서도 사람의 모습은 보이지 않았다.

그 대신 대청마루 입구에 방명록이 펼쳐진 채 바람에 흔들리고 있을 뿐이었다. 나는 방명록에 쓰여진 사람들의 이름을 훑어보았다. 가장 최근에 가까운 중학교에서 단체로 이곳을 찾아와 견학했는지 개인의 이름이 아닌 학교의 이름이 맨 나중에 쓰여져 있었다.

나는 고무줄로 묶어놓은 볼펜을 들어 빈칸에 내 이름을 썼다.

방명록에는 직업과 주소도 명기하도록 빈칸이 따로 마련되어 있었지만 나는 이름만 쓴 후 신발을 벗고 마루 위로 올라가 보았다. 강당의 천장 위에는 '애우당(愛憂堂)'이란 현판이 내어 걸려 있었다.

풀어 말하면 '근심 걱정을 사랑하는 집'이란 뜻인가. 이곳에 머물면서 조광조 스스로가 지은 적중시에 나오는 '활 맞은 새'처럼 나라 근심과 나라 걱정에 몸부림치던 곳이란 의미를 갖고 있는 것일까.

그 의혹이 풀린 곳은 건물 안 벽 천장을 따라서 빙 둘러서 있는 현판들을 본 후였다. 그중에서 내 눈을 강하게 잡아당긴 것은 조광조의 절명시(絶命詩)였다. 절명시라 함은 말 그대로 죽기 직전에 쓴 시로 일종의 유언이라고 말할 수 있는 임종게(臨終偈)인 것이다.

전해오는 기록에 의하면 조광조는 사약을 가지고 군사들이 내려오자 모든 것을 체념한 듯 무릎을 꿇고 주위를 불러 종이와 붓을 가져오라 일렀다고 한다. 그러고 나서 조광조는 붓에 먹을 듬뿍 찍어 종이 위에 절명시를 단숨에 써 내려가기 시작하였다.


임금 사랑하기를 아버지 사랑하듯 하였고

나라 걱정하기를 내 집 걱정하듯 하였노라
하늘이 이 땅을 굽어보시니
내 일편단심 충심을 밝게 밝게 비추리.
愛君如愛父
憂國如憂家
白日臨下土
昭昭照丹衷

'임금 사랑하기를 아버지처럼 하였다'는 문장에서 애(愛)를 빌려오고 '나라 걱정하기를 내 집 걱정하듯 하였다'는 문장에서 우(憂)를 빌려와 '애우당'이란 당호를 지었음일까.

절명시를 읽고 그 뜻을 음미하면서 다시 쪽문을 지나 유허비 쪽으로 걸어가는 내 마음은 몹시 무거웠다.

그것은 사실이다.

오늘날에도 조광조란 역사적 인물에 대한 평가는 극과 극으로 엇갈리고 있다. 조광조를 현실정치를 무시한 어리석은 이상주의자로 평가하는 사람들이 있는가 하면 조광조를 유교의 이념으로 지치(至治)하여 요순(堯舜)의 이상 국가를 실현하려 하였던 개혁정치가로 높이 평가하고 있는 사람들도 있는 것이다. 조광조에 대한 이러한 평가가 어느 쪽이 옳은 것인가는 명명백백하게 판단할 수는 없다 하더라도 그의 절명시처럼 임금 사랑하기를 아버지처럼 하였고, 나라 걱정하기를 자기 집 이상으로 하였다는 것을 부인하는 사람들은 없을 것이다.

그뿐인가.

조광조의 나라를 사랑하는 일편단심은 하늘의 태양이 이 땅을 내리쬐듯 오늘날에도 밝게 밝게 비추고 있다는 사실 역시 부인하는 사람은 없을 것이다.

오늘날 수많은 정치가들이 개혁, 개혁을 부르짖고 있다. 정권이 바뀔 때마다 그 첫 일성이 국가의 개혁이며, 사회의 일신이었다. 그러나 그 개혁은 결국 자신만의 권력을 위한 개혁이며, 자신을 반대하는 세력을 죽이기 위한 공허한 구호에 불과하였다. 개혁이 국민들을 위한 것이 아니라 자신들 집단의 권력 독점을 위한 카르텔에 지나지 않았으며, 사회의 정화는 결국 그들이 가진 권력의 부패와 부정으로 스스로 몰락하고 말았다.

아니 그보다도,

나는 소리를 내어 중얼거려 말하였다.

조광조처럼 개혁을 위해 자신의 목숨을 걸고 내던진 정치가가 있었던가.

나는 본 적이 없다.

신념을 위해 목숨을 던진 단 한 명의 정치가도 본 적이 없다. 아아, 두꺼운 얼굴인 후안(厚顔)에 무치(無恥)이니, 그들을 지도자로 믿고 따르는 민초들만 불쌍하구나. 불쌍하고 가련하구나.

쪽문을 지나자 비각이 나타났다. 정면 1칸, 측면 1칸의 맞배지붕으로 이루어진 작은 비각 안에 3미터에 가까운 비신이 우뚝 서 있었다. 목책을 둘러 사람들이 안으로 들어갈 수는 없도록 만들었지만 비교적 상세히 살펴볼 수 있었다. 비신의 앞면에는 '정암조선생적려유허추모비(靜菴趙先生謫廬遺墟追慕碑)'란 총 12자의 글자가 해서(楷書)체로 반듯하게 새겨져 있었다. 비신의 뒷면 상단에는 '정암조선생추모비'라 전액하고 아래로는 조광조의 유배 내력이 상세하게 기록되어 있었다.

비신을 받치고 있는 귀부는 자연석에 가까운 암석으로 거북의 형태를 갖추고 있었고, 귀두도 형상만 다듬은 비교적 단순한 모습의 석비였다.

석비의 머리에는 정면으로는 두 개의 용이 엉겨 있는 쌍용의 모습이 조각되어 있었고, 배면에는 한 마리의 용이 구름을 타고 오르는 이수(螭首)가 반원형으로 얹혀져 있었다.

물끄러미 비신을 바라보고 있던 내 머릿속으로 문득 정문 옆에 세워진 안내판의 내용이 떠올랐다.

"……그 후 현종 8년(1667년) 당시 능주 목사인 민여로가 우암 송시열의 글을 받아 이 비를 세워 선생의 넋을 위로하고 그 뜻을 되새기게 하였다."

안내문의 내용대로라면 이 적려유허비는 조광조가 이곳에서 사약을 받고 죽은 지 150여 년 후에 이곳 능주의 목사인 민여로에 의해서 세워진 것이다.

민여로(閔如老).

선조 31년(1598년)에 태어나 현종 12년(1671년)에 죽은 조선 중기의 문신. 민여로는 자신이 능주의 목사로 재직하던 70세의 노년 때 마음속으로 흠모하던 조광조의 유허비를 건립하기로 결심하였던 것이다.

민여로의 부탁으로 비문을 지은 사람은 안내문에 나와 있는 대로 우암 송시열(宋時烈).

송시열은 조선 후기 최고의 문신이자 학자로 흔히 노론(老論)의 영수(領袖)로 알려져 있는 대유학자이다. 주자학의 대가로서 이율곡의 학통을 계승하여 기호학파(畿湖學派)의 주류를 이어왔던 빼어난 성리학자였다. 송시열 역시 말년에는 정계에서 은퇴하고 청주 화양동에서 은거하다가 1689년 왕세자가 책봉되자 이를 시기상조라 하여 반대하는 상소를 올린 후 제주로 유배되었는데, 이어 국문을 받기 위해서 서울로 올라오는 도중 정읍에서 사사되어 비참한 최후를 맞게 되는 것이다. 이렇게 자신도 사약을 받고 죽는 비참한 운명을 예감하고 있었음일까. 송시열은 민여로의 부탁을 받자 망설임 없이 조광조의 비문을 짓는다. 비신의 뒷면에 새겨진 조광조의 유배 내력은 이러한 송시열의 강직한 성품을 드러내듯 힘찬 문장으로 이루어져 있는 것이다.

알려진 바에 의하면 송시열의 비문을 가다듬어 전서(篆書)한 사람은 민유중(閔維重). 그 역시 송시열과 더불어 노론의 중신으로 경서에 밝아 사림(士林) 안에 명성이 높았던 대유학자였다.

민유중은 숙종의 비였던 인현황후의 아버지로 자신의 문중인 민여로의 부탁을 받고 송시열의 비문을 가다듬는 데 흔쾌히 동참한 것이다.

당대 최고의 대유학자인 송시열과 민유중의 합작품인 비문을 직접 글씨로 쓴 사람은 송준길(宋浚吉). 그 역시 송시열과 같은 동종(同宗)으로 뛰어난 성리학자였는데, 이율곡의 학통을 이어받은 당대 최고의 명필이기도 했다.

나는 묵묵히 송준길에 의해서 쓰여진 유허비를 바라보면서 생각하였다.

조광조의 유허비는 이처럼 당대 최고의 성리학자들인 송시열과 민유중, 그리고 송준길에 의해서 완성된 것이다.

조광조는 그의 사후 26년 후인 인종 원년(1545년), 그로부터 23년 뒤인 선조 원년(1568년)에는 문정(文正)이란 시호가 내려짐으로써 정식으로 복권이 된다. 이렇듯 조광조는 후세에 이르러 대대로 뛰어난 성리학자들에 의해서 추앙을 받고 존경을 받게 되는 것이다.

그 순간 내 머릿속으로 조광조가 29세 되던 해 진사시험에서 일등으로 합격되었던 「춘부(春賦)」의 내용이 떠올랐다. 시험관들이 모두 놀라고 칭찬을 아끼지 않은 것으로 알려진 조광조의 「춘부」에는 다음과 같은 구절이 나오고 있다.

샘물이 흘러서 끝까지 가려고 함이여
흙탕물이 섞이어 맑을 수가 없도다
위로는 하늘의 밝은 명을 더럽힘이여
아래로는 사람의 윤리와 기강이 게으르도다
즐거이 아래로 흐르면서 깨닫지 못함이여
수많은 악이 쌓이는 바로다.
泉渭渭而欲達兮
被黃流而不淸
上褻天之明命兮

下慢人之倫紀
甘下流而不悟兮
羌衆惡之所委

　　조광조가 진사시험에서 일등으로 장원급제하였던 「춘부」의 한 구절을 떠올린 순간 나는 어떻게 해서든 샘물이 강물이 되어 바다에 도달할 때까지 맑음을 유지하려 애썼고, 하늘의 맑은 명(天之明命)을 깨끗이 하여 지키려고 생명을 받쳤던 조광조의 이상주의적 의지를 엿볼 수 있어 마음이 숙연해졌다.
　　조광조.
　　그는 어쨌든 자신의 의지를 개혁을 통해 관철시키려 혼신의 힘을 다하였다. 그러나 그의 이상주의적 개혁정신은 황류(黃流)에 의해서 더럽혀졌으며, 윤리와 기강에 게으른 인간들의 무도에 의해서 무너지게 되었으니, 이것이 바로 사회악인 것이다.
　　그리고 나서 조광조는 한탄하고 있다.

　　하늘에 있어서는 봄이요
　　사람에 있어서는 인이로다
　　모두가 태극을 근본으로 하여
　　다르면서도 같거니
　　이를 아는 사람 도대체 누구인가.
　　在天兮春
　　在人兮仁

皆本太極

異而同兮

識此何人


　조광조는 과거시험의 제목인 '봄을 노래함'에서 하늘의 궁극적인 목표는 봄(春)이요, 사람의 궁극적인 도리는 인(仁)으로 노래하고 있는 것이다. 잘 알려진 바와 같이 인은 공자(孔子)의 대표적인 사상. 그러므로 조광조는 하늘의 밝은 뜻이 완성되려면 무엇보다 사람이 도덕적으로 완성되어야 함을 강조하고 있는 것이다.

　천인무간(天人無間).

　조광조의 정치사상은 바로 이러한 지치주의(至治主義)에서 비롯된 것이었다. 지치주의란 하늘과 사람이 하나로 연결되어 있는 합일체로 보는 것을 전제하고 있다. 이는 하늘의 뜻이 인간의 일과 분리되지 아니한다는 '천리불리인사(天理不離人事)'로 발전하며, 사람에 의해서 다스려지는 세상은 하늘의 뜻이 실현되려는 이상사회가 되지 않으면 안 된다는 정치철학을 담고 있는 것이다.

　따라서 '하늘과 사람은 떨어져 있는 것'이 아니라 '하늘과 사람은 하나'라는 천인무간의 정치사상이야말로 조광조가 펼친 개혁의 근본정신인 것이다.

　어느덧 가랑눈은 알이 굵은 폭설로 변하고 있었다. 비각 주위로 유허비를 바라보며 깊은 상념에 잠겨 있는 동안 온 뜨락에 흰눈이 쌓여 있었다.

　삽시간에 뒤덮인 눈이 조광조의 유허비로 하얗게 스며들고 있었다.

이것이 조광조의 교훈인 것이다.

나는 비각에서 떨어져 서서 그대로 눈을 맞으며 생각하였다.

후세의 우리들은 조광조를 실패한 정치개혁자로 평가하고 있다. 조광조의 이상은 훌륭하였으나 정치를 개혁하려던 그의 의지는 지나치게 성급하였다고 평가하는 사람들도 있는 것이다. 심지어 조광조를 존경하였던 이율곡도 '정암의 뜻은 훌륭하였으나 그의 행동은 지나치게 성급하였다'고 논하고 있을 정도인 것이다.

그러나 이 모든 것은 조광조를 잘못 이해한 것에서 비롯된다. 조광조는 어떤 제도나 체제를 개혁하려던 사람은 아니었다. 물론 조광조는 그런 제도와 체제의 개혁으로 수많은 정적들 특히 수구세력으로부터 배척을 당하여 마침내는 사약을 받아 비참하게 최후를 맞은 정치가임에는 틀림이 없다. 그러나 조광조의 정치철학은 제도와 체제의 전복이 아니라 정치의 중심에 있는 지도자들의 도덕적인 천선(遷善)과 진덕(進德)으로 본 것이었다.

조광조의 정치철학을 보면 하늘은 언제나 밝고 진실하다. 사람역시 하늘과 같아 하늘의 도리가 사람들의 이치와 어긋난 적은 없는 것이다. 임금과 백성들도 결국 근본은 하나여서 임금의 도가 백성들과 어긋난 적은 없었던 것이다. 그러나 하늘과 사람이 서로 어긋나게 되고 임금과 백성이 떨어지게 된 것은 사람이 도덕적으로 타락된 때문이며, 임금이 유교에서 도덕적 이상형인 군자(君子)가 되지 못한 이유 때문인 것이다.

그러므로 진정한 개혁은 사람이 어진 마음으로 수양을 하여 하늘에 가깝게 되고 임금이 먼저 군자가 되어 스스로의 허물을 고쳐야 하는 것이다.

오늘날에도 우리는 정치의 개혁과 사회의 정화를 체제의 전복과 제도 개선으로 이해하고 있다. 이는 절대로 불가한 것이다. 체제의 전복은 또 다른 반체제의 권력 독점을 의미하며, 제도의 개혁은 또 다른 부패한 제도를 낳는다. 체제는 또 다른 체제를 낳으며, 제도는 또 다른 제도를 낳을 뿐이다. 진정한 개혁은 스스로의 개혁에 있는 것이다. 개혁하고자 하는 사람들은 무엇보다도 자신을 개혁하려고 하지 않으면 안 된다. 자신이 군자가 될 때 비로소 소인(小人)들은 사라지고 하늘과 사람이 하나되며, 임금과 백성이 하나인 이상 국가로 나아갈 수 있는 것이다.

조광조의 정치철학은 바로 이러한 도덕주의에서 출발한 것이다.

눈발은 한층 거세어져 함박눈처럼 내리쏟고 있었다. 키 낮은 담장 너머로 초가지붕이 보였다. 뜨락 앞에 웃자라고 있는 향나무에도, 초가집 지붕 위에도 눈이 덮여 삽시간에 은색 천지가 되었다. 초가집 지붕 위로는 낮은 산등성이 어지러운 눈발에 흔들리고 있었다.

봉황이 날아가는 산이라 하여서 비봉산(飛鳳山)이라 했다던가.

나는 담장을 돌아서 초가집으로 다가가 보았다. 조광조가 유배되어 한 달 동안 살았던 적중거가(謫中居家)는 최근에야 복원되었는데, 작은 부엌 하나에 사람이 겨우 누우면 발이 밖으로 뻗어나갈 것 같이 작은 방 두 개가 연이어 붙어 있는 초가집 마루 위로 바람이 들이쳐 쌓인 흰눈이 참다랗게 고여 있었다.

나는 쌓인 눈을 털고 마루 위에 앉았다. 날씨가 따뜻하여 지붕 위에 쌓인 눈이 어느새 녹아 흐르는지 낙숫물이 틱, 톡, 틱, 톡, 처마 기슭으로 떨어져 흰 도포를 깔아놓은 듯한 뜨락 위에 물 자국을 남기고 있었다.

나는 원칸살 방 안에 누가 살고 있는가, 손으로 문고리를 잡아당겨 보았다. 그러나 한지를 바른 방문은 굳게 자물쇠로 잠겨 있었다.

기념문화재로 지정될 만큼 소문난 유적지였지만 내가 찾아와 어울려 있는 동안 단 한 사람의 방문객도 보이지 않는 적막강산이었다.

툇마루에 앉아서 묵묵히 뜨락 위에 내리는 눈발을 바라보고 있는 동안 문득 조광조의 편지 한 수가 떠올랐다.

조선시대에 저명한 성리학자들의 글씨를 모은 『조선명현필첩(朝鮮明賢筆帖)』에는 운암주인(雲巖主人)이라는 사람에게 보낸 조광조의 편지가 수록되어 있다.

운암주인이 누구인지는 알려지지 않았으나 편지의 내용을 보면 대범하고 유머러스한 조광조의 성격이 분명하게 드러난다.

부모님을 모시면서 요즘 어떻게 지내시는지요. 또한 계씨(季氏)의 병세는 어떠한지요. 참으로 마음에 걸려 그립고 그립습니다.

귀댁의 채마밭에 있는 것을 얻어서 심고 싶은데, 나누어주시겠습니까.

지난해 제가 보낸 작은 매화 값을 잊지는 않으셨겠지요. 껄껄, 우습습니다.

곤궁한 귀신이 이르지 않음이 없으니 또한 화초에 이르러서도 그대가 나에게 침해를 당하지 않은 것은 궁한 귀신 때문입니다.

또한 가소롭습니다.

우연히 중국산 해바라기 종자를 얻었습니다. 나누어드리니 심어서 즐겨 감상하세요.

해바라기는 더러운 땅을 싫어한다고 하니 잘 살펴서 시행하십시오.

종이가 다해서 이 정도만 대강 써서 안부를 여쭙습니다.

상순일(上旬日) 정옹(靜翁)올림.


내용을 봐서 미루어 짐작하건대 아마도 조광조가 곤궁한 귀신에 홀려 곤경에 처해 있을 때 보낸 편지임에 틀림없으며 자신이 선물한 매화 값 대신 채마씨를 얻어 텃밭이라도 가꾸고 싶어하는 조광조의 유유자적한 심정이 잘 나타나고 있다. 뿐 아니라 중국산 해바라기씨를 선물로 보내며 그것을 심어서 즐겨 감상하라는 조광조의 당부는 그가 지닌 풍류의 여유마저 느끼게 하고 있는 것이다.

특히 '해바라기는 더러운 땅을 싫어한다 하였으니 잘 살펴서 시행하십시오' 라고 당부한 조광조의 편지는 비록 자신은 더럽고 어지러운 정치의 소용돌이에 몸을 담고 있으면서도 뜻만은 태양을 따라 지조를 굽히지 않는 해바라기처럼 청천백일하게 펼치고 싶어하는 조광조의 강렬한 의지를 엿보게 하고 있는 것이다.

조광조가 만약 이곳에서 한겨울을 보내고 더 오랫동안 유배생활을 했더라면 저 하얗게 눈이 덮인 뜨락에 자신이 말하였던 대로 중국산 해바라기씨를 심고 즐겨 감상하였을 것이다. 또한 채마씨를 얻어 저 뜨락 한쪽에 텃밭도 가꾸어 배추와 무도 심으며 한가로이 적중생활을 즐겼을지도 모른다.

그러나 조광조는 이곳으로 귀향 온 지 불과 한 달여 만에 왕 중종으로부터 직접 어명을 받고 사사되는 것이다.

편지의 내용처럼 곤궁한 귀신의 장난으로 가소롭게도 사약을 받고 바로 저 하얗게 눈이 덮인 뜨락 위에서 붉은 피를 토하며 고통에 몸부림치다가 마침내 쓰러져 비참하게 숨을 거두게 되는 것이다.

그러나 그 한 달여 동안 조광조는 이곳에서 혼자 유배생활을 한 것은 아니었다.

집에서 데리고 온 노자 하나와 고을 원에서 보내준 관동(官僮)이 조광조를 수발하고 있었다. 특히 제자였던 장잠(張潛)은 조광조가 이곳으로 유배를 떠나자 함께 내려와 상주하고 있었던 것이다.

후에 스승 조광조를 위해 억울하게 씌워진 죄를 풀고자 하는 신원소(伸寃疏)를 올렸던 장잠은 이로써 본의 아니게 스승의 최후를 지켜보았던 산 증인이 되는 것이다.

기록에 의하면 장잠뿐 아니라 조광조의 제자였던 성수침(成守琛)과 백인걸(白仁傑) 같은 사람들도 찾아와 스승에게 큰절을 드리면서 위로를 하였다고 전하는 것을 보면, 조광조는 완전히 고립된 것은 아니었던 것 같다.

조광조의 곁을 지킨 수많은 사람 중에서 특히 양팽손(梁彭孫, 1488~1545)의 존재는 두드러진다. 양팽손은 조광조로부터 '그와 더불어 이야기하면 지초(芝草)나 난초의 향기가 사람에게서 풍기는 것 같고 기상은 비 개인 후인 가을 하늘이요, 얕은 구름이 막 걷힌 뒤의 밝은 달과 같아 인욕(人慾)을 초월한 사람'이라고 극찬을 받았던 평생의 지기였다.

두 사람의 나이 차이는 여섯 살로 조광조가 25세 때 처음으로 만났으며, 사마시에 같은 해에 응시하여 조광조는 진사시에서, 양팽손은 생원시에서 장원급제를 했었던 각별한 사이이기도 했다.

처음 양팽손이 성균관에 입학했을 때 유생들이 촌뜨기라고 놀리기도 했지만 유독 조광조만은 이를 말리고 그의 학식과 재능을 인정해주었는데, 마침 양팽손도 조광조와 더불어 관직이 삭탈된 뒤고향인 능성현 월곡리로 돌아와 학포당(學圃堂)을 짓고 서화에 잠심하고 있었던 것이었다.

특히 양팽손은 문인화의 대가였다. 그의 화풍은 한말의 허련(許鍊)에게 이어져 호남남종화단의 선구자로 일컬어지며 파천황(破天荒)의 새로운 화풍을 이룩한 천재였던 것이다. 양팽손이 자신의 고향인 철갑선사의 부도탑으로 유명한 쌍봉사 옆에 학포당을 짓고외부와의 접촉을 끊고 있을 무렵 지은 시 한 수가 지금도 전해지고있다 .

맑은 강가에 집을 짓고 갠 날마다 창을 열어놓으니
산촌을 둘러싼 숲 그림자 그림 같고
강을 흐르는 물소리에 세상일 전혀 못 듣네
나그네 타고 온 돛배 닻을 내리고
고기 잡던 배낚시 걷어 돌아오니
저 멀리 소요하는 나그네는
응당 산천구경을 나온 것이리라

강은 넓어 분분한 티끌 멀리할 수 있고
여울소리 요란하니 속된 사연 아니 들리네
고깃배야 오고가지 말아라
행여 세상과 통할까 두렵노라.


이처럼 은둔생활을 하고 있던 양팽손에게 자신의 고향으로 유배 온 조광조야말로 하늘이 내려준 지인이었던 것이다.

그러나 그보다는 양팽손이 조광조에 있어 특별한 존재였던 것은 양팽손이 조광조의 최후를 직접 지켜보았던 증인이었을 뿐 아니라 조광조가 비참하게 죽자 그의 시신을 수습하였던 신의(信義)의 선비였기 때문이다.

임금으로부터 어명을 받고 죽은 역적의 시신을 수습하는 일은 그 자체가 불법이었을 뿐 아니라 매우 위험한 반역행위였던 것이다.

양팽손은 조광조의 시신을 자신의 마을 골짜기에 파묻어 가묘(假墓)로 삼아두었다. 지금도 남아 있는 가묘 터에는 역시 송시열이 쓴 '정암조선생서원유지추모비'가 세워져 있는데, 조광조의 시신은 한겨울 이곳에 가매장되었다가 이듬해 봄 용인의 묘소로 이장되는 것이다.

만약 양팽손이 없었더라면 조광조의 시신은 함부로 들판에 버려져 굶주린 들짐승에 뜯겨 흔적도 없이 사라져버렸을지도 모를 것이다.

전해오는 바에 의하면 조광조의 사사소식을 제일 먼저 안 사람도 바로 양팽손이라고 알려져 있다.

조광조는 설마 왕 중종이 자신에게 사사의 명을 내릴 것이라고는 꿈에도 생각지 않았다고 한다. 따라서 조광조는 왕이 자신을 다시 불러들일 것에 대기하기 위해서 항상 사립문을 열어놓고 있었으며, 아침저녁으로 임금이 있는 곳을 향해 문안인사를 잊지 않았다고 전해오는 것이다. 또한 하루 종일 북쪽을 바라보고 앉아서 나라 걱정을 하였다고 한다. 그러나 막상 왕은 조광조 등 네 명에게 마침내 사약의 명을 내리는 것이다.

그때가 중종 14년(1519년) 12월 16일. 『조선왕조실록(朝鮮王朝實錄)』에 의하면 왕은 비현각(丕顯閣)에서 금부당상(禁府堂上) 심정(沈貞) 등을 불러서 조광조를 사사할 것을 직접 명한다.

그리하여 어명이 조광조에게 전해진 것은 12월 20일. 임금이 하명한 지 나흘 뒤의 일인 것이다.

그러나 발 없는 말이 천리를 간다고 양팽손은 당사자인 조광조보다 하루 먼저 이 기막힌 소식을 들었다.

양팽손은 당장에 조광조에게 달려갔으나 정작 조광조는 자신에게 닥쳐올 운명에 대한 불길한 예감조차 느끼지 못한 듯 태연하기만 하였다. 차마 미구에 닥칠 불행에 대해서 귀띔하지 못하고 전전긍긍하고 있는 양팽손에게 오히려 조광조는 이렇게 위로하였다고 한다.

"양공, 너무 서러워하지 마시오. 우리가 이처럼 화를 당하는 것은 시운(時運)이나, 옛말에 이르기를 절함(折檻)이라 하였소. 양공은 절함의 뜻을 알고 있지 않소이까."

물론 양팽손은 조광조의 말뜻을 알고 있었다.

'절함'이라 함은 '난간을 부러뜨린다'는 뜻으로 한나라 성제(成帝)때의 인물인 주운(朱雲)이란 사람에게서 비롯된 말이었다. 당시 성제에게는 장우(張寓)란 정승이 있었다. 그는 성제가 황태자였을 때 공자의 『논어』를 가르친 인연으로 성제의 스승이 되어 존경을 받고 있었다. 그러니 자연히 천하의 권세가 그에게 집중될 수밖에 없었다. 주운은 이를 간하고자 조정으로 나아가 말하였다.

"지금 조정의 대신들은 위로는 폐하를 바르게 인도하지 못하고, 아래로는 백성을 등쳐먹는 도둑들뿐입니다. 제게 참마검을 하사하신다면 폐하의 영신(佞臣, 간사한 신하) 한 사람의 목을 베어 다른 대신들의 경계를 삼고자 합니다."

조정에 모인 대신들이 이를 듣고 크게 놀라 술렁거렸다. 성제가 물었다.

"그 영신이 누구더냐."

"장우이나이다."

주운은 서슴없이 충고했다. 성제는 크게 노하여 소리쳤다.

"일개 하급 관리가 임금의 스승을 모욕하다니 그대는 사형에 처해도 시원치 않으니, 당장 끌어내라."

성제의 명령에 무관이 달려들어 주운을 끌어내려고 하였으나 그는 어전의 난간에 매달려 붙잡고 늘어졌다. 그래도 그는 간언을 멈추지 않았다. 무관이 더욱 힘껏 그를 잡아끌었으나 그럴수록 주운은 난간을 힘껏 붙잡고 더욱 큰 소리로 간언을 하였다. 그 바람에 난간이 부러지고 말았다.

훗날 부서진 난간을 수리하려고 하자 성제는 이렇게 말하였다고 전해지고 있다.

"새로 난간을 갈지는 말고, 부서진 조각을 모아서 이어두도록 하

라. 직언을 간한 충절의 신표로 삼고 싶구나."

조광조는 양팽손의 손을 잡고 말을 하였다고 한다.

"양공, 우리는 지금 난간을 부여잡고 대왕마마께 간언을 하고 있는 것뿐이오. 난간이 부서진들 어찌 그것을 놓을 수가 있겠소이까. 하오나 양공."

조광조는 눈물을 흘리며 말을 이었다.

"대왕마마께오서는 신에게 다시 참마검을 내릴 것이오. 그러니 너무 심려치는 마시오."

참마검(斬馬劍).

말의 목을 베어 신표로 삼는 검. 그러나 그 칼로 목이 베어지는 사람이 바로 자신이었음을 조광조는 이처럼 까마득히 모르고 있었던 것이다.


2


중종 14년(1519년) 12월 16일.

한 떼의 군사들이 조광조가 머물고 있는 적중거가로 쳐들어왔다.

"어명이오."

앞장선 금부도사가 말에서 내려 큰 소리로 말하였다. 이 말을 들은 조광조는 황망히 집에서 나와 뜰 아래로 내려가 북쪽을 향하여 두 번을 절하고 꿇어앉았다.

"대왕마마께오서는 전지(傳旨)를 내리셨소."

금부도사가 무릎을 꿇은 조광조를 향하여 엄숙하게 말하였다. 처음에는 혹시나 조정으로부터 유배의 명을 거두는 회소식일지도 모른다는 기대감에 들떠 있었으나 엄숙한 금부도사의 태도로 보아 좋지 않은 소식일 것이라는 예감으로 삽시간에 분위기가 가라앉고 있었다.

"대왕마마께오서는 사사의 명을 내리셨소."

금부도사의 이름은 유엄(柳淹). 그는 임금이 내린 전지를 차근차근 전하기 시작하였다. 일순 꿇어앉았던 조광조의 자세가 휘청거렸다. 초가집 담에 몸을 숨기고 이 모습을 지켜보고 있던 양팽손은 마침내 올 것이 오고야 말았구나 하는 충격으로 간신히 담을 짚고서야 몸의 균형을 바로할 수 있었다. 그러나 휘청거렸던 조광조의 몸이 잠시 후 다시 꼿꼿이 세워졌다.

"이보시오, 금부도사."

조광조는 조용히 입을 열어 말하였다.

"어찌하여 도사께서는 신에게 죽음을 내린다는 명령만 전할 뿐 그 밖의 문서는 전하지 않는 것이오."

며칠 전부터 내린 눈은 폭설이 되어 무릎을 꿇어앉은 조광조의 몸을 사납게 때리고 있었다. 그러나 유엄은 품속에서 흰 종이를 꺼내 보이며 말하였다.

"죄인이 어찌하여 요사스럽게도 어명을 확인하려 드는가."

준엄한 꾸짖음에 조광조가 다시 머리를 조아리며 말을 받았다.

"물론 신은 죄인이오. 하오나 신은 일찍 대부(大夫)의 자리에 있었는데, 사사에 이르렀음에도 어찌하여 종이쪽지만 주어 도사에게 죽음을 전하게 할 수 있는 것이오. 물론 도사의 말이니까 믿기는 하겠지만 나라에서 대신에 대한 대접이 어찌하여 이리 초라할 수 있는 것이오."

조광조의 말은 사실이었다.

대부란 정1품부터 종4품까지의 고위대신을 가리키는 말로 예부터 사사의 형벌을 내리는 것은 왕족이나 또는 사대부들에게 그들의 사회적 신분을 고려하여 교살(絞殺)이나 참살(斬殺)시키는 대신 사약을 마시게 함으로써 죽은 후에라도 신체를 보존케 하려는 특별한 배려가 담긴 사형제도였던 것이었다. 원래 사사는 임금이 내리는 사약을 마시게 하여 사망하게 하는 사형제도였지만 형조에서 관장하는 법전인 형전(刑典)에는 규정되어 있지 않은 법외형 중의 하나였던 것이다. 그러므로 조광조의 말처럼 왕명을 전하는 금부도사가 왕의 교지가 담긴 문서가 아닌 단순히 쪽지에 불과한 종이를 펼쳐보이는 것은 법도에 어긋난 일이었던 것이다.

이는 조광조가 자신을 죽이려는 저의가 대왕마마에게 있는 것이 아니라 정적들로부터 비롯된 것이라는 사실을 간접적으로 비난하였던 것이었다.

"이런 폐단은 간사한 무리들이 사람을 마음대로 죽일 수 있을 뿐 아니라 사약을 받은 사람이 한마디의 변명조차 할 수 없도록 선수를 치는 수단이 아닐 것인가."

조광조의 이런 탄식은 자기에게 내려진 사사가 어명임을 믿기는 하나 간사한 무리들의 농간으로 대왕마마도 모르게 죽이려는 간계일지도 모른다는 사실을 꼬집어 말한 것이었다.

그러고 나서 조광조는 대왕마마의 안부를 물었다고 기록은 전하고 있다. 유엄이 대왕마마의 안부를 전하자 조광조는 다시 입을 열어 물었다.

"하오면 도사 내 한 가지만 묻겠으니 대답해주시겠습니까?"

난데없는 조광조의 질문에 머뭇거리며 유엄이 대답하였다.

"대답하겠소."

"하오면 도사, 지금의 정승은 누구며, 금부당상이 누군지 가르쳐주시겠소."

약속대로 유엄은 대답하였다.

"정승은 남곤(南袞) 나으리고, 당상께오서는……."

유엄은 잠시 말을 끊었다. 그도 그럴 것이 금부당상은 바로 유엄의 직속상관이었기 때문이었다.

"당상께오서는 심정 대감이시오."

도사 입에서 흘러나온 남곤과 심정, 두 사람의 이름을 듣는 순간 조광조는 비로소 알겠다는 듯 고개를 끄덕이며 말을 하였다.

"그렇다면 신이 죽는 게 틀림이 없소이다. 신에게 사사의 명이 내린 것이 조금도 의심스러울 게 없소이다."

남곤과 심정. 이 두 사람은 훈구세력들의 거두들로서 바로 조광조를 제거하였던 정적들의 핵심인물이었던 것이다.

조광조가 능성으로 유배를 떠날 때만 해도 영의정은 정광필(鄭光弼)이었다. 그러나 정광필은 비교적 조광조에게 호의적이어서 조광조에게 내린 참형의 죄를 왕 앞에 나아가 극구 주장하여 감형시켰던 노대신이다. 그뿐인가. 조광조에게 내린 장형(杖刑)도 그가 병약한 몸이라는 이유를 들어 간하여줄 것을 간청하였던 생명의 은인이었던 것이었다. 그런데 불과 한 달여 만에 정승이 정광필에서 남곤으로 바뀌었으며, 형을 집행하는 금부당상 역시 심정으로 바뀐 것이었다. 그렇다면 자신에게 사사의 명이 내려진 것은 추호도 의심할 수 없는 명백한 사실이라는 것을 조광조는 비로소 깨달은 것이었다.

"이보시오, 도사."

조광조는 다시 입을 열어 말하였다.

"한 가지만 더 묻겠소. 조정에서는 신을 어떻게들 말하고 있소이까. 들은 대로만 전해주시오."

"한나라 때의 왕망과 같은 사람이라고 말들을 하고 있더이다."

그 순간 기록에 의하면 조광조는 허공을 향해 큰 소리를 내어 웃었다고 전하고 있다. 그 웃음소리가 너무 커서 주위 사람들을 모두 놀라게 했다고 전하고 있다.

"왕망이라고. 허허 헛 허허."

조광조는 눈이 소복이 쌓인 뜰을 손으로 내리치며 웃었다.

왕망(王莽).

금부도사의 말처럼 한(漢)나라 때의 정치가. 권모술수의 야심가로 역사상 최초로 선양혁명(禪讓革命)에 의해서 황제의 권력을 빼앗은 독재자.

불우하게 자랐으나 유학을 배웠고 어른을 잘 챙겼으므로 큰아버지 왕봉(王鳳)의 신임을 받았던 왕망은 마침내 반역에 성공하여 재상인 대사마(大司馬)가 되었다가 9세의 평제(平帝)를 옹립하여 자신의 딸을 왕후로 삼음으로써 천하의 권세를 움켜잡는다. 나중에는 황제를 독살한 후 오행참위설(五行讖緯說)을 교묘히 이용하여 '안한공 왕망은 황제가 되라' 라는 붉은 글씨가 쓰여진 흰 돌이 나타나게 함으로써 인간에게 표시되는 하늘의 명령을 부명(符命)으로 이용하여 황제를 몰아내고 스스로 황제 위에 올랐었다. 그러나 왕망은 마침내 한나라 왕족의 한 사람인 유수(劉秀)의 군대에 쫓기다가 장안의 미앙궁(未央宮)에서 부하의 칼에 찔려 비참한 최후를 맞게 되는 것이다.

"이보시오, 도사."

허공을 향해 큰 소리로 껄껄 웃고 나서 조광조는 다시 유엄을 쳐다보며 말하였다.

"왕망이라면 사사로운 욕심으로 왕을 죽이고 스스로 황제에 올라 자신을 가황제(假皇帝)라 칭하고 신하들에게는 섭황제(攝皇帝)라 부르게 하였는데, 그렇다면 도사, 신이 대역을 꿈꿔 대왕의 위를 노려 반정이라도 꿈꿔왔단 말이오. 헛허허."

순간 조광조는 다시 껄껄 소리내어 웃으며 말을 이었다.

"내 이제야 어찌하여 그들이 신을 왕망이라고 일컬었는지 그 이유를 알겠소."

다시 조광조가 땅을 치며 웃었다. 모습을 지켜보던 사람들은 행여 조광조가 실성이라도 한 것이 아닐까 염려할 정도로.

"그렇지, 그들의 눈으로 보면 나야말로 왕망이지. 왕망임에 틀림이 없지."

조광조의 말에게는 깊은 의미가 담겨져 있었다.

일찍이 왕망은 황제의 권력을 빼앗는 혁명을 일으킬 때 당시 유행하던 참위설을 교묘히 이용하였던 것이다.

왕망은 '안한공 왕망은 황제가 되라'는 붉은 글씨가 쓰여진 흰 돌이 나타나게 하고 '왕망이 황제가 되라'는 하늘의 표시로 간주되는 새 우물을 출현시키는 연극을 꾸몄던 것이다. 마찬가지로 조광조도 왕망처럼 하늘의 명을 교묘히 이용하였다는 소문이 온 장안에 가득히 퍼져 나갔던 것이었다.

조광조 역시 그 소문을 알고 있었다.

즉 대궐 안 동산에서 벌레들이 나뭇잎을 갉어먹었는데, 그 나뭇잎에 다음과 같은 글씨가 새겨져 있었다는 것이었다.

주초위왕(走肖爲王).

기록에 의하면 궁녀가 이 벌레 먹은 나뭇잎을 따다가 왕비에게 보였다는 것이었다.

여기에서 말하는 '주초(走肖)'는 곧 '조(趙)'이니, 조광조가 왕이 되려 한다는 것을 암시하고 있다는 것이었다. 소문을 들은 조광조는 이를 일소에 붙여버렸으나 내심으로는 이것이 자신을 제거하려는 남곤과 심정 일파의 음모임을 잘 알고 있었던 것이었다.

후세에 밝혀진 것이었지만 남곤과 심정은 조광조를 숙청하기 위해서 궁궐 안 나뭇잎에 벌레들이 잘 갉어먹는 과일즙으로 '주초위왕'이란 글자를 미리 써놓고 이를 벌레들이 파먹도록 한 후에 일부러 궁녀로 하여금 왕의 후궁인 희빈에게 건네어지도록 흉계를 꾸몄던 것이었다.

그러므로 조정에서는 자신을 왕망과 같은 사람이라고 평하고 있

다는 유엄의 말을 들은 순간 조광조는 그들의 속셈을 비로소 간파
할 수 있었으며 그래서 크게 소리를 내어 웃었던 것이었다.

"어쨌든 알겠소이다. 이처럼 사사의 명이 있었으니 오래 지체하
면 불가하지 않겠소. 하오나 내게 잠시 시간을 주시오. 죽기 전에
몇 가지 처리할 일을 마치는 것이 어떻겠소이까."

유엄이 이를 허락하자 조광조는 우선 방에 들어가 제자 장잠으로
하여금 물을 끓이게 한 후 깨끗이 몸을 씻었다.

원래 사약을 마시기 전에도 죄인으로서 해야 할 예가 있었다. 먼
저 몸을 깨끗이 하고 의관을 정제한 후 임금이 있는 궁궐을 향해 네
번을 절한 후 사약을 마시는 것이 순서였다. 조광조는 몸을 깨끗이
씻은 후 의관을 갖추고 장잠에게 지필묵을 준비토록 하였다고 기록
은 전하고 있다. 장잠이 이를 가져오자 조광조는 무릎을 꿇고 우선
자신의 부인 이씨에게 편지를 쓰기 시작하였다. 그리고 두 어린 아
들들에게도 일일이 편지를 쓴 후에 조광조는 잠시 붓을 놓고 긴 상
념에 잠긴다.

열린 문밖으로는 바람에 실린 눈발이 난분분 난분분 흩날리고 있
었고 사형을 집행하러 온 군사들이 초조하게 침묵을 지키고 있었다.

오랜 침묵 끝에 조광조는 다시 붓을 들고 그 유명한 절명시를 쓰
기 시작한다.


　　임금 사랑하기를 아버지 사랑하듯 하였고
　　나라 걱정하기를 내 집 걱정하듯 하였노라.

절명시를 다 쓰고 나서 조광조는 다시 장잠을 불러 유언을 남겼다고 기록은 전하고 있다.

"마지막으로 부탁이 있으니, 꼭 이를 실행하여다오. 내가 죽거든 관은 얇은 것으로 한다. 무겁고 두꺼운 것은 절대로 쓰지를 말라. 행여 무거운 것을 쓰면 먼 길에 돌아가기가 어려울 것이므로 아주 얇은 것으로 장만해야 한다."

문밖에서는 한 떼의 군사들이 초조하게 조광조를 기다리고 있었다. 그들의 임무는 한시라도 빨리 조광조에게 사약을 내리고 그의 죽음을 확인한 후 귀환하는 것이었으므로 비록 입을 열어 채근하지는 않았으나 보이지 않게 조광조를 압박하고 있었다.

기록에 의하면 조광조는 자주 문틈으로 밖을 살펴보았다고 하였는데, 이는 아마도 기다리다 지친 군사들이 자신을 해치려고 변을 일으키지 않을까 하는 염려 때문이었을 것이다.

제자 장잠에게 마지막 유언을 내리고 나서 조광조는 집주인을 불러 말하였다.

"그동안 많은 신세를 지었다. 내가 너희 집에 붙어 있었으니 그것으로 큰 보답을 하리라 굳게 결심하고 있었는데, 보답을 보지 못하고 오히려 너로 하여금 흉변을 보게 하는구나."

이 말을 들은 집주인은 눈물을 쏟으며 차마 말을 하지 못하였다. 조광조는 슬피 우는 집주인의 손을 잡고 말을 이었다.

"뿐 아니라 내가 죽어 너희 집을 더럽히게 되었으니 이것이 한스러울 뿐이다. 사람들은 너희 집을 흉가라고 하지 않겠느냐."

조광조보다 약간 후대를 살았던 허봉(許峰)은 조선조 전기의 야사를 묶은 『해동야언(海東野言)』이란 책을 펴냈다. 『홍길동전』을 지은 허균(許筠)의 형으로 관계에 들어왔다가 이율곡의 과실을 탄핵한 후 유배되자 이후 벼슬을 버리고 평생 방랑생활을 했던 기인인데, 허봉은 그의 책 속에서 조광조의 최후를 상세하게 기록하고 있다.

"……이 말을 들은 집주인과 관동들은 슬픔을 견디지 못하여 눈물이 쏟아져 옷깃을 적셨고, 이후로 오랫동안 고기를 먹지 아니하였다. 그리고 매양 말이 선생에게 미치면 목이 메었다고 한다."

모든 유언을 남기고 나서 조광조는 주위를 돌아보며 말하였다.

"양공은 어디 갔느냐. 어찌하여 양공이 보이지 않는 게냐. 차마 내 죽는 것을 보지 못하여 어디론가 가버린 게냐."

"아닙니다."

제자 장잠이 울면서 대답하였다.

"문밖에 계십니다."

"양공을 들라 이르라."

장잠의 말대로 양팽손은 차마 집 안에 들지 못하고 벽에 기대어 서 있었다. 장잠이 찾으러 갔을 때는 오랜 시간 서 있었으므로 쏟아지는 눈발을 그대로 맞아 마치 눈사람처럼 보이고 있었다.

양팽손이 방 안으로 들어가자 조광조가 노래를 부르듯 천천히 말하였다.


양공, 어째 이토록 늦게야 오셨소이까
태산이 무너지는가

양주(梁柱)는 꺾이는가
철인(哲人)은 시드는가.

양팽손은 조광조가 부르는 노래의 내용을 잘 알고 있었다. 그것은 『사기(史記)』에 나오는 공자의 마지막 노래였던 것이다.

공자가 깊은 병에 들었을 때 제자 자공(子貢)이 병문안을 가자 때마침 공자가 지팡이를 짚고서 마당을 거닐고 있다가 눈물을 흘리며 부른 노래였던 것이었다. 그리고 나서 공자는 이렇게 탄식을 하였던 것이었다.

"아아, 천하에는 오랫동안 도(道)가 없구나."

그 말을 들은 양팽손은 왈칵 눈물을 쏟기 시작하였다. 양팽손은 비로소 조광조의 마음을 헤아릴 수 있음이었다. 두 사람이 처음으로 알게 된 것은 조광조가 25세 때, 양팽손이 19세 때부터였으므로 벌써 14년에 이른 오랜 우정이었는데, 강산이 변하는 10여 년 동안 조광조는 무엇보다 공자의 사상을 통하여 세상을 변화시키려고 노력하였던 정치가였던 것이다.

평생 공자를 존경하고 공자의 사상을 통해 철인정치를 펴 공자가 꿈꿨었던 이상 국가를 이룩하였던 조광조. 그러한 조광조가 마침내 공자의 마지막 유언처럼 태산이 무너지듯 기둥이 꺾이듯 시들어가고 있는 것이다.

조광조는 양팽손을 향해 말을 이었다.

"이보(尼父)께서는 이렇게 말씀하셨소이다. '예를 잃으면 혼란해지고, 명분을 잃으면 죄과가 된다. 심지(心志)를 잃는 것을 혼란이라 하고 정당한 지위를 잃는 것도 죄과라 한다.' 내가 이미 명분을 잃고, 심지를 잃었으므로 죽기에 마땅한 죄과를 지었소이다.".

조광조가 말한 이보, 그것은 공자를 말함이었다. 공자를 가리켜 '아버지'라고 부름으로써 조광조는 자신의 육신은 아버지로부터 왔으나 자신의 혼백은 공자로부터 왔음을 간접적으로 표현한 것이었다.

"그러므로 양공, 신이 먼저 갑니다."

그리고 나서 조광조는 마침내 방문을 나와 뜨락에 서서 북쪽을 향해 네 번을 절하고 도사 앞에서 무릎을 꿇어 군신의 예를 다하였다.

그는 유엄으로부터 사약을 받고 이를 단숨에 들이켰다.

원래 사약은 비석을 태워 만든 비소(砒素)를 주재료로 해서 생금(生金)과 생청(生淸) 같은 제련되지 않은 황금가루와 독이 든 꿀을 섞고 부자(附子)나 게의 알(蟹卵) 등을 합쳐서 만든 독약이었다. 그 치명적인 독성에 비해서 마신 사람은 즉사하지 못하고 오랫동안 고통 속에서 신음하다가 서서히 죽음에 이르게 되는 약점을 갖고 있었던 것이다.

이를 『정암집(靜菴集)』에서는 '독이 짙은 소주(重燒毒酒)'라고 표현하고 있는 것을 보면 아마도 이런 독약을 술에 타서 마시게 했던 모양이었다.

마찬가지로 조광조는 사약을 마셨으나 쉽게 숨이 끊어지지 않았다. 눈이 쌓인 뜨락에서 고통에 몸부림치며 피를 토하였지만 아직 숨이 남아 있었다. 보다 못한 유엄이 제자 장잠을 불러 말하였다.

"아궁이에 불을 지펴 방 안이 절절 끓어오도록 덥히거라. 그리하여 죄인을 방 안에서 죽게 하여라."

이는 방 안이 아닌 한데에서 객사하는 조광조에게 마지막으로 시은(施恩)하려는 호의 때문은 아니었다. 사약을 받은 후 온돌방에 집어넣어 문을 걸어 잠그고 아궁이에 불을 지피면 강렬한 독성이 뜨거운 외부기온 때문에 온몸에 퍼져 빨리 죽음에 이를 수 있기 때문이었다.

그러자 이 말을 들은 조광조가 머리를 흔들어 말하였다.

"아니다. 방 안에서 편히 죽기보다는 이곳에서 죽겠다. 주상이 계신 북쪽을 향해 머리를 두고 죽을 것이다."

참다못한 군사 하나가 밧줄을 들고 달려들었다. 조광조의 고통을 덜어주기 위해서 그의 목을 졸라 교사시키기 위함이었다.

이를 본 조광조가 혼신의 힘을 다해 소리쳐 말하였다.

"무엇을 하려 드느냐. 네놈은 내 몸에 손끝 하나 대지 못한다."

조광조는 헐떡이며 말하였다.

"성상께서 나의 몸을 보존하고자 사사의 명을 내리신 것인데, 어찌하여 너희들이 감히 내 몸에 손을 대려 하느냐."

조광조의 호통으로 군사들이 물러섰다.

고통에 몸부림치던 조광조가 필사적으로 몸을 일으켜 유엄을 바라보며 말하였다.

"이보시오, 도사. 차라리 사약이 남아 있으면 더 주시오."

유엄이 이를 허락하자 조광조는 남아 있는 사약을 한꺼번에 들었다고 전해지고 있다. 곧 조광조의 눈과 코, 귀와 입, 모든 곳으로부터 붉은 피가 쏟아지기 시작하였으며, 마침내 조광조는 고통으로 몸부림치다가 일순간 숨을 거두었다.

고통으로 일그러진 조광조의 얼굴에는 이승에서의 참을 차마 끊지 못하겠다는 듯 부릅뜬 눈이 활짝 열려져 있었다.

숨이 끊어진 조광조의 시신을 확인한 후 유엄은 말하였다.

"죄인 조광조의 시신은 함부로 수습하거나 장례를 치르지 못한다. 반드시 들판에 내어버려 들짐승의 먹이가 되도록 방치해두어야 할 것이다. 이를 어기는 사람은 국법으로 다스려질 것이다."

말을 마친 유엄을 필두로 한 떼의 군사들은 곧 사라졌다. 남은 사람들은 통곡을 하며 조광조의 시신 주위로 몰려들었다. 양팽손이 울면서 부릅뜬 조광조의 눈을 감겨주었다.

이로써 조광조는 눈을 감게 되었으니, 그의 나이 37세. 정치개혁의 웅대한 뜻을 품고 관계로 나선 지 불과 4년 만의 일이었다.

잠시 상념에 잠겨 있던 나는 집 뒤 얕은 야산 쪽에서 들려오는 새소리에 퍼뜩 정신이 들었다. 헐벗은 나뭇가지 위에서 까치 한 마리가 깍깍, 소리를 내어 울고 있었다.

깊은 생각에 잠겨 있는 동안 내리던 눈발은 어느덧 그쳐 있었다. 나는 주머니를 뒤져 담배를 피워 물었다.

그것이 5백여 년 전.

조광조가 집주인에게 마지막으로 '죽어 너희 집을 더럽히게 되었으니 그것이 한스러울 뿐이다' 라고 유언을 남긴 이 초가집은 그러나 오히려 이렇게 후세에 교훈을 전하는 기념관으로 복원되어 있다. 또한 '사람들은 너희 집을 흉가라고 하지 않겠느냐' 고 염려하였던 초가집은 조광조의 넋을 기리는 장소로 보존되어 있는 것이다.

그러므로.

나는 툇마루에서 일어서며 중얼거렸다.

더럽혀진 것은 조광조의 이름이 아니라 오히려 조광조를 죽인 역사의 이름이며, 흉가가 되어버린 것은 조광조가 피를 토하고 죽은 이 장소가 아니라 그런 오욕의 역사를 만들어낸 조선왕조인 것이다. 아아, 흉가와 같은 왕조는 사라졌어도 조광조의 이름은 이렇게 남아 전하고 있음이여.

나는 천천히 초가집 앞에 있는 다른 건물로 다가갔다.

문득 내 머릿속으로 기묘사화에 의해서 옥에 갇혔을 때 조광조가 남긴 말이 떠올랐다. 기묘년의 당적보(黨籍補)에는 죄수로서 조광조가 남긴 최후의 진술이 남겨져 있는데, 내용은 이러하다.

"이제 신의 나이는 서른여덟입니다. 선비가 이 세상에 태어나서 믿는 바는 오직 군상(君上)의 마음뿐입니다. 국가의 병통이 이익을 추구하려는 마음과 권력에의 욕망에 근원이 있다고 망령된 생각을 한 까닭으로 국맥을 새롭게 하여 무궁케 하고자 할 따름이었습니다. 돈연(頓然) 다른 뜻은 없었습니다."

자신을 국문하려는 수령에게 정식으로 제출하는 공장(供狀)으로, '옥중에서 진술한 말'로 이름지어진 이 내용을 통해 자신의 죄는 오직 '사사로운 이익만을 추구하는 세력들'과 '권력만을 잡으려는 집단의 야욕'에 맞서서 국맥을 바로잡으려 했을 뿐, 단연코 다른 뜻은 없었다는 조광조의 육성이 문득 떠올라 나는 가슴이 뭉클하였다.

그것은 사실이었다.

나는 소리를 내어 중얼거렸다.

적어도 조광조에게는 사사로운 이익을 추구하거나 개인적인 영달을 추구하려는 욕망은 없었다. 그것은 바로 역사가 증명하고 있지 않은가. 만약 조광조에게 사욕이 있었더라면 이곳은 흉가가 되어 폐허가 되었을 것이다. 그러나 이곳은 이렇게 성지(聖地)가 되었다. 5백 년이 흐른 뒤에 내가 이곳을 찾아와 순례를 할 만큼 성스러운 땅이 되어버린 것이다.

붉은 기둥으로 받쳐진 건물 천장에는 검은 바탕에 흰 글씨로 현판이 내걸려 있었다.

영정각(影幀閣).

영정각이라면.

나는 소리를 내어 중얼거렸다.

죽은 조광조의 화상이 모셔져 있는 건물이 아닐 것인가.

건물 앞 중앙에는 격자무늬가 교차된 방문이 푸른 빛깔을 하고 굳게 닫혀져 있었다. 나는 천천히 손잡이를 당겨보았다.

문이 열리자 정면으로 족자로 된 그림이 보였다. 바로 조광조의 화상이었다. 나는 신발을 벗고 건물 안으로 들어가 보았다.

밖은 눈이 내리는 한겨울인데도 건물 안은 싸늘한 냉기가 흐르고 있었다. 벽 어딘가에 방 안을 밝히는 조명등의 스위치가 있을 법도 하지만 활짝 열린 문밖에 쌓인 눈빛이 어두운 방 안으로까지 반사되어 굳이 불을 밝힐 필요까지는 없었다. 유리로 만든 족자 속에는 검은 오사모(烏紗帽)를 쓴 조광조의 전신상이 우뚝 서 있었다. 최근에 그려진 것이 분명한 조광조의 영정은 두 손을 관복소매로 가린 모습으로 정면을 노려보고 있었다. 사모관대의 정식 예장을 하고 흰 버선까지 신고서 허공을 쏘아보는 조광조의 눈빛은 마치 살아 움직이고 있는 듯 형형하였다.

화상 앞 양쪽에 촛대가 놓여 있었고 향을 살라 분향할 수 있도록 조촐한 제상이 마련되어 있었다. 한가운데의 화병 속에는 조광조의 충절을 기리듯 흰 국화가 몇 송이 꽂혀 있었다. 국화꽃들이 시들지 아니하고 생생한 것으로 보아 이곳을 지키는 관리인이 날마다 생화를 갈아 꽂아두는 모양이었다. 오가는 사람들의 분향도 그치지 아니하는 듯 향로에는 타다 남은 향이 몇 개 꽂혀 있었다.

나는 조광조의 화상을 바라보면서 가볍게 후회를 하였다.

이럴 줄 알았더라면 오는 길에 소주 한 병을 사오는 것인데. 조광조의 영정 앞에 술을 따라 올렸어야 하는 것인데.

생전에 조광조는 술을 좋아하였으나 절제하여 여간해서는 술을 들지 않았다고 한다. 그러나 기록에 의하면 조광조는 갑자기 한밤중에 구속되었을 때 엉망으로 술에 취해 있었다고 하지 않았던가. 자신을 심문하던 이장곤(李長坤)에게 그의 자를 부르며 '이보게, 희강(希剛)이 자네야말로 용가(龍哥)일세' 하고 술주정하지 않았던가. '용가'라면, '어리석은 못난이'를 가리키는 비속어. 심지어 홍숙(洪淑)이 심문할 때엔 더욱더 만취하여 주위의 만류를 뿌리치고 당상으로 뛰어오르려 하였고, 자신이 답변한 공초(供草)에 서명하기를 거부하였다고도 하지 않았던가.

이퇴계는 『퇴계언행록(退陶言行錄)』에서 조광조를 이렇게 평가하고 있다.

"요순시대와 같은 이상정치시대는 환경과 역경이 없으면 이루어지지 않는 것이다. 기묘(己卯)의 실패도 이와 같은 것이다. 당시 공은 실패할 것을 이미 알고 자제를 하였지만 그 동료들이 탄핵하여 오히려 공을 탄핵하려 하였으니 그도 어찌할 수 없었다."

이후 선조 원년(1568년).

조광조가 죽은 지 50년 후에 당시 대사간이었던 백인걸을 비롯하여 태학생 홍인헌(洪仁憲) 등이 조광조를 문묘에 배향할 것을 주장하고 부제학이었던 박대립(朴大立)이 그에게 관작을 증수하고 시호를 내릴 것을 주장하자 선조는 경연에서 이퇴계에게 조광조의 학문과 행적을 물었다. 이에 이퇴계는 조광조에 대해 날카로운 촌평을 내리고 있다.

"조광조는 천품이 빼어났으며, 일찍 학문에 뜻을 두고 집에서는 효도와 우애를, 조정에서는 충직을 다하였으며 여러 사람들과 서로 협력하고 옳은 정치를 하였습니다. 다만 그를 둘러싼 젊은 사람들이 너무 과격하여 구신들을 물리치려 함으로써 화를 입게 된 것입니다."

그뿐인가.

평생 조광조를 존경한 나머지 자신이 세운 사당에 조광조의 석상을 세워놓을 정도였던 이율곡은 『석담일기(石潭日記)』에서 조광조의 실패를 안타까워하고 있는 것이다.

"옛사람들은 반드시 학문이 이루어진 후에 이론을 실천하였으며, 이론을 실천하는 목적은 임금의 잘못을 시정하는 데 있었다. 아깝다! 공은 어질고 밝은 성정과 나라를 다스릴 재주를 가졌음에도 불구하고 학문이 채 이루어지기도 전에 정치계로 나아가 위로는 잘못을 시정하지 못하고 아래로는 수구세력의 비방을 막지 못하였으니, 비록 임금에게 간청을 하기는 하였지만 공을 비방하는 입이 한 번 열림에 결국 몸을 죽이고 나라를 어지럽히게 하였으며, 후세 사람들에게까지 그의 행적이 경계가 되었다. 하늘이 그의 이상을 실현하지 못하였게 하였으면서도 어찌 그와 같은 사람을 내었던 것일까."

그러나 과연 그러하였음일까.

조광조는 이퇴계의 평가대로 '천품이 뛰어나고 옳은 정치를 하였으나 주위 사람들을 다스리지 못한' 실패한 개혁가였을까. 아니면 이율곡의 평가처럼 '학문이 채 이루어지기 전에 성급하게 정치에 뛰어든' 아마추어 정치가였던 것일까.

아니다.

나는 머리를 흔들면서 조광조의 영정 앞에 무릎을 꿇었다. 주머니를 뒤져 라이터를 꺼내 제상 위에 놓여진 두 개의 초에 불을 밝혔다.

어차피 하늘 아래에는 요순시대와 같은 태평성대의 이상 국가는 존재하지 않는 것이다. 이퇴계가 말하였던 것처럼 '요순시대와 같은 이상 국가는 환경과 역경이 없으면 이루어지지 않는 것'이 아니라 처음부터 없는 것이다. 그러므로 정치가는 때를 기다리는 것이 아니라 스스로 때를 만들어가야 하는 것이다.

조광조는 스스로 때를 만들었다. 스스로 원칙을 세우고 명분을 만들었다.

순간 내 머릿속으로 최근에 여행한 인도 뉴델리에서 보았던 간디의 무덤이 떠올랐다. 인도의 국부 간디의 묘소에는 간디가 20세기 초에 『젊은 인도』라는 책 속에서 쓴 '일곱 가지 사회적인 죄'가 새겨져 있다.

국가가 멸망할 때 나타나는 징조를 간디는 일곱 가지로 나누고 있는 것이다.

"원칙 없는 정치, 노동 없는 부, 양심 없는 쾌락, 인격 없는 교육, 도덕 없는 경제, 인간성 없는 과학, 희생 없는 신앙."

20세기가 낳은 최고의 성인 간디의 예언처럼 '원칙 없는 정치' 야 말로 국가가 멸망으로 나아가는 최고의 조건인 것이다.

조광조는 정치에 있어 원칙과 명분을 강조하였던 정명주의자(正名主義者)였다. 이는 조광조가 평생 동안 사숙하였던 공자의 가르침에서 비롯된다.


자로(子路)가 공자에게 물었다.

"위나라의 임금이 선생님을 모셔다가 정치를 부탁드린다면 선생님께선 무엇부터 먼저 하시겠습니까."

공자가 대답했다.

"반드시 명분을 바로잡겠다.(必也正名乎)"

그러자 자로는 반문했다.

"그런 게 어디 있습니까. 선생님은 우원(迂遠)하십니다. 어째서 그것을 바로잡겠다 하시는 것입니까."

이에 공자는 대답했다.

"어리석구나, 너는. 군자는 자기가 모르는 일에는 입을 다물고 있는 법이다. 명분이 바로 서지 못하면 일이 이루어지지 않고, 일이 이루어지지 않으면 예악(禮樂)이 일어나지 못하고, 예악이 일어나지 않으면 형벌이 적중하지 못하고 형벌이 적중하지 못하면 백성들은 손발 둘 곳이 없게 된다. 그러므로 사물의 이름을 군자가 붙일 때에는 반드시 말로써 전달할 수 있어야만 하며, 말로써 전달되면 반드시 이는 실행되어야 한다. 군자는 말에 있어 구차스러운 바가 없어야 한다."

'반드시 명분을 바로 잡겠다' 라는 공자의 말에서 나온 정명주의, 직역으로는 사물의 명칭을 바로잡는다는 뜻이지만 모든 사물과 사람들이 자기의 주어진 직분이나 명분에 맞는 원칙을 구하는, 즉 질서의 극치를 구하고 이를 반드시 실행하려 하였던 개혁주의자로서의 면모를 보여준 조광조였던 것이었다.

그러므로.

나는 향에 불을 붙여 향로에 꽂으면서 머리를 숙여 말하였다.

조광조는 이퇴계나 이율곡의 평가대로 때를 기다리지 못한 실패자가 아니다. 조광조의 실패는 오히려 우리에게 위대한 유산으로 남겨져 왔다. 그 교훈의 뜻을 새겨 '명분 있는 정치', 간디의 말처럼 '원칙 있는 정치' 를 완성해가는 것은 바로 오늘을 사는 우리들의 몫인 것이다.

바람도 없는데 향불은 머리를 풀어헤치면서 타올라 온 방 안을 가득 채우고 있었다.

분향을 마치고 일어서서 조광조의 영정을 본 순간 문득 초나라의 미치광이였던 접여(接輿)가 공자 곁을 지나면서 외치던 노랫소리가 떠올랐다.

봉새야 봉새야

어찌하여 덕은 그토록 쇠하였는가

지난 일은 탓해서 소용없지만

앞일은 바로 잡을 수 있는 것

아서라 아서라

지금 정치를 한다는 것은 위태로운 짓이니라.


자신의 왕도정치를 실현하기 위해서 13년 동안 70여 나라를 주유하고 임금을 유세하였으나 그 어느 나라에서도 인정을 받지 못하였던 공자. 마침내 68세의 공자가 정치가로서의 야망을 꺾고 고향으로 돌아가려 하였을 때 미치광이 접여가 공자가 탄 수레 곁을 지나면서 그처럼 노래를 하였던 것이다.

그렇다.

나는 조광조의 영정을 바라보면서 생각하였다.

정치란 어차피 2천 년 전 접여의 노래처럼 위태롭고 어리석은 미친 짓인지도 모른다.

'정치가 위태롭고 어리석은 미친 짓'이란 미치광이 접여의 말은 굳이 2천 년 전의 노래만이 아니다. 제2차 세계대전을 승리로 이끈 윈스턴 처칠은 말하지 않았던가.

"정치라는 것은 전쟁 못지 않게 사람들을 흥분시키는 것이며, 똑같이 위험하기도 한 것입니다. 전쟁에서는 단 한 번 죽으면 되지만 정치에서는 여러 번 죽어야 하는 것이 다를 뿐입니다."

그뿐인가.

공자와 거의 동시대를 살았던 고대 그리스의 희극 시인이었던 아리스토파네스는 기원전 427년에 쓴 최초의 작품 『연회의 사람들』 속에서 선동정치가들이었던 '데마고그'들을 풍자하며 말하였다.

"오늘날 정치를 하는 사람들은 이미 학식이 있거나 성품이 바른 사람들은 아니다. 불학무식한 깡패들에게나 알맞은 직업이 바로 정치인 것이다."

향로 속에 꽂힌 향은 향긋한 냄새를 풍기며, 온 방 안을 가득 채우고 있었다. 나는 물끄러미 조광조의 영정을 바라보면서 생각하였다.

스스로 '공자의 도는 천지의 도이며 공자의 마음은 천지의 마음 (夫子之道 天地之道也 夫子之心 天地之心也)'이라고 역설한 조광조. 그는 어쨌든 공자의 도를 좇아 정치를 하였으며, 공자의 마음을 좇아 개혁을 하다가 마침내 사약을 받고 이렇게 비참하게 피를 토하고 죽게 되었음이니.

나는 조광조의 영정에 머리 숙여 작별의 인사를 하고 영정각을 나섰다.

조광조의 영정이시여, 편히 잠드소서.

건물 안에 들어가 있는 동안에 더 많은 눈이 내려 쌓였는지 온 세상이 일제히 환호성을 올리듯 눈부시게 설화(雪花)로 만발하고 있었다.

적막강산이었다.

한 시간 남짓 이곳에 머물러 있었지만 누구 한 사람도 찾아오지 않는 여전한 유형의 땅이었다. 평소에도 외진 곳에 있어 참배객이 드물었는데, 이처럼 함박눈이 내리고 보니 찾아오는 사람조차 끊긴 모양이었다.

　나는 사람의 발자국이라고는 전혀 없는 미답(未踏)의 뜨락을 걸어가면서 생각하였다.

　이로써 오랫동안 꿈꿔오던 대로 조광조의 유허지를 찾아와 직접 내 눈으로 모든 역사적 사실을 되새겨보게 된 것이다. 그러나 이것은 끝이 아니라 오히려 새로운 시작이 아닐 것인가.

　조광조는 과연 어떤 인물이었던 것일까.

　조광조는 이상과 현실 사이에서 고민하였던 실천적 지성인이었던 것일까. 아니면 실패한 정치가였던 것일까.

　역사적으로도 조광조는 극과 극의 상반된 평가를 받고 있다. 조광조를 복권하려는 움직임이 생겨나자 홍문관 직제학의 허흡 등은 '조광조는 나라를 어지럽힌 괴수'라고 단정하고 맹렬하게 비난하였는가 하면 선조는 '죽은 대사헌 조광조는 세상에 없는 순수하고 깨끗한 성품을 지녔으며, 도학을 이 세상에 드러내어 대유(大儒)가 되었다'는 전교를 내렸을 정도이다. 율곡은 조광조를 '학문이 채 이루어지기도 전에 정치에 뛰어들었다'고 부정적인 평가를 하였으면서도 '조광조, 김굉필(金宏弼), 정여창(鄭汝昌), 이언적(李彦迪)' 등을 '동방사현(東方四賢)'이라 하며 칭송하였으며, 후세에 학자들은 그가 죽은 이곳에 죽수서원(竹樹書院)을 세운 것을 시작으로 전국 곳곳에 수많은 서원을 세워 그의 학문과 넋을 기리고 본받았으니, 조광조 그는 과연 공자의 왕도를 실행하려 하였던 이상주의자였던가, 아니면 미치광이 접여의 노래처럼 위태로운 정치에 뛰어든 어리석은 몽상가였던가. 그가 남긴 교훈은 무엇이고, 그가 남긴 허물은 무엇인가.

정문을 나오자 맞은편 주차장에 세워둔 차가 보였다. 차는 내리는 눈을 고스란히 맞아 가라앉아 있었다. 미끄러지지 않도록 조심해서 걸으며 나는 천천히 주차장으로 걸어갔다. 주머니에서 열쇠를 꺼내 문을 열고 올라탄 후 차창에 쌓인 눈을 털어내기 위해서 윈도 브러시의 스위치를 올렸다. 브러시가 작동되면서 차창에 부채꼴 모양의 빈 공간이 드러났다. 차 안을 데울 수 있도록 히터를 켠 후 나는 담배를 피워 물었다.

더 이상 늦기 전에 광주로 돌아가야 할 것이다.

다행이 눈은 내려 쌓였지만 날씨가 포근하여 아직 결빙이 생기지 않아 도로는 미끄럽지 않을 것이다. 주의해서 돌아간다면 저물기 전에 광주에 도착할 수 있을 것이다.

어느 정도 차 안이 훈훈해지자 나는 사이드브레이크를 풀었다. 차를 출발하기 전 나는 다시 한번 눈이 덮인 유허지를 바라보았다.

순간 머릿속으로 조광조가 남긴 편지의 한 문장이 떠올랐다.

"……지난해 제가 보낸 작은 매화 값을 잊지는 않으셨겠지요. 껄껄, 우습습니다. 곤궁한 귀신이 이르지 않음이 없으니 또 가소롭습니다."

가소롭구나, 그대여.

나는 천천히 차를 몰아 나아가면서 중얼거렸다.

곤궁한 귀신에 이르러 비명횡사하였으니, 껄껄 우습기도 하구나. 그대, 조광조여.

나는 벨트를 빼 상체를 묶고 고정한 후 큰 거리로 빠져 나오면서 중얼거려 말하였다.

가자.

가소로운 조광조를 찾아 떠나자. 시대와 공간을 초월한 타임머신을 타고 그대가 과연 무엇을 하였는지, 어떠한 생을 살았는지 그 현장을 찾아 여의봉을 든 손오공이 되어 천축으로 가는 신서유기(新西遊記)의 여행을 떠나보기로 하자.

제 2 장

# 기묘사화 己卯士禍

하늘에 이르는 길

王道

# 1

중종 14년(1519년) 11월 15일 새벽.

한 사람이 정릉동의 골목길을 걸어가고 있었다. 정릉동은 오늘날 덕수궁에 인근하여 있는 정동(貞洞).

사내는 초립(草笠)을 쓰고 베옷을 입은 남루한 차림새였다. 초립은 가는 풀줄기로 엮은 갓이었는데, 흔히 관례한 어린 소년이나 아니면 광대들이 쓰는 것이었다. 다 떨어진 짚신까지 신은 모습이었으므로 영락없는 쌍놈의 모습이었다. 그러나 그런 복장이었음에도 불구하고 걸음걸이만은 당당하고 의젓하였다.

아직 사람들의 인적이 없는 꼭두새벽이었지만 사내는 간혹 사람들의 인기척이 들려오면 어둠 속에 잠시 몸을 숨겼다가 사라진 후에야 다시 나타나 걷곤 하였으므로 뭔가 주위를 꺼리고 있는 것처럼 보였다.

마침내 사내는 솟을대문 앞에 서서 주위를 한참 살핀 후 소리쳐 말하였다.

"이리 오너라."

보통 솟을대문 옆에는 행랑채가 붙어 있고 그곳에는 하인들이 살고 있었는데, 이처럼 신새벽에 찾아올 사람이 없으므로 하인들은 넋 모르고 잠들어 있어 사내의 목소리를 듣지 못하였다.

"이리 오너라. 이리 오너라."

주위를 꺼려 낮은 소리로 외쳤던 사내는 잠시 후 소리를 높여 큰소리로 외쳤다. 그러자 비로소 잠에서 깨어난 듯 행랑것 하나가 볼멘소리로 문을 열고 밖을 내다보면서 말하였다.

"뉘시유."

그러자 사내가 목소리를 낮춰 말하였다.

"대감 어른 계신가."

잠에서 덜 깨어난 하인이 눈을 비비며 다시 본 후 행여 자신이 잘못 본 것이 아닐까, 이것이 꿈일까 생시일까 하는 어리어리한 눈빛으로 말하였다.

"누구냐고 내가 묻지 않더냐."

하인으로 볼 때는 기가 막힌 노릇이었다. 초립에 베옷을 입은 쌍놈 하나가 어둑 새벽에 난데없이 찾아와 대감 어른을 찾다니.

"네 이놈."

간신히 정신이 든 하인이 소리쳐 말하였다.

"네놈이 이 집이 어느 댁인지나 알고 동냥질을 나왔단 말이냐. 어서 물러가지 못하겠느냐."

그러자 남루한 옷차림의 사내는 하인 녀석의 으름장에도 전혀 물러서는 기색이 없이 오히려 문 앞으로 바짝 다가와 분명한 목소리로 말하였다.

"잔소리말고 대감 어른께 남산골에 살고 있는 남 서방이 급한 용무가 있어 찾아뵈러 왔다고 여쭈어라."

어린 종놈은 어리둥절하였다. 비록 행색은 남루하기 이를 데 없는 쌍것이었지만 얼굴과 목소리에는 사람을 압도하는 품위가 있었기 때문이었다. 그러나 이곳은 정승 댁. 영의정 정광필 나으리가 살고 있는 집이 아닐 것인가. 예사 사람이 함부로 드나들 수 있는 여염집이 아닌 것이다. 게다가 지금은 꼭두새벽이 아닐 것인가.

난처해진 종놈은 다른 행랑채로 달려갔다. 그곳에는 행랑것들의 으뜸인 노인이 잠들어 있는 방이 있었다. 잠들어 있던 노인은 하인으로부터 자초지종을 듣고 난 후 본능적으로 심상치 않은 일이 벌어진 것을 알아채었다. 미처 실성한 놈이 아니고서는 반드시 곡절이 있을 것이라고 노인은 직감하였다. 이처럼 어둑 새벽에 정승 댁을 찾아오면 그럴 만한 이유가 있을 것이다. 초립에 베옷을 입은 변복차림이었다면 반드시 주위를 꺼릴 만한 국가의 중대사가 걸린 일때문에 이처럼 남의 눈을 피해 찾아온 것임에 틀림이 없는 것이다.

노인은 대문을 열고 문밖으로 나가보았다. 노인의 예상은 적중하였다.

남루한 행색의 사내를 보자마자 노인이 소스라치게 놀라면서 고개 숙여 말하였던 것이다.

"아니 대감마님, 이 신새벽에 어인 일로 행차이시나이까."

노인으로부터 난데없이 '대감마님'으로 불린 정체불명의 사내는 그 말을 듣는 순간 입에다 손을 대어 쉬잇, 하고 주의를 주고는 낮은 소리로 말하였다.

"어서 가서 대감 나으리께 남산골 사는 남 서방이 뵈러 찾아왔다고 여쭈어라."

남산골 사는 남 서방. 단순히 남 서방이라고 자신을 지칭한 사내의 목소리에는 위엄이 깃들어 있었다. 그러나 노인은 그가 누구인지 잘 알고 있었다. 비록 정승 댁의 하인이긴 하지만 오랫동안의 눈썰미로 그 남루한 차림의 손님이 누구인지 단박에 알아보았기 때문이었다.

남 서방.

자신을 홀대하여 벼슬 없는 서민의 이름으로 서방이라 하였지만 그것이 될 법한 호칭인가. 그 사람은 예조판서 남곤(南袞)이 아닐 것인가. 예조라면 정2품의 고위대신으로서 예악과 제사, 과거 등의 일을 맡아하였던 육조 중의 하나인 것이다. 그러한 재상 나으리가 이처럼 광대들이나 입을 수 있는 천복을 입고 아직 어둑어둑한 새벽에 남의 눈을 피해 찾아오다니.

"나으리."

노인은 황급히 허리를 굽혀 말하였다.

"어서 안으로 드시옵소서."

노인은 앞서 길을 연 후 머뭇거리는 종놈을 향해 꾸짖어 말하였다.

"어서 대문을 활짝 열고 맞아들이지 못하겠느냐."

이윽고 대문이 활짝 열리자 노인이 안내하여 남 서방, 아니 남곤은 집 안으로 들어섰다.

사생결단이다.

남곤은 집 안으로 들어서면서 속마음으로 중얼거렸다.

어차피 죽느냐 사느냐의 끝장을 봐야 하는 순간이 다가온 것이다.

남곤은 품속에 들어 있는 단도를 가만히 만져보았다. 여차하면 비수를 뽑아 정광필의 목숨을 단칼에 빼앗아야 할 위기의 순간이 다가올지도 모른다.

"나으리."

앞장서서 걷던 노인이 남곤을 사랑채로 안내한 후 허리 굽혀 말하였다.

"이곳에 잠시만 계시옵소서. 대감마님께 여쭙고 오겠나이다."

"그리 알겠네."

남곤은 따 떨어진 짚신을 벗고 방으로 들어가 앉았다. 아직 날이 밝지 않아 어둠이 깃들어 있었으나 어디선가 새벽을 알리는 닭의 울음소리가 아득하게 들려오고 있었다. 이미 죽음을 각오한 남곤이었으므로 차라리 마음 편하였다. 남곤으로서는 오직 이 길만이 선택할 수 있는 최후의 방법이었던 것이었다.

거사를 성공시키기 위해서는 어차피 의정부(議政府)를 설득하지 않으면 안 된다.

의정이라면 백관을 통솔하고 정사를 도맡던 영의정, 좌의정, 우의정을 가리키는 말로써 다행히 얼마 전 좌의정 신용개는 사망하였다. 남은 사람은 영의정 정광필과 우의정 안당뿐이다. 그러나 안당은 난공불락의 난적. 조정의 신진세력들과 가까운 사이로 그를 우군으로 확보하는 것은 불가능한 일일 것이다.

그에 비하면 영의정 정광필. 그는 57세의 노대신으로 대왕마마뿐 아니라 모든 대신으로부터 신망이 높았으므로 만일 그의 지지를 얻는다면 이는 호랑이의 날개를 얻는 일과 마찬가지일 것이다. 그러나 만에 하나라도.

정좌한 자세로 남곤은 생각하였다.

그가 거절하여 음모가 발각될 위험에 처할 시에는.

남곤은 품속의 단도를 가만히 어루만지면서 이를 악물고 맹세하였다.

단칼에 그의 목을 찔러 목숨을 빼앗을 것이다.

어차피 오늘 밤이면 모든 것이 판가름날 것이다. 오늘 밤이면 죽느냐 사느냐의 피의 숙청이 시작될 것이다.

그들을 죽이지 않는다면 반드시 내가 죽을 것이다. 거사 직전에 이처럼 위험을 무릅쓰고 정광필을 찾아온 것은 그만큼 정광필의 존재가 이번 거사에 중요한 인물이기 때문인 것이다.

이윽고 바깥에서 헛기침 소리가 났다. 정광필의 인기척이었다.

남곤은 자리에서 벌떡 일어섰다. 문을 열고 들어선 정광필은 미리 하인으로부터 대충 전해들은 듯 별로 놀라지 않는 표정으로 입을 열어 말하였다.

"어인 일로 이 새벽에 행차하셨소이까."

그러자 남곤은 주위를 살피면서 낮은 목소리로 말하였다.

"주위를 물리쳐 주옵소서. 대감 나으리."

남곤의 말에 정광필은 어이없는 표정으로 말하였다.

"주위에 누가 있단 말이오. 방 안에는 공과 나 두 사람뿐이오."

남곤은 손가락을 들어 밖을 가리켰다. 그러자 정광필은 소리쳐 말하였다.

"게 누구 있느냐."

문밖에 대령하고 있던 노인이 대답하였다.

"소인 문밖에 있사옵니다."

"물러가 있거라."

하인이 사라지자 사위는 정적으로 가득찼다. 오랜 침묵이 흘렀으나 남곤은 먼저 입을 열어 말하지 아니하였다. 마침내 정광필이 다시 입을 열어 물었다.

"공은 재상의 몸으로 이처럼 변복을 하고 남의 눈을 피해 찾아올 시에는 반드시 연유가 있을 터인데, 그 연유를 어서 말하여보시오."

그러자 남곤은 낮은 목소리로 말하였다.

"신은 밀서를 갖고 왔나이다."

"밀서라니. 누구로부터의 밀서란 말이오."

"대감 나으리."

남곤은 정면으로 정광필을 쳐다보며 말하였다.

"밀지이나이다."

밀지(密旨). 이는 임금으로부터 직접 내려진 비밀스런 명령을 가리키는 말이 아닐 것인가.

그러자 정광필은 무릎을 꿇어 예를 갖춘 후 채근하여 말하였다.

"주상으로부터의 밀지라면 그것을 어서 보여주시오."

남곤은 품속에서 밀지를 꺼내어 두 손으로 정광필에게 전해주었다. 정광필은 이를 받아 밀서를 펼쳐보았다. 특이하게도 한문으로 쓰여져 있지 아니하고 국문으로 쓰여진 편지였다. 기록에 의하면 그 밀서의 내용은 다음과 같다.

조광조들이 정국공신의 삭훈을 청한 것은 강상(綱常)을 중하게 여긴 것이나 먼저 공 없이 공신에 오른 자를 제거하고 다음에 남은 20여 명은 연산군을 부당하게 폐위시켰다는 죄로 다스릴 것이니 그렇게 되면 경들은 결딴이 날 것이오. 또한 그 화가 나에게도 미칠 것이다…….

밀서를 읽어 내려가던 정광필의 얼굴이 순간 창백하게 질렸다. 밀서의 서두만 읽어도 사태의 중요함을 미루어 짐작할 수 있었기 때문이었다.

"주상의 밀지라면 어찌하여 수결이 없는 것이오."

"하오면."

다소 언짢은 표정으로 남곤이 대답하였다.

"나으리께오서는 이 밀지가 주상으로부터의 밀지가 아니라 사사로이 위조되었다고 의심하고 계십니까."

"아, 아니오."

정광필은 손을 저으며 말하였다.

"신이 이처럼 변복을 하고 찾아온 것은 주상의 밀지를 나으리께 비밀로 전해드리기 위함이었소이다."

"아, 알겠소."

정광필은 다시 밀지를 읽어 내려가기 시작하였다

　……조광조가 현량과를 설치할 때는 천하의 인재를 얻으려 함
인 줄 알았으나 지금에 생각해보면 그의 세력을 확보해두려는
것이었다. 나의 심복은 몇 사람 되지 않으니 정광필은 왕실을 위
하는 사람이며 이장곤은 전에는 그렇지 않았으나 지금에는 그들
에게 붙었으니 그 밑 졸개들은 더욱 믿을 수 없으며, 다만 심정
은 근래 비록 탄핵을 받고 있으나 재간이 있어 믿을 수 있을 것
이다. 내가 그들을 제거하려는 뜻을 다른 사람에게는 알리지 말
고 남곤과 심정에게는 알리는 것이 어떠하겠는가.

　떨리는 마음으로 밀지를 읽어 내려가던 정광필은 '내가 그들을
제거하려는 뜻을 다른 사람에게는 알리지 말고 남곤과 심정에게는
알리는 것이 어떠하겠느냐'는 문장에 이르러 잠시 멈추었다.
　내용대로라면 주상은 이 밀지를 남곤에게 직접 전교한 것이 아닌
것이다. 지금껏 정광필은 남곤이 직접 주상으로부터 밀지를 전해
받은 것으로 알고 있었다. 그렇지 않고서야 남곤이 이처럼 천복을
하고 꼭두새벽에 자신의 집을 찾아올 일이 없지 않은가. 그런데 밀
서의 내용대로라면 주상의 밀지는 다른 사람에게 은밀히 건네진 것
이며, 남곤은 다만 이를 정광필에게 전해주기 위한 하수인으로 찾
아온 것이다.
　"하오면."
　조심스럽게 밀지를 읽던 정광필은 정색을 한 얼굴로 물어 말하

였다.

"주상께오서 내리신 밀지를 직접 하교받은 사람은 누구시요. 남 공은 아니지 않소이까."

"그것은 차차 알게 되실 것이나이다."

남곤은 싸늘한 표정으로 대답하였다.

그러나 정광필은 마음속으로 짐작되는 바 있었다. 밀서의 내용대로라면 주상은 조광조 일파의 신진세력들을 숙청하려고 하고 있는 것이다. 이는 국기를 뒤흔드는 무시무시한 변란인 것이다. 이미 과거에 있었던 수많은 사화(士禍)로 얼마나 많은 인재들이 피를 흘리면서 죽어갔던가. 특히 선조인 연산군 대에 있었던 두 차례의 사화, 즉 무오사화와 갑자사화로 이미 아까운 인재들이 수없이 희생되었다. 그런데 그 일이 있은 뒤 불과 15년도 채 되지 않아 또다시 무시무시한 사화가 벌어지려고 하고 있는 것이다.

그렇다면 이 밀지를 주상으로부터 직접 받은 사람이 누구인가는 자명해지는 것이다.

홍경주(洪景舟).

그는 엿새 전인 11월 9일 정국공신 103명 가운데 그 삼 분의 이에 해당하는 78명을 삭훈(削勳)할 때 마지막으로 포함된 인물이었다. 자신의 딸이 대왕의 후궁이었던 희빈이었음에도 불구하고 삭훈되자 희빈을 시켜 중종에게 다음의 말을 하였다고 기록은 전하고 있지 않은가.


나라의 인심이 모두 조씨에게 돌아갔습니다. 지금 조광조 일파가 삭훈을 주장하는 것은 나라의 중신(重臣)들을 모두 제거한 후 조광조 마음대로 하려 함이요. 또 현량과를 만들어 그들의 세력을 공고히 하고 구신들 중에서 조금이라도 못마땅한 사람들이 있으면 곧 이를 배척하여 가히 입을 열지 못하게 하려 함입니다. 만약에 지금 그들을 처치하지 않으면 이겨내지 못할 것입니다.

…….

특히 유용근(柳庸謹), 한충(韓忠), 박세희(朴世熹), 윤자임(尹自任) 등은 모두 무예가 있어 두려우니 이들을 제거하면 비록 죽어도 걱정이 없겠노라. 전에 경연에서 기준(奇遵)이 조광조가 재상이 될 인물이라 하였거늘 벼슬이 모두 그들에게서 나가니 나는 군왕이 아니라 다만 그 자리를 지키고 있을 뿐이다. 조광조는 말이 공손하고 온순하여 쓸 만한 사람이기에 특별히 발탁하였지만 지금에 나는 주초의 술수에 빠져버렸다.


주초(走肖)의 술수.

정광필도 그 말의 뜻을 알고 있었다. 며칠 전부터 해괴한 소문이 온 장안에 퍼지고 있었던 것이다. 즉 대궐 안 동산에서 궁녀 하나가 우연히 나뭇잎 하나를 땄는데 그 나뭇잎에는 다음과 같은 글자가 새겨져 있었다는 것이다.

주초위왕(走肖爲王).

우연히 나뭇잎을 파먹은 벌레들이 새긴 글자는 주초, 즉 조(趙)씨가 왕이 되려 한다는 천기로 바로 조광조를 가리킨다는 소문이었던 것이다.

영의정이었던 정광필도 그 소문을 들었지만 그냥 웃어버리고 말았었다. 근거 없이 떠도는 유언비어임에 틀림없었기 때문이었다.

그러나 밀서의 내용대로라면 주상은 오히려 이를 '주초의 술수'라 하여서 크게 문제 삼고 있는 것이 아닌가.

순간 정광필은 모골이 송연하였다. 그는 다시 밀지를 읽어 내려갔다.

……내가 지금 그들을 죄주려 하여도 대간들과 홍문관 6조 유생들이 모두 이를 반대하여 어찌할 수 없으니, 요즘은 음식을 먹어도 맛을 모르고 잠을 자도 편안하지 않도다. 경들이 합심하여서 그들을 처치하고 나에게 알리라.

그것이 밀지의 전문이었다. 밀지를 모두 읽고 나서 정광필은 묵묵히 앉아 있었다. 눈치를 살피던 남곤이 먼저 입을 열어 물었다.

"다 읽으셨소이까?"

"읽었소이다."

정광필은 짧게 대답하였다. 그리고 나서 여전히 묵묵부답이었다.

"주상께오서 내리신, 음식을 먹어도 맛도 모르고 잠을 주무셔도 편안하지 않으시다는 말씀도 읽으셨소이까?"

"그렇소이다."

"하오면."

날카로운 눈빛으로 남곤이 물었다.

"어찌 하시겠습니까, 대감 나으리께오서는."

정광필은 조광조를 향한 남곤의 증오심을 잘 알고 있었다. 남곤 역시 엿새 전 78명의 삭훈된 공신의 명단 속에 포함되어 있지만 그 이전에 이미 뿌리 깊은 원한이 있었다. 남곤은 원래 문명을 떨치던 문장파로 도학을 숭상하는 조광조의 무리들과 체질적으로 맞지 않았지만 특히 지난해 주청사(奏請使)로 명나라에 사신으로 갔을 때의 실수로 조광조 일파에 집중적인 성토를 받았던 쓰라린 과거를 갖고 있었던 것이다.

명나라에서는 종계(宗系)의 일을 잘못 기술하고 있었는데 그 대표적인 예로 태조 이성계가 고려 말에 권신 이인임(李仁任)의 아들로 기록되어 있고, 태조가 고려 말의 네 왕, 즉 공민왕과 우왕, 창왕, 공양왕을 모두 죽였다고 기록하고 있었다. 이를 제대로 변무(辨誣)하지 못하고 귀국하였으나, 그럼에도 그 공으로 예조판서가 되었던 것이다.

이에 대해 조광조의 무리들은 3년이고, 4년이고 기필코 북경에 머물면서 이를 바로잡고 돌아와야지 어떻게 그대로 돌아왔느냐고 남곤을 질책하여 탄핵하는 상소를 수차례 올렸던 것이다.

그러므로 남곤이 조광조를 숙청하는 데 앞장서서 이처럼 꼭두새벽에 천민의 복장을 하고 찾아온 것은 지극히 당연한 일인지도 모른다.

"대감 나으리."

남곤이 목소리에 힘을 주어 말을 뱉었다.

"주상께오서는 조광조의 무리를 처치하고 싶어하십니다. 조광조 무리를 한 사람이라도 남기면 그 해가 무궁할 것인즉 대감 나으리께오서는 이를 어찌하실 것입니까."

남곤은 넌지시 정광필의 의향을 떠보며 때로는 좋은 말로 달래고, 때로는 위협하면서 다음과 같이 말하였다고 기록은 전해오고 있다.

"주상께오서는 오늘 밤 반드시 나으리를 불러 의논할 것이니 나으리께오서는 주상의 뜻을 받들어 주초의 무리들을 남김없이 제거하여 나라를 안정되게 하시오. 만약에 그렇지 못하면."

남곤은 잠시 말을 끊었다. 그리고 짧은 침묵 끝에 정광필을 노려보며 말을 이었다.

"반드시 후회할 일이 많을 것이오."

남곤의 위협적인 말을 들으며 정광필은 정색을 하여 꾸짖었다.

"공은 재상의 몸으로 이처럼 천민의 복장을 하고 장안을 돌아다니면서 도대체 무슨 짓을 하는 것이오. 사람을 해치는 일에 나보고 앞장서라는 것이오. 이는 나로서 차마 할 수 없는 일이오."

그러자 남곤이 싸늘한 목소리로 말을 이었다.

"하오면 대감께오서는 주상의 뜻을 거역하시겠다는 말씀이시오."

준엄한 남곤의 질문에 정광필이 대답하였다.

"신하된 도리로써 어찌 감히 주상의 뜻을 거역할 수 있단 말이오. 하오나."

정광필은 물끄러미 남곤을 쳐다보며 말을 이었다.

"공께오서는 일찍이 조광조를 천거하여 부교리에서 응교(應敎)로 승진시키지 않았나이까."

정광필의 말에는 뼈가 있었다.

조광조를 2품이나 건너뛰어 정4품의 관직인 응교로 승진시킨 것은 바로 남곤이 주상께 '조광조는 과거 유생으로 천거를 받을 만큼 뛰어난 학행이 있고, 많은 신진들의 추종을 받고 있으니 자격을 따질 것 없이 마땅한 자리에 앉히는 것이 좋겠나이다' 하고 추천하였기 때문에 가능한 일이었던 것이다. 그뿐인가. 조광조를 경연의 시강관(侍講官)과 춘추관의 편수관(編修官), 그리고 승문원의 교감(校勘)도 겸직하게 만들어 당대 최고의 실력자로 만든 것도 바로 남곤이 아니었던가. 그것이 2년 전의 일. 불과 2년 사이에 조광조를 파격적으로 승진시켜 권력의 중심에 서도록 강력하게 천거하였던 남곤이 이번에는 이처럼 조광조를 숙청하려고 모의를 꾸미고 있는 것이 아닌가. 무릇 정치란 예나 지금이나 자신의 이해가 걸렸을 때에는 이처럼 손바닥을 뒤집는 여반장(如反掌)의 속성을 갖고 있는 것일까.

"하오나 지금의 조광조는 변했나이다. 주상의 밀지처럼 조광조는 자신의 세력을 확보하여 조정을 장악하고 심지어는 주상마저 허수아비로 만들려 하고 있지 아니하나이까."

남곤의 말에 정광필이 대답하였다.

"나는 다만 자주색이 붉은색을 빼앗을까 그것을 두려워할 따름이오."

정광필은 수수께끼와 같은 말을 던진 후 방 한구석에 있는 종이를 꺼내 붓에 먹을 듬뿍 묻힌 후 다음과 같이 써 내려갔다.

"色厲而內荏 譬諸小人 其猶穿踰之盜也與."

남곤은 정광필이 쓴 문장을 읽어보았다.

"얼굴빛이 위엄이 있으면서 마음이 유약한 것을 소인에 비유하면 벽을 뚫고 담을 넘는 도적과 같은 것이다."

최후의 통첩과 같은 남곤의 질문에 정광필은 두 줄의 문장으로 자신의 속마음을 드러내보인 것이었다.

잠시 붓을 멈췄던 정광필은 다시 문장을 써 내려갔다.

"惡紫之奪朱也 惡利口之覆邦家者."

마지막 문장을 읽어본 남곤의 얼굴은 울그락불그락하였다. 그 말의 뜻은 다음과 같았기 때문이었다.

"나는 자주색이 붉은색을 빼앗는 것을 미워하며, 말 잘하는 입이 나라를 전복시키는 것을 미워한다."

당대의 문장가였던 남곤이 정광필이 쓴 그 문장의 내용을 모를 리 없었다. 그 말은 『논어』의 「양화(陽貨)편」에 나오는 문장으로 '작은 지방의 토호였던 향원(鄕愿)을 덕을 해치는 도적'이라고 말하고 있는 공자는 '진짜 같은 가짜', 즉 사이비에 대해서 경계하는 가르침을 펼치고 있었던 것이다.

즉 자주색은 붉은색에 가깝기는 하지만 붉은색은 아니다. 따라서 자주색은 진짜처럼 보이지만 실제로는 전혀 다른 가짜인 것이다. 마찬가지로 얼굴은 위엄이 있으면서도 마음속으로 거짓말을 하는 것은 벽을 뚫고, 담을 넘는 도적의 행위이며, 말 잘하는 입으로 나라를 전복시키는 행위 역시 도적의 행위인 것이다.

사이비.

'비슷하지만 실은 아님'이란 뜻을 가진 사이비.

공자가 가장 미워하였던 것은 정치가들이 갖고 있던 이처럼 겉과

속이 다른 이중성이었던 것이다.

"하오면."

남곤이 붉게 상기된 얼굴로 따져 물었다.

"대감께오서는 신을 향원이라고 비웃고 계시나이까."

남곤의 질문에 정광필이 대답하였다.

"어찌 내가 감히 남 대감을 향원과 같은 소인이라고 비웃을 수 있겠소이까. 하오나 일찍이 맹자께오서도 '내가 향원을 미워하는 것은 그가 덕을 혼란시킬까 두려워서이다'라고 말하지 않으셨나이까. 내가 두려워하는 것은 조광조를 숙청하려 하는 것이 나라를 위하는 일이 아니라 어쩌면 벽을 뚫고 담을 넘는 도적의 행위일지도 모른다는 생각이 들었기 때문이나이다."

정광필의 대답 속에는 진심이 깃들어 있었다. 일찍이 맹자에게 제자 만장(萬章)이 물었던 적이 있었다.

"많은 마을 사람들이 다 훌륭한 사람이라고 칭찬한다면 그런 사람은 어디를 가도 훌륭한 사람이 아닐까요. 그런데 공자께서는 왜 향원을 가리켜 '향원은 덕을 해치는 도둑(鄕愿德之賊)'이라고 말씀하셨을까요."

이 질문에 맹자는 대답한다.

"그들을 비난하려 해도 딱 들어서 비난할 길이 없고 공격하려 해도 공격할 구실이 없으나 세속에 아첨하고 더러운 세상에 합류한다. 집에 있으면 충심과 신의가 있는 척하고 나아가 행하면 청렴결백한 척한다. 그래서 사람들이 다 좋아하고 스스로도 옳다고 생각하지만 그들과 더불어 '요순의 도(유교에서 이상으로 그리는 정치)'에 들어갈 수 없기 때문인 것이다. 그래서 공자께서는 '나는 사이비를 미워한다. 말 잘하는 것을 미워하는 것은 정의를 혼란시킬까 두려워서이고, 말 많은 것을 미워하는 것은 신의를 혼란시킬까 두려워서이고, 향원을 미워하는 것은 그들이 덕을 혼란시킬까 두려워서이다'고 하신 것이다."

정광필의 말을 들은 남곤은 자리에서 벌떡 일어나면서 말하였다.

"대감께오서는 그러하면 신을 사이비라 칭하고 있는 것이오이까."

벌떡 일어선 남곤은 걸쳐 입고 있던 천복을 벗기 시작하였다. 초립과 베옷을 벗자 안에 받쳐 입고 있던 복장이 드러났다.

"어쨌든 신은 주상의 밀지를 전하고 이제 물러가오니 나으리께오서는 주상의 뜻을 받들어 조정을 안정되게 하시오."

남곤은 소매를 떨치고 황망히 사라졌다. 살기마저 느껴지는 남곤의 태도에 차마 만류하지 못하고 떠나보낸 정광필은 마음이 착잡하여 그가 벗어버리고 간 변복들을 물끄러미 바라보면서 생각하였다.

이를 어찌할 것인가.

온 조정은 또다시 피의 숙청으로 얼룩질 것이다. 홍경주와 남곤, 심정을 중심으로 하는 훈구파와 조광조를 중심으로 하는 신진사림파 간의 죽느냐 사느냐의 혈전이 시작될 것이다. 문제는 밀서의 내용대로라면 주상의 마음이 이미 조광조에게서 떠나 있다는 점인 것이다.

주상은 밀지에서 분명하게 단언하고 있지 않은가.

'……요즘은 무엇을 먹어도 맛을 모르고 잠을 자도 편안치 않으

82

니, 경들이 그들을 처치하고 나에게 알려라.'

정광필은 무거운 몸을 일으키며 소리쳤다.

"게 누구 있느냐."

그러자 문밖에서 노인이 대답하였다.

"쇤네 대령하고 있사옵니다."

정광필은 남곤이 벗어두고 간 옷들을 집어 들어 문밖으로 나아가 뜨락에 내던지며 말하였다.

"이것들을 모두 태우거라. 댓돌 위에 있는 짚신도 함께 태우거라. 다시 한 번 말해두거니와 새벽에 남 대감이 집으로 찾아왔었다는 것은 절대로 밖에 알려져서는 안 되느니라. 알겠느냐."

눈치 빠른 하인은 재빠르게 옷가지를 들고 사라졌다. 정광필의 불길한 예감은 그대로 적중된다.

바로 그날 밤.

왕, 중종을 중심으로 하는 친위쿠데타가 궁궐 안에서 벌어지게 되는 것이다.


2


중종 14년 11월 15일 밤.

하오 7시와 9시 사이인 일고(一鼓) 무렵.

경복궁의 북문인 신무문(神武門) 앞에 어두운 그림자가 어른거리고 있었다. 가을도 깊어 이미 한겨울로 접어든 계절이었다. 밤이 깊어지자 하늘을 덮은 먹구름으로 달빛조차 보이지 않고 칼바람이 매섭게 불어오고 있는 어두운 한밤중이었다. 마침내 한 사람의 그림자가 나타나자 기다리고 있던 사람들이 반겨 맞았다.

"어서 오십시오, 나으리."

나중에 나타난 사람은 후궁인 희빈의 아버지인 홍경주였고, 미리와 기다리고 있던 사람은 남곤과 심정이었다.

"어찌 되었습니까."

심정이 낮은 목소리로 물어 말하였다.

"주상께 밀서는 전해졌습니까."

"물론입니다."

홍경주는 자신있게 대답하였다. 홍경주는 이미 공조판서인 김정(金錠)을 통하여 중종에게 다음과 같은 밀서를 전해 올렸던 것이었다.

"국가의 변란을 보고하려 하나 주상을 가까이 모시고 있는 사람이 모두 조광조의 심복이므로 뜻을 이룰 수가 없습니다. 사태가 매우 위험하오니 신무문을 열어주시면 밤을 타고 나아가 말씀드리겠습니다."

홍경주는 실제로 밀서가 대왕에게 전해졌는가를 자신의 딸인 희빈으로부터 최종 확인할 수 있었던 것이다.

"주상께오서는 신들을 기다리고 계실 것이나이다."

이왕 조광조 일파의 제거를 결심했다면 차일피일 시간을 끌 수가 없었다. 지난 새벽 정광필의 의중을 떠보기 위해서 변복을 하고 찾아갔던 남곤으로부터 절망적인 답변을 듣자 이들은 더 이상 시간을 지체하였다간 자칫 조광조의 무리들에게 정보가 새어나갈 위험이 있다고 판단하였던 것이다. 속전속결. 어차피 싸움을 할 때에는 질질 끌지 않고 단번에 빨리 끝내는 게 상책인 것이다.

이들이 대궐 안으로 몰래 들어가기 위해서 신무문을 택했던 것은 치밀한 계획 때문이었다.

원래 궁궐문의 모든 열쇠는 승정원에서 보관하게 되어 있다. 만약 긴급한 일로 한밤에 대궐로 들어올 일이 있으면 수문장에게 사유를 말하고 승정원에서 열쇠를 내어 문을 열게 되어 있었던 것이다. 그러나 승정원의 승지들은 대부분 조광조와 뜻을 같이 하는 신진세력이었던 것이다. 특히 이날 밤의 승지였던 윤자임(尹自任), 공서린(孔瑞麟) 등은 조광조의 핵심 세력이었다.

따라서 정상적인 방법으로는 대궐 안으로 들어가는 것이 불가능하였으므로 편법으로 신무문을 선택한 것이었다. 다른 대문과는 달리 신무문은 승정원이 아닌 사약방(司鑰房)에서 따로 열쇠를 관리하고 있었다. 사약이란 왕명의 전달과 왕이 사용하는 문구류의 공급, 궁궐문의 열쇠와 자물쇠의 보관, 관리, 궁궐 내 정원의 도로포장 및 설치와 같은 허드렛일을 도맡아 하는 일종의 행정 관리직이었던 것이었다.

주상께서 밀서를 전해 받고 이미 궐내에서 기다리고 있다는 홍경주의 말을 전해들은 심경주와 남곤은 크게 용기를 내어 신무문으로 다가가 대문을 두드렸다.

하늘을 가렸던 먹구름이 잠시 걷히고 반짝 달빛이 드러났다. 문을 지키고 있는 수문장은 달빛 속에 서 있는 세 사람의 모습을 발견하고는 크게 놀라 물어 말하였다.

"뉘시오."

남곤이 앞장서서 말하였다.

"예조판서 남곤이다. 주상으로부터 왕명을 받고 입시하려 하니 그대는 문을 열라."

수문장은 전에 없던 일이 일어났으므로 우선 당황하였다. 기록에 의하면 이날 밤 입직을 맡고 있던 사약은 구수복(具壽福)으로 정6품 잡직의 말단 관리였다고 전하고 있다.

수문장은 즉시 신무문 뒤쪽에 있는 오운각(五雲閣)으로 달려가 구수복을 만나 예조판서가 한밤중에 왕명을 받고 입시하려 한다는 사실을 고하였다. 구수복으로는 정말 뜻밖의 소식이었다.

원래 신무문은 북방의 현무(玄武)에서 따온 이름으로, 이름이 가리키고 있듯이 음기가 강해서 평소에는 굳게 닫아두었던 폐쇄문이었다. 궐내에서 쓰는 생활용품을 공급하는 비상문이었지만 왕이 비밀스럽게 행차할 때 쓰는 통로이기도 했다. 가령 왕이 소요하고 싶거나 병사들의 열무(閱武)나 농사를 짓는 농부들의 모습을 살피는 관농(觀農) 때 간혹 왕이 드나드는 문이기도 했다. 또한 궐내에서 궁녀와 같은 나인들이 죽으면 남몰래 그 시신이 나가는 문이기도 해서 평소에는 사람들이 드나들지 않는 비밀통로와 같은 비상문이었던 것이다.

문무백관들이 드나드는 정식 통용문은 경복궁의 서문인 영추문(迎秋門)이었는데, 한밤중에 신무문을 통해 입시하려 한다는 수문장의 말은 믿을 수가 없는 보고였던 것이다.

"무슨 일이 있어도 문을 열어주어서는 안 된다."

구수복은 엄중하게 명을 내렸다. 명을 받은 수문장은 다시 누각 위로 올라가 소리쳐 말하였다.

"문을 열어드릴 순 없습니다. 백관께오서는 반드시 영추문으로 드나드셔야 한다는 사실을 모르시나이까."

수문장의 말에 심정이 나서서 호통쳐 말하였다.

"네 이놈. 주상으로부터 어명을 받고 입시하려 한다고 이르지 않았느냐."

"하오나."

수문장이 대답하였다.

"지금은 밤이 깊었나이다. 곧 이고(二鼓)가 될 시각이나이다."

수문장의 말은 사실이었다. 벌써 밤 9시와 11시 사이인 이고에 접어들고 있었던 것이다.

"네 이놈."

성미 급한 심정이 소리쳐 말하였다.

"나는 형조판서 심정이다. 네놈은 화천군(花川君)도 모른단 말이냐."

물론 심정은 현재 형조판서는 아니었다. 조광조 일파의 탄핵으로 파직되었으나 아직 중종반정에 참여하여 세운 공으로 화천군에 봉하여졌던 정국공신이었던 것이었다. 일개 문을 지키는 수문장이었지만 화천군의 이름은 익히 들어왔던 터이므로 심히 난처하여 다시 구수복을 찾아가 고하였다.

"심상치 않은 일이나이다. 화천군 심 대감도 함께였나이다."

구수복은 황당하였다. 원래 사약방은 액정서(掖庭署) 소속의 잡직 관서였다. 특히 구수복은 궁중의 높은 곳에서 한밤중의 안전을 책임지는 내시부 소속의 하급 관리였던 것이다. 구수복은 더 이상 거절할 것이 아니라 자신이 나아가 사실을 확인해야 할 것 같은 필요성을 느꼈다. 구수복은 직접 문 위에 올라가 상황을 살펴보았다.

"무슨 일로 야심한 밤에 이처럼 입시하려 하시나이까."

"어명이라고 내 이르지 않았느냐."

심정이 호통쳐 말하였다.

"이 분이 누구신지 모르겠느냐. 바로 부원군 홍 대감 나으리이시다."

부원군이라면 왕비의 아버지를 일컫는 말. 구수복은 그 말을 듣는 순간 모골이 송연하였다. 부원군이라면 바로 국구(國舅)가 아닐 것인가. 구수복은 이미 신무문을 통해 입궐하여 희빈 홍씨를 만나고 돌아가는 부원군 홍경주의 모습을 통해 낯익어 있었다. 희빈 홍씨라면 대왕마마의 후궁. 개국공신의 딸 중에 일곱 명을 후궁으로 삼는다는 법도에 따라서 경빈 박씨와 창빈 안씨 다음으로 20세 때 후궁이 되어 궁궐로 들어온 각별히 총애를 받는 후궁이 아닐 것인가.

그 말을 들은 순간 구수복은 더 이상 거절할 수는 없다고 생각하였다. 그는 오운각으로 돌아가 열쇠를 꺼내들고 신무문을 열었다.

이로써 마침내 피비린내 나는 궁정쿠데타가 시작된 것이었다.

신무문의 문이 열리자 세 사람은 서둘러 궁궐 안으로 들어섰다. 허리를 조아리고 있던 구수복을 향해 심정이 꾸짖어 말하였다.

"네놈을 절대로 잊지 않을 것이다."

심정의 말은 그대로 실현된다.

어명임을 알리고 문을 열라 요구했던 세 사람의 명령을 거절하다가 뒤늦게 열어준 죄, 이로 인해 구수복은 훗날 관직에서 쫓겨나게 된다.

피비린내 나는 기묘사화의 출발은 이렇듯 신무문으로부터 비롯되었으므로 사람들은 기묘사화를 '신무의 난'이라고도 부르고 있는데, 역사는 돌고 도는 것일까. 그로부터 5백 년 후인 1980년 초반. 신무문 안에 주둔하고 있던 신군부 세력들이 쿠데타를 모의하고 지휘하였던 곳이 바로 이곳이었으니, 신무문은 이처럼 조선시대의 대표적 사화였던 기묘사화의 현장일 뿐 아니라 신군부 세력들의 군사독재를 여는 이른바 12·12사태의 현장이기도 한 것이다.

우여곡절 끝에 입궐에 성공한 세 사람은 즉시 왕을 만나기로 한 추자정(楸子亭)으로 달려갔다. 그들은 추자정으로 가면서도 마음이 조마조마하였다. 홍경주는 이미 왕이 김정을 통해 밀서를 전해 받은 사실을 확인하였지만 차마 이 밤중에 친히 추자정으로 나와 있을까 하는 것에 의구심을 갖고 있었다. 그러나 심정만은 자신감을 갖고 있었다. 왕으로부터 밀서를 직접 받은 사람은 심정이었으므로 그는 이미 왕의 마음이 조광조 일파로부터 떠나 있음을 확신하고 있었기 때문이었다. 『조선왕조실록』에서도 이러한 중종의 태도가 기록되어 있다.

홍문관의 박사로 있던 황효헌(黃孝獻)이 간파하고 있듯이 '왕이 겉으로는 선을 좋아하는 것(귀를 기울이는 것) 같아도 조광조 일파의 직고에 대해서는 자세를 고치거나 낯빛이 변하는 일'이 자주 있었기 때문이었다.

과연 추자정에는 그림자 하나가 우뚝 서 있었다. 가리웠던 먹구름이 벗겨지자 투명한 달빛이 드러났는데 그 달빛 아래 중종이 지밀 내시 한 사람만 거느리고 서 있는 모습이 확연히 드러나 보였다.

"상감마마."

세 사람은 엎드려 부복하여 예를 올리고는 서둘러 말하였다. 기록에 의하면 그 내용은 이러하다.

"조광조 등이 서로 붕당을 만들어 그들에게 붙는 자는 높은 벼슬을 주고, 그렇지 않은 자는 배척하여 권세를 한손에 쥐고 상감마마를 속여 사사로운 이익을 취하여 후진들을 꾀어 나쁘게 가르침으로써 선배와 상관을 업신여기게 하니, 나라의 형세는 나날이 기울어지고 조정은 날로 잘못되어 가고 있습니다."

중종은 묵묵히 이 말을 듣고 있었다. 그의 얼굴에는 만감이 교차하고 있었다. 아무리 사태가 주요하다 하더라도 이처럼 사사로이 야심한 밤에 근신 몇 사람과 조광조 일파의 제거를 논의한다는 것은 떳떳치 못한 일이라는 사실을 뼈저리게 느끼고 있었던 것이다.

"대왕마마."

홍경주가 다시 말을 이었다.

"하오나 그 누구도 조광조 일파의 세력이 두려워서 감히 입을 열지 못하고 있습니다. 시세가 이에 이르러 한심함을 금하지 못하오니 상감마마께오서는 그들을 법에 좇아 다스려 그 죄를 밝힘으로 국기를 바로잡으소서."

그들은 거사가 성공하기 위해서는 무엇보다 중종의 의지가 중요하다고 보고 있었다. 중종의 마음을 얻지 못하고는 이 거사도 반역에 지나지 않을 것이다. 그러나 중종의 마음을 얻게 되면 이는 어명에 의해서 정당한 명분을 얻게 되는 것이다.

그러나 중종은 쉽게 입을 열지 않았다. 오랜 침묵 끝에 중종의 입에서 흘러나온 말은 전혀 뜻밖이었다.

"그대들이 한밤중에 신무문을 통해 숨어 들어와 사사로이 직소하는 것은 법도에도 어긋난 일이다. 후세에 무슨 낯으로 이를 바로잡을 수 있을 것인가."

중종의 입에서 흘러나온 대답을 듣는 순간 세 사람은 난감하였다. 한밤중에 신무문을 통해 숨어 들어와 사사로이 직소하는 것을 왕으로서 차마 어떻게 받아들일 수 있겠느냐는 말은 중종이 이 거사를 찬성하겠다는 것인지 아니면 반대하겠다는 것인지 분명한 결정을 내리지 않은 애매한 답변이었기 때문이었다.

그러나 중종의 그런 말을 들은 순간 심정이 나서서 말하였다.

"알겠습니다, 대왕마마. 신들은 이만 물러가겠습니다."

그리고 나서 심정은 망설임 없이 추자정을 벗어나 신무문으로 걸어가기 시작하였다. 영문을 모르고 뒤를 따르던 홍경주와 남곤은 어렵사리 뚫고 들어온 신무문 밖으로 다시 되돌아나왔다.

홍경주가 먼저 책망하듯 물어 말하였다.

"이보시오, 심공. 어찌하여 주상의 마음을 얻지 못한 채 그냥 쫓겨나올 수 있단 말이오. 주상께오서는 아직 신들의 직소를 받아들이지 않았소."

그러나 심정은 화통하게 웃으며 말하였다.

"주상께서는 이미 웃옷의 왼쪽 어깨를 벗으셨습니다."

'웃옷의 왼쪽 어깨를 벗는다'는 뜻은 '좌단(左袒)'에서 나온 말로 일찍이 한고조 유방의 황후인 여태후가 죽자 여씨 일족을 타도하려던 주발이 병사들을 모아놓고 '원래 한실의 주인은 유씨다. 무엄하게도 여씨가 유씨를 누르고 실권을 장악하고 있으니 이제 나는 천하를 바로잡으려 일어섰다. 여씨에게 충성하는 자는 오른쪽 어깨를 벗고, 유씨에게 충성하는 자는 왼쪽 어깨를 벗으라'라고 말한 것에서 비롯된 것이었다.

"주상께서는 우리 편을 드셨습니다. 주상께오서는 조광조의 신진 세력 무리들을 제거할 수 있는 대신들을 모아서 남의 눈을 피해 숨어 들어올 것이 아니라 영추문을 통해 정식으로 입궐하라는 교지를 내리신 것입니다."

심정은 중종의 마음을 꿰뚫어보고 있었다. 훗날 홍경주, 남곤과 더불어 '신묘삼간(辛卯三奸)'으로 불렸던 심정은 그 중에서도 기묘사화를 주동한 핵심인물이었다. 이 사화의 시작부터 거사에 이르기까지 모든 음모를 기획하고 실행한 사람은 다름 아닌 심정이었던 것이다.

심정은 특히 중종의 후궁이었던 경빈 박씨와 돈독한 관계를 유지하고 있었다. 경빈 박씨는 후궁이었으나 왕자인 복성군(福城君)을 낳았고, 뒤에 혜순과 혜정 두 옹주까지 낳아 왕으로부터 각별한 사랑을 받고 있었던 것이다.

원래 조광조와 심정, 이 두 사람은 전생으로부터의 원한이 있었는지 견원지간이었다. 한성부판윤, 형조판서 등 심정이 요직에 앉을 때마다 조광조로부터 부적격자로 몰려 탄핵을 받았으며, 지난해 5월 지진이 일어났을 때도 조광조는 심정이 형조판서에 임명되었기 때문에 천재지변이 일어났다고 극간하였던 것이었다. 조광조에 대한 심정의 증오는 경빈 박씨를 통해 베갯머리 송사로 조광조가 나라의 권력을 독점하여 '조씨전국(趙氏專國)'을 이루려 한다는 귓속말을 반복하게 하는가 한편 궁궐의 나뭇잎에 꿀을 발라서 벌레로 하여금 '주초위왕'이란 글자를 새기게 한 후 이를 경빈 박씨를 통해 중종에게 전하도록 모사를 꾸미게 했던 것이었다. 심정은 잘 알고 있었다.

중종 원년인 1506년 9월.

박원종(朴元宗), 성희안(成希顔) 등이 반정을 일으켜 연산군을 쫓아낸 뒤 뜻하지 않게 왕위에 오른 중종은 왕도정치를 펼치려고 갖은 노력을 하였으나 자신의 지지세력이 약하자 신진세력인 조광조를 등용하여 철인군주정치를 펼치려 했던 사실을. 또한 심정은 잘 알고 있었다. 그러나 조광조를 중심으로 하는 사림세력들의 개혁정치는 훈구파의 반발을 불러일으키고 중종 자신도 지나친 도덕주의에 염증을 느끼고 있음을.

나뭇잎에 꿀을 발라 벌레들이 파먹게 함으로써 '주초의 술수'를 조작해낸 기묘사화의 발단은 이처럼 중종의 심중을 꿰뚫어본 심정의 작품이었던 것이다.

그러나 좋은 씨앗을 뿌리면 좋은 열매를 맺고, 악의 씨앗을 뿌리면 뿌리는 대로 악의 열매를 맺는 법. 나뭇잎에 꿀을 발라 '주초의 술수'를 조작해낸 심정도 그로부터 10여 년 뒤 똑같은 조작사건으로 사약을 받고 죽게 되니, 무릇 정치적 생명이란 예나 지금이나 이처럼 허망하고 헛된 것인가.

1527년 2월. 뒤에 인종이 되는 세자의 생일날. 동궁 안의 은행나무에 사지와 꼬리를 자르고 입, 귀, 눈을 불로 지진 쥐 한 마리가 걸려 있는 것이 발견된다. 이는 중종의 계비인 윤씨가 세자를 낳고 산후병으로 죽자 경빈 박씨가 자기 소생인 복성군을 세자로 책봉하기 위해서 저주를 내린 사건이라 하여서 '작서(灼鼠)의 변'이라고 부른다. 이로 인해 경빈 박씨와 복성군은 사사되고, 특히 심정은 경빈 박씨와 통정까지 하였다는 불명예를 뒤집어 쓴 채 사사됨으로써 사약을 받고 죽은 조광조의 전철을 밟게 되는 것이다.

심정은 신무문을 나오자마자 표신(標信)을 보내어 훈구파의 모든 대신을 영추문 앞으로 모이게 하였다. 원래 표신이란 긴급한 사유가 있을 때 발부되는 야간통행 허가증이었다. 표신의 발부도 승정원을 거치도록 되어 있었다. 그러나 심정은 임의대로 이를 발부하여 대신들을 소집한 것이었다.

영추문 앞에 모인 대신들의 이름은 공조판서 김전(金銓), 병조판서 이장곤(李長坤), 호조판서 고형산(高荊山), 병조참지 성운(成雲)과 홍숙(洪淑), 손주(孫澍), 방유녕(方有寧), 윤희인(尹希仁) 등이었다. 이들 중 이장곤은 조광조의 사림파와도 가깝고 훈구파의 세력들과도 가까운 중도파였으나 심정이 그를 부른 것은 이장곤이 군사들을 지휘하는 수장이었으므로 그의 세력을 빌리지 않으면 성공을 거둘 수가 없기 때문이었다.

이때가 이고.

영추문은 연추문이라고도 불리우는 경복궁의 서문으로 문무백관이 출입하던 정식 통용문이었다. 대문 옆에는 홍예문이라는 작은 문을 하나 내어 출입하고 있었는데, 마침내 홍예문이 열렸다.

이날 밤 당직이었던 윤자임, 공서린 등은 이러한 사실을 까마득히 모르고 있었다. 기록에 의하면 이들은 모두 경회루 북쪽에 있었던 간의대(間儀臺)를 순찰하고 있었다는 것이다. 간의대는 왕립중앙천문기상대인 서운관(書雲觀)에 두었던 기상관측시설이었는데, 승지 일행이 이곳을 순찰하는 동안 왕명 전달의 책임을 맡은 환관인 승전색(承傳色)이 열쇠를 들고 홍예문을 열어주었던 것이었다.

이들 훈구파 대신들은 곧 중종이 있는 편전 앞으로 나아가 진언하였다. 맨 앞에서 진언하는 심정은 마음속으로 쾌재를 부르고 있었다.

이것이 주상이 원하는 것이다.

주상은 조광조의 제거를 자신의 뜻이 아니라 모든 문무백관의 뜻으로 받아들여 명분을 얻으려 하는 것이다.

심정은 미리 준비했던 무기를 편전에 진열하고 군사로 하여금 왕을 시위하는 한편 홍경주와 심정을 시켜서 왕에게 독촉하게 하였다.

"상감마마."

홍경주가 말하였다.

"사태가 급하오니 시간을 지체할 수 없나이다. 조광조의 무리들을 국문하고 급히 승정원과 홍문 관리들을 가두셔야 하나이다."

군사들이 횃불을 들고 섰고, 대신들 역시 촛불을 밝히고 앉아 있었으므로 궁정 앞뜰은 대낮처럼 밝아졌다. 타오르는 불빛이 멀리까지 번져나가 화광이 충천하였다. 멀리서 이 불빛을 본 입직 승지들은 놀래서 허둥지둥 달려왔다. 합문 밖에 이르러서야 이들은 궁 안에 심상치 않은 돌발 사태가 일어난 것을 알게 되었다.

이를 본 승지 윤자임이 소리쳐 말하였다.

"승정원에서도 모르게 대궐 안에 이처럼 함부로 들어옴은 도대체 무슨 일이냐."

입직 승지 윤자임의 말은 사실이었다. 궁궐을 지키는 승지들의 허락을 받지 않고 한밤중에 궁궐 안으로 들어오는 것은 엄연한 반역행위였던 것이다.

그러나 윤자임의 질문에도 둘러선 사람들은 모두 말을 하지 않았다.

"이보게 희강이."

윤자임은 비교적 우호적인 병조판서 이장곤을 쳐다보며 다시 물었다.

"자네가 대답하여 보게나. 도대체 어찌된 일인가."

그러나 이장곤은 안절부절하면서 대답하지 못하고 당황하고 있을 뿐이었다. 참다못한 심정이 나서서 말하였다.

"신들은 상감마마께오서 표신으로 불러서 왔소이다."

표신이라면. 왕명으로 발부되는 야간통행증 표신으로 승정원을 거쳐야만 가능한 일이거늘 이렇게 아무도 모르게 표신이 발부되었으니 이는 무엇을 가리키고 있음인가.

윤자임은 그 순간 깨달은 바가 있었다.

굳게 닫혀 있어야 할 영추문이 활짝 열려져 있었으며, 그 문을 군중들이 삼엄하게 지키고 있다. 그리고 경복궁의 중심인 근정전에는 푸른 제복을 입은 병사들이 계단 아래 좌우로 정렬해 있었으며 경연청에는 안팎으로 모두 등불이 밝혀져 있었다. 경연청의 합문 안에는 여러 대신들이 촛불을 밝히고 앉아 있었다. 그 대신들의 면면을 살펴본 후 윤자임은 오싹 소름이 돋는 것을 느꼈다.

이들은 모두 훈구대신들이 아닌가.

그렇다면 이것은 무시무시한 사화의 시작을 알리는 참화의 현장이 아닐 것인가.

"다들 물러가시오."

승정원의 주서(注書)인 안정(安珽)이 소리쳐 말하였다.

"이곳은 상감마마께오서 계신 편전이오. 이곳에 무기를 든 군사들을 진열시킴은 어인 뜻이오."

그러자 심정이 비웃으며 말하였다.

"상감마마의 안전을 생각하여 군사들을 시위케 하는 것이오."

그때였다. 내관 신순강(申順剛)이 나타나 말하였다.

"상감마마께오서 성운을 새로이 승지에 임명하셨소. 그러니 곧 들어가 전교를 들으시오."

내관의 말을 들은 성운이 칼을 든 채 편전으로 들어가려 하였다. 이에 윤자임이 앞으로 나서서 가로막고 말하였다.

"승정원이 모르는 일인데 어찌 환관의 말만 듣고 안으로 들어가려 하는 것이오."

윤자임이 가로막자 성운이 칼을 들어 윤자임의 가슴을 찌르며 위협하였다.

"어명을 받고 들어가려 하는데 신하된 주제로 어찌 감히 앞을 막을 수 있단 말이냐. 썩 물러가지 못하겠느냐. 물러가지 못하겠다면 단칼에 베어버리겠다."

그러나 윤자임은 물러서지 아니하였다.

"정히 들어가겠다면 내 몸을 베고 들어가시오."

안정도 성운을 막아 세우며 말하였다.

"아무리 급한 일이 있다하더라도 사관(史官)만은 반드시 참여시켜야 하거늘 어찌하여 단독으로 들어가려 하는 것이오."

성운은 병조참지로 평소 무술에 뛰어난 무인이었다. 그러나 죽음을 무릅쓰고 막아서는 두 사람을 차마 베지는 못하였다. 성운은 관복 띠를 붙들고 문 안으로 함께 들어가려는 안정을 떠밀어버리고 합문 안으로 들어갔다. 성운이 들어간 후 환관이 문지기에게 그 어떤 사람도 들여서는 안 된다는 엄명을 내린 후 곧 사라졌다.

뒤이어 근정전 뜰에는 무거운 정적이 흐르고 있었다.

그 정적은 폭풍이 오기 전의 고요와 같은 것이었다. 중종이 과연 어느 편의 손을 들어줄까 판가름나기를 기다리는 무시무시한 순간이었다.

중종이 심정을 비롯한 훈구파의 손을 들어준다면 그 순간 조광조를 비롯한 사림파들은 역적 죄인으로 처벌을 받아 숙청될 것이고, 윤자임과 공서린의 승지들은 그 자리에서 체포될 것이다. 그러나 만약 중종이 조광조의 손을 들어준다면 한밤중에 승지의 허락 없이 불법으로 대궐 안으로 들어서 시위를 하고 있는 훈구파 대신들은 대역죄로 참형을 받게 되는 것이다.

죽느냐 사느냐의 절체절명의 아슬아슬한 순간이었던 것이다. 그러나 심정은 초조해하는 다른 대신들과는 달리 중종이 이미 왼쪽 어깨를 벗어 자신들의 편을 들어줄 것을 믿어 의심치 않고 있었다.

그러나 그것은 윤자임도 마찬가지였다.

지난 몇 년간 조광조를 중심으로 하는 사림파에 대한 중종의 총애는 남다른 것이었기 때문이었다. 각별한 총애가 없었다면 조광조의 정치개혁은 애당초 불가능하였을 것이 아니었겠는가.

마침내 새로이 가승지로 임명된 성운이 합문 밖으로 나와 근정전 위에 올라섰다. 성운은 소매 속에서 종이쪽지를 꺼내어 읽기 시작하였다.

"상감마마께오서 전지를 내리셨소. 형조판서는 나와서 상감의 전지를 받으시오."

이장곤이 나서서 두 손으로 교지를 받아 읽기 시작하였다. 내용을 읽던 이장곤의 얼굴이 순간 창백하게 질리기 시작하였다. 교지 속에는 어명으로 의금부에 갇힐 죄인의 명단이 적혀 있었기 때문이었다.

그 명단은 다음과 같았다.

우참찬 이자(李耔), 형조판서 이정(李淨), 도승지 유인숙(柳仁淑), 우부승지 홍언필(洪彦弼), 좌부승지 박세희(朴世熹), 동부승지 박훈(朴薰), 부제학 김구(金絿), 대사성 김식(金湜)…….

그리고 맨 마지막에는 이런 이름이 적혀 있었다.

대사헌 조광조.

중종은 마침내 조광조를 비롯한 사림파들을 의금부에 가둘 것을 명함으로써 훈구파의 손을 들어준 것이었다.

내용을 확인한 이장곤은 납덩어리와 같은 침묵을 지키고 있는 대신들 앞에서 소리쳐 말하였다.

"군사들은 우선 이곳에 있는 승지들을 체포하여 하옥시키도록 하라."

순간 촛불을 밝히고 경연청에 앉아 있던 훈구파 대신들의 입에서는 환호성이 터져 흐르고 희색이 만면하였다. 동시에 한 가닥 기대를 갖고 기다리던 윤자임 일행은 그 자리에 맥없이 쓰러졌다. 군사들이 즉시 윤자임을 비롯하여 공서린, 이구, 기준, 심달원(沈達源)을 체포하여 옥에 가두는 한편 교지에 쓰인 죄인들을 체포하기 위해 총출동하였다.

특히 조광조를 체포하기 위해서 동원된 사람은 금오랑(金吾郞)이었다.

금오랑에게 군사를 주어 즉시 체포토록 명을 내리면서 이장곤이 말하였다.

"시간을 지체해서는 절대 아니 된다. 즉시 출발하여 조광조를 포박하여 의금부에 가두도록 하여라. 알겠느냐."

"알겠습니다, 나으리."

금오랑은 대답하였다. 사안의 중요성을 간파한 이장곤이 다시 다짐하여 말하였다.

"절대로 이 밤이 새기 전에 조광조를 체포하지 않으면 아니 된다. 날이 새거나 조광조의 소재가 파악되지 않아 즉시 체포하지 못하면 반드시 문책하여 그대를 군명으로 엄히 다스릴 터이니 명심토록 하여라."

"알겠습니다, 나으리."

금오랑은 즉시 군사를 끌고 사라졌다.

이때가 자시(子時)의 한가운데 정확히 자정 무렵이었다. 이제 막 새날이 시작되려는 밤 12시에 친위쿠데타는 이처럼 끝이 나버린 것이었다.


## 3


새날이 밝아 상오 3시부터 5시 사이의 오고(午鼓) 무렵. 영의정 정광필을 비롯하여 의정부 대신들과 사관(史官)들이 왕명을 받고 입실하였다.

이들은 한밤중에 의금부에서 표신을 가져온 병졸들로부터 급히 입실하라는 엄명을 받자 영문도 모르고 황급히 영추문으로 입궐하였던 것이었다.

영추문을 들어선 순간 횃불로 온 궁궐이 대낮처럼 밝게 빛나고 있는 것을 보자 그들은 크게 놀랐다. 특히 푸른 제복을 입은 군졸들이 삼엄하게 궁궐을 지키고 있는 모습은 큰 충격이었다.

"무슨 일인가."

우의정 안당이 경연청의 합문 안에 앉아 있는 호조판서 고형산을 쳐다보며 말하였다.

그러나 고형산은 상황이 상황인지라 시선을 피할 뿐 대답하지 못하였다.

안당은 정광필과 같은 노대신으로 사관출신의 강직한 선비였다. 일찍이 『성종실록』의 편찬에도 참여할 만큼 뛰어난 학자였으므로 특히 유교에 밝은 사림파 유신들을 신뢰하고 있었던 사신(史臣)이었던 것이다.

"도대체 무슨 일인가 하고 묻지 않소이까."

안당이 소리를 높였으나 여러 대신들은 묵묵부답이었다. 그러나 정광필은 비현합의 문에 이르렀을 때 벌써 한눈에 모든 상황을 간파해낼 수 있었다. 그것은 여러 대신들 중에 섞여 있는 남곤의 모습을 발견했기 때문이었다. 바로 지난 새벽 남곤은 변복을 하고 남의 눈을 피해 집을 찾아오지 않았던가. 찾아와서 주상의 밀지를 전한 후 '조광조 무리를 한 사람이라도 남기면 그 해가 무궁할 것입니다. 주상께서는 오늘 밤에 반드시 공을 불러 의논할 것이오니 주상의 뜻을 받들어 조광조 무리들을 남김없이 제거하여 나라를 바로잡아야 할 것입니다'라고 간하지 않았던가.

그뿐인가.

다음과 같은 말로 위협까지 가하지 않았던가.

"만약에 그러하지 못하신다면 반드시 후회할 일이 생길 것이오."

"이봐요, 남 대감."

정광필은 매서운 눈으로 남곤을 쏘아보며 말하였다.

"어찌 공께서는 유자광이 하던 일을 되풀이하고 있는 것이오?"

정광필의 말에는 가시가 있었다. 유자광은 일찍이 자기의 음모 속에 연산군을 끌어들여 꼭두각시처럼 이용하였던 간신이 아니었던가. 그러므로 남곤을 유자광에 빗대어 힐문하는 것은 유자광이 연산군을 이용하였듯이 남곤도 중종을 조종하여 꼭두각시로 만들고 있음을 준엄하게 꾸짖고 있는 말이었던 것이다.

기록에 의하면 남곤은 정광필의 시선을 피하며 정광필이 꾸짖을 때마다 매번 이장곤을 돌아보면서 그에게 곤란한 답변을 떠넘기며 다음과 같이 말하였다고 전하고 있다.

"희강이 자네가 답변하시게나."

할 수 없이 이장곤이 나서서 변명하였다.

"영상대감, 신들이 이처럼 모인 것은 주상께서 부르셨기 때문이나이다. 주상께서는 이미 도승지를 비롯하여 승정원, 홍문관을 다 교체하고 조광조를 의금부에 가둘 것을 어명으로 내리셨습니다."

이후 남곤은 자신을 쏘아보던 정광필의 눈을 떠올리며 탄식하였다고 한다.

"영상대감의 눈이란……! 신은 태어나서 이제껏 영상대감의 것처럼 무서운 눈빛은 한 번도 본적이 없소이다."

그런 의미에서 남곤은 심정과는 달리 기묘사화를 일으킨 장본인이었으면서도 양심의 가책을 느꼈던 지식인이었던 모양이다.

정광필의 추궁하는 매서운 눈빛에 부끄러움을 느낀 남곤은 이튿날 조광조 일파의 유죄가 논의되는 와중에 몸이 아프다는 구실로 일찍 퇴궐까지 하였다고 한다.

기묘사화를 일으킨 두 명의 장본인이었으면서도 조광조처럼 사약을 받고 죽은 심정과는 달리 남곤은 비교적 순탄한 말년을 보내게 된다.

이는 오직 정광필의 노려보는 눈에 가책을 느꼈던 지식인으로서
의 양심 때문이었다.

『중종실록』에 의하면 남곤은 후세 사람들이 자신을 지목하여 '소
인이 군자를 해쳤다'라고 비평을 받게 되더라도 상관하지 않겠다고
단언하였을 만큼 강경하였다. 그러나 남곤은 조광조를 죽여야 한다
는 심정과는 달리 조광조의 정치적 생명을 끊으면 그만이라는 합리
적인 생각을 갖고 있었다.

남곤이 사화 후 좌의정을 거쳐 영의정에 올라 최고의 관직에 올랐
으면서도 무사히 생명을 보존할 수 있었던 것은 어느 날 부인이 해
주었던 충고를 받아들인 때문이었다. 조광조를 사사시켜야 한다는
군신회의에 남곤이 나가려 하자 부인이 남곤에게 말하였다.

"대감께오서는 종침교를 아십니까."

난데없는 부인의 말에 남곤이 대답하였다.

"종침교라면 우찬성 허종(許琮)이 말을 타고 가다가 굴러 떨어진
다리가 아니오."

"하오면 대감께오서는 허종 대감께오서 어찌하여 다리 아래로 굴
러 떨어졌는지 그 연유를 아시나이까."

남곤은 그제서야 부인의 말이 무엇을 뜻하는가를 알게 되었다.
불과 15년 전 연산군은 어머니 윤씨의 억울한 죽음을 알고는 피비
린내 나는 복수극을 펼쳤다. 그것이 바로 갑자사화(甲子士禍). 이때
허종은 무사하게 목숨을 보존할 수 있었는데, 그 이유는 입궐하다
가 다리 위에서 떨어져 다리를 다쳤다는 핑계를 대고 발길을 돌려
집으로 돌아갈 수 있었기 때문이었다.

허종이 이런 꾀를 낼 수 있었던 것은 성종이 왕비 윤씨의 성품이 잔혹하다 하여 폐비를 시키고 사사하려 할 때의 일에서 비롯된다. 이 사사의 명령을 내리기 위해서 성종은 군신회의를 소집하였다. 허종은 우찬성이었으므로 이 회의에 참석하지 않을 수 없었다. 아침에 입궐하는 길에 누이의 집에 들렀더니 누이는 이런 말을 하였다.

"큰일이로구나. 폐비에게 사약을 내리는 회의에 어찌 참석할 수 있단 말인가. 여염집에서 그 집 여주인을 죽이는 일에 종들이 참여했다가 훗날 그 여주인의 아들이 집안을 잇게 되면 종들은 어떻게 되겠는가. 후환이 없을 수 있겠는가."

누이의 말에 크게 깨달은 허종은 말을 타고 입궐하다가 짐짓 말에서 떨어져 다리 아래로 굴러 다리를 다쳤던 것이다.

이후부터 이 다리를 '허종이 떨어진 다리'라고 하여서 '종침교(琮沈橋)'라고 불렸으며, 또한 '다리(橋)'와 '다리(足)'가 허종을 살렸으므로 '두 다리가 허종을 살렸다'고 불리게 되었던 것이었다.

남곤이 부인의 말에 크게 깨달은 바 있어 끝까지 조광조의 사사를 반대하였으며, 마침내 조광조에게 사약을 내리는 어전회의에는 칭병하여 참석치 않았던 것이다. 이는 '사람이 멀리 내다보는 생각이 없으면 반드시 가까운 근심이 있게 된다(人無遠慮 必有近憂)'는 공자의 말을 그대로 실행했기 때문이었다.

그뿐인가. 남곤은 말년에 자신의 죄를 자책하고, 자신의 사고를 모두 불태우고, 자신의 무덤가에 비조차 세우지 않을 것을 유언하였던 것이다.

이로써 당대 최고의 문장으로 탁월한 시인이었던 남곤의 시는 겨우 한 수만 남아 전하고 있을 뿐이다. 일찍이 신용개(申用漑)를 방문하여 지은 시이다.

버드나무 짙게 그늘지고 낮닭은 울려는데
갑자기 궁벽한 골목에 수레 소리 울려 놀랐어라.
楊柳陰陰欲午鷄
忽驚窮巷溢輪蹄

예나 지금이나 정치를 하는 사람들은 남곤을 통해 교훈을 얻어야 할 것이며, '먼 생각이 없으면 반드시 가까운 근심'이 있다는 공자의 말을 명심해야 할 것이다.

정광필과 안당을 비롯하여 의정부 대신들이 이르기 직전, 중종은 검열 채세영(蔡世英)으로 하여금 조광조의 죄상을 기소하는 교지를 쓰도록 하였다. 그들이 오기 전에 조광조 일파에 대한 유죄 방침을 일방적으로 밀고 나가기 위함이었다.

그러나 주서의 역할을 대신하게 된 채세영은 붓을 쥐고 떨고만 있을 뿐 죄상을 기록하지는 못하고 있었다.

이에 가승지로 임명된 성운이 소리쳐 말하였다.

"어찌하여 교지를 쓰지 못하느냐."

채세영이 손을 떨면서 대답하였다.

"이들의 죄가 뚜렷치 않으므로 함부로 빈말을 쓸 수는 없습니다."

교지를 차마 쓸 수 없다는 말에 성운이 채세영의 붓을 빼앗아 대신 쓰려 하자 채세영이 소리쳐 말하였다.

"이것은 사필이오."

화가 난 성운이 칼을 들어 채세영의 손을 베려 하였다. 그러나 채세영은 조금도 물러서지 않고 대답하였다.

"그대가 내 손을 벤다 하더라도 다른 사람이 쥘 수는 없는 붓이오."

채세영의 말은 사실이었다. 사필은 역사를 기록하는 필법으로 그 어떤 권력도 감히 빼앗을 수 없는 붓이었던 것이다.

이에 보다 못한 남곤이 나서서 중종의 전지를 대신 쓰기 시작하였다.

이로써 중종의 교지는 의정부 대신들이 도착하기 직전에 완성된 것이었다. 마침내 정광필과 안당을 비롯하여 의정부 대신들과 사관들이 모두 이르자 남곤은 이들 앞에서 조광조에 대한 유죄 내용을 선포하였다.

"조광조, 김정, 김식, 김구 등 4인 등은 서로 붕당을 맺어 자기들에게 붙은 자는 관직에 나가게 하고 다른 자들은 배척하여 성세(聲勢)로 서로 의지하여 권요(權要, 권세가 있는 요직)의 자리를 차지하고 후진들을 유인하여 궤격(詭激, 과격하게 비난하는 것)함의 버릇을 이어지도록 하였으며 국론과 조정을 날로 그릇되게 하여 조정에 있는 신하들이 그 세력의 치열함을 두려워해서 감히 입을 열지 못하게 하였으며, 윤자임, 박세희, 박훈, 기준 등이 이에 화부(和附)하여 궤격한 논의를 한 일을 추고토록 하라."

중종의 전지를 들은 정광필을 비롯한 노대신들은 기가 막혔다. 추고(推考)라면 '피의자의 죄상을 문초하여 밝혀내는 것'인데, 그렇다면 조광조를 비롯하여 사림파들을 죄인으로 단정하고 있지 않은가. 중종은 노대신들이 입궐하기 전에 훈구파 대신들로만 구성된 군신회의에서 조광조를 죄인으로 단죄하고 있는 것이 아닌가. 의정부 대신들과는 한마디 상의도 없이 조광조를 죄인으로 기소하려는 전지를 선포하면서 모든 사실을 기정사실화시키고 있지 않은가.

특히 '붕당죄'는 사형에 해당되는 중죄였다. 만약에 조광조를 '붕당죄'로 기소한다면 조광조는 어쩔 수 없이 죽음을 맞게 될 것이었다.

이에 정광필이 나서서 말하였다.

"상감마마, 조광조 일당들이 과격하기는 하였으나 상감마마를 속이고 붕당을 맺었다는 것은 사실과 다릅니다."

그러자 중종은 '조광조 등을 붕당죄로 처형해야 한다는 것은 자신의 뜻이 아니라 조정에서 이미 그렇게 하자고 청하여 왔기 때문'이라고 변명하였다. 이 말을 들은 정광필은 간곡히 호소하였다고 기록은 전하고 있다.

"상감마마께오서 조광조를 붕당죄로 다스릴 것을 조정에서 청하였다고 하였으나 이는 사실과 다른 것 같습니다. 제가 궁궐에 도착했을 때에는 이미 먼저 와 있던 사람들이 말하기를 '상감마마께오서 조광조의 죄를 청하라고 시키셨으니 이것은 모두 상감의 뜻입니다'라고 말하였습니다."

정광필은 간곡한 어조로 말을 이었다.

"그런데 지금 상감마마께오서는 조정에서 먼저 청하였다고 말씀하시니 저는 무슨 의미인지를 알 수가 없습니다. 신은 저 사람들에게 죄가 없다고 말하는 것이 아니라 조정이 먼저 죄주자고 청하였다고 하는 것은 옳지 않다는 것을 말하는 것입니다. 신이 부름을 받고 도착했을 때는 조광조의 죄를 다스리자는 단자(單子)가 이미 만들어져 있었습니다."

노대신 정광필의 눈에서는 눈물이 굴러 떨어지기 시작하였다. 정광필은 울면서 다시 말하였다.

"또한 조광조는 상감마마께오서 뽑아 높은 지위에 임명하였으며, 저들의 말이라면 다 들어주셨는데, 하루아침에 처형하시면 상감마마께오서 그들을 함정에 빠뜨리는 일이 아니겠습니까."

정광필의 말은 사실이었다.

조광조를 등용하여 불과 4년 만에 대사헌에 이르도록 한 것은 오직 중종의 후광 때문이었던 것이다. 그뿐인가. 불과 9개월 전인 지난 3월에는 조광조가 말을 타다가 떨어져 입을 다쳤을 때 친히 어의를 보내 문병을 하고 치료를 해주었던 중종이 아니었던가.

"상감마마."

정광필의 눈에서 흘러내린 눈물이 옷소매를 적셨다.

"젊은 유생들이 세상일을 잘 모르고 그저 옛날의 이상적인 이론을 현실에다 적용시켜 보려 한 것뿐이지, 어찌 딴 뜻이 있었겠습니까. 너그러이 생각하시고 삼공(三公)으로 하여금 의논하여 다스리게 하소서."

그러나 일단 조광조에게서 마음이 떠난 중종의 태도는 완강하였다. 정광필의 읍소를 뿌리치고 안으로 들어가자 정광필은 옷깃을 붙잡고 머리를 조아리고 울음을 그치지 않았다고 한다. 이에 중종은 '조광조 등을 급히 처형하여 사태를 수습하고자 함이니, 이들에 대한 추고를 먼저 결정하여 가져오도록 하라'는 말 한마디만 남기고 편전 안으로 들어가 버렸다. 이로써 조광조는 중종에 의해서 '붕당죄'의 괴수로 못 박히게 되는 것이다.

한편 이 시각.

금오랑이 이끄는 한 떼의 군사들이 조광조의 집을 급습하였다. 조광조의 집은 궁궐에서 가까운 사간동에 자리잡고 있었다. 이들이 급습하였을 때에는 간(艮)시였으므로 새벽 3시 무렵이었다.

시간이 시간이니만큼 조광조는 깊은 잠에 빠져 있었다. 왕명을 받은 군사들이 밀어닥치자 조광조는 영문을 모른 채 자리에서 일어났다.

"도대체 무슨 일인가."

한 떼의 군사들이 횃불을 켜들고 문 안까지 쳐들어와 있었고 그 경계가 삼엄하였다. 말에서 내린 금오랑이 예의를 갖추며 말하였다.

"어명이오. 대사헌께서는 왕명을 받들어 즉시 입궐토록 하시오."

금오랑은 표신을 내보이며 말하였다.

조광조는 표신을 받아 확인하여 보았다. 네모진 나무패에는 개문(開門)이라는 표신이 쓰여 있었고, 뒷면에는 어압(御押)이 새겨져 있었다. 어압은 임금의 수결을 새긴 문양이었으므로 금오랑이 이것을 가져왔다면 그것은 틀림없이 왕명에 의해서 자신을 부르는 것이 분명한 일이었던 것이다. 왜냐하면 이 표시는 도성문에도 통하여 순장(巡將)이나 순관이라 할지라도 통행 중에 이 표신을 지닌 관원을 만나면 모두 하마(下馬)하는 절대의 권위를 지닌 문표였기 때문이었다.

110

그러나 그렇다 하더라도 지금은 밤 3시가 아닌가. 이처럼 깊은 밤에 주상이 입시토록 전언을 내린 것은 국가의 중요한 변고가 일어났다는 뜻이 아닐 것인가.

"알겠소이다. 잠깐만 기다려주시오."

조광조는 관복으로 갈아입기 위해서 집 안으로 들어갔다.

조광조는 서둘러 관복을 입기 시작하였다. 의관을 정제하는 것을 도와주던 부인 이씨가 말했다.

"바깥 날씨가 몹시 찹니다. 속옷을 끼어 입도록 하시지요."

흑단령(黑團領)을 입으려던 조광조는 부인의 말에 옷을 더 껴입었다. 조광조의 아내는 한산 이씨로 첨사(僉使) 이윤형(李允泂)의 딸이었다. 조광조가 열여덟 살에 혼인하였으니 벌써 부부로 함께 산 지 20년이 넘어 있었다. 두 사람의 사이에 두 아들이 있고, 금실은 몹시 좋았던 것으로 알려져 있다.

그것은 일찍 조광조가 대사헌으로 있을 때 동년 진사 중 아내와 화합치 못한 사람이 있어 그가 아내를 버리려고 하면서 사람을 보내어 조광조에게 칠거지악에 의지하여 그 의견을 물었던 적이 있었다.

'칠거지악'이란 유교에서 이르던 아내를 버릴 수 있는 7가지의 경우, 즉 '시부모에게 불손한 경우', '자식을 낳지 못하는 경우', '음탕한 경우', '질투하는 경우', '나쁜 병이 있는 경우', '말 많은 경우', '도둑질한 경우'를 가리킴인데, 조광조는 뛰어난 유학자이면서도 아내를 버리려 하는 동료에게 꾸짖어 말하였던 것이다.

"부부는 인륜이 비롯되는 곳이며, 만복의 근원이라 관계가 지극히 중하다. 부인의 본성이 어둡고 자각이 없어서 허물이 있다 하더라도 남편된 자가 마땅히 바르게 다스려나가 기어이 감화케 해서 함께 가도(家道)를 이룩하는 것이 후덕한 일이다. 만일 거느리는 도리를 다하지 못하고 급히 버리려 한다면 천박한 일이 아니고 무엇이겠느냐. 하물며 이 일은 가정 안의 일이라 외인이 감히 의논할 일이 못되는 것이니 자기가 잘 생각해서 처리함이 옳을 것이다."

조광조가 남긴 『정암집』에 실려 있는 이 기록을 보더라도 조광조가 얼마나 '집안의 도리', 즉 가도에 충실하였는가를 미루어 짐작할 수 있는 것이다.

"너무 심려치는 마시오. 날이 밝으면 곧 돌아올 것이니."

조광조는 표정이 어두운 부인 이씨를 보며 다정하게 말하였다.

부인 이씨는 상복을 입고 있었는데, 그것은 지난 6월, 아버지이자 조광조의 장인이었던 이윤형이 사망했기 때문이었다.

관복을 갈아입고 군사들을 따라가는 조광조에게 부인 이씨는 목이 메어 말하였다.

"부디 몸 건강하시옵소서."

그러나 이씨의 불길한 예감은 적중된다. 왜냐하면 곧 돌아올테니 심려치 말라는 조광조의 말은 그대로 영원한 작별인사가 되었기 때문이었다. 그길로 의금부에 갇혀 죄인이 된 조광조는 곧 능주로 유배를 떠나게 되고 마침내 그곳에서 사약을 받고 죽게 됨으로써 살아생전에는 아내 이씨는 물론 두 아들과도 영영 상봉하지 못하였기 때문인 것이다.

조광조는 금오랑이 이끄는 군사들에게 압송되어 곧 의금부에 갇히게 된다. 의금부에 이를 때까지만 해도 조광조는 자신이 죄인으로 착수(捉囚)될 것을 꿈에도 생각지 않고 있었다. 그는 국가상의 비상사태로 주상으로부터 급히 입궐하라는 어명을 받은 것으로만 알고 있었던 것이었다.

그러나 조광조는 입궐하는 순간 뭔가 심상치 않은 일이 벌어지고 있음을 알게 되었다. 갑자기 칼을 빼어든 무사 한 사람이 조광조를 가로막고 암살하려 했기 때문이었다. 조광조를 압송하던 군사들이 가로막고 나서 조광조는 간신히 생명을 구할 수 있었지만 일촉즉발의 위기상황이었던 것이었다.

훗날 알려진 것이지만 조광조를 암살하려는 무사의 이름은 박배근(朴培根). 그는 벌써부터 조광조 일파를 제거해야 한다는 30인의 무사 중의 한 사람으로 홍경주의 밀명을 받고 사림파의 괴수인 조광조를 단칼에 척살시키려 했던 것이었다.

이미 의금부에는 김식을 비롯한 8명의 동료들이 갇혀 있었다. 마침내 조광조가 옥에 갇힘으로써 사림파는 한순간에 일망타진되어 버린 것이었다. 이때가 인시(寅時). 조광조의 체포로 마침내 훈구파와 사림파의 정치적 대결은 훈구파의 승리로 끝나버린 것이다.

자신보다 먼저 체포된 8명의 동료들을 보자 기가 막힌 조광조는 즉시 술을 가져오도록 한 후 달빛이 가득한 뜰에서 함께 나눠 마시며 작별인사를 나누기 시작하였다.

개혁을 추진해오면서 훈구파의 반발 우려가 없지는 않았으나 중종의 신임을 받고 있던 조광조는 하룻밤 사이에 체포되어 의금부에 갇히게 되자 도저히 이 사태를 이해할 수 없었던 것이었다.

"우리 상감을 보고 싶다."

조광조는 술에 취해 울면서 땅을 치며 통곡하였다고 기록은 전하고 있다. 여전히 조광조는 중종의 믿음에 대해 의심치 않고 있었으므로 이 사태가 중종이 모르게 진행된 모의라고만 생각하고 있었던 것이었다.

그러자 김식이 이렇게 말하였다.

"대감, 우리 모두 신의를 위해 목숨을 바치도록 하십시다."

대사성 김식은 다른 대신들과는 달리 무인으로서의 기질이 있었다. 훗날 조광조가 죽자 거창의 산속으로 도망가 심정을 암살하려고 모략을 꾸미다가 실패하자 자살한다. 김식은 이 거사가 다름 아닌 중종이 꾸민 사화임을 간파하고 있었던 것이었다.

"나도 그것을 모르는 것은 아니다. 다만 우리 상감을 보고 싶소이다."

조광조는 여전히 이 상황을 정확하게 꿰뚫어보지 못하고 있었던 것 같다. 왜냐하면 다음과 같이 울며 통곡하였다는 기록이 남아 있으므로.

"우리 상감이 어찌 이 일을 알리오."

이 자리에서 몇 사람은 서로 술을 나눠 마시면서 시를 읊어 마음을 달래었는데, 조광조도 화답하여 시조 한 수를 읊었다. 조광조가 남긴 시로는 유일한 것이다.


길 건너 일편석이 강태공의 조대(釣臺)로다
문왕은 어디가고 빈 배만 남았는고
석양에 물차는 제비만 오락가락하더라.

조광조가 사화가 일어난 바로 그 밤에 이 시조를 지었는지, 과거에 지었던 시조를 달 밝은 의금부 뜨락에서 다시 외어 읊었는지, 그 사실은 분명치 않다. 어쨌든 조광조가 읊은 시조의 내용은 그의 마음을 정확하게 표현하고 있음인 것이다.

자신을 강태공에 비유하고 중종을 문왕으로 비유하였던 조광조.

일찍이 주(周)나라를 건국한 문왕 희창(姬昌)은 뛰어난 영웅이었다. 상(商)나라의 주왕(紂王)은 그의 뛰어난 재주를 두려워하여 그를 한적한 시골에서 구금생활을 하게 한다. 그곳에서 치욕을 참으며 보내던 희창은 그의 부하들이 보낸 뇌물과 미녀들에 의해서 구사일생으로 풀려나게 된다.

복수를 결심한 그는 문무를 겸비한 인재를 구하기 위해서 백방으로 찾다가 위수(渭水)의 지류 반계반(磻溪畔)에 이르러 수염과 머리가 반백인 노인이 낚시를 하고 있는 광경을 보게 된다.

마침 사냥을 나가려던 희창은 점쟁이를 불러 사냥감을 점쳤고 점쟁이는 이렇게 말하였던 것이다.

"오늘 잡히게 될 물건은 용도 아니고 곰도 아니옵니다. 그러나 대왕에게 반드시 도움이 될 것입니다."

낚시를 하고 있는 노인을 보자 바로 그 노인이 점쟁이의 말대로 반드시 사냥해야 할 인재임을 꿰뚫어본 희창은 유심히 노인을 살피고 있었다. 노인은 미끼도 없는 곧은 낚싯바늘로 낚시를 하면서 이렇게 중얼거리고 있었다.

"원하는 놈은 걸려라. 원하는 놈은 걸려라."

천하의 인재를 사냥하기 위해서 전국을 순회하는 문왕 희창이나 자신을 필요로 하는 천하의 영웅을 낚기 위해 미끼도 없는 곧은 낚시로 '원하는 놈은 걸려라'고 중얼거리고 있던 강태공. 두 사람 모두 천하의 때를 기다리고 있었던 것이다.

이렇게 해서 문왕과 강태공, 두 영웅은 서로 손을 잡고 천하를 통일하게 된다.

낚시질을 하고 있던 강상(姜尙), 즉 강태공을 보자마자 바로 그가 점쟁이가 말하였던 '반드시 도움이 될 인재'임을 꿰뚫어본 문왕은 그를 도성으로 데려와 국사(國師)에 임명한다.

강상이 태공망(太公望)으로 불리게 된 데는 문왕이 그토록 학수고대하던 인물임을 가리키는 대명사였기 때문이었다.

강태공의 노력으로 주족(周族)은 발전을 거듭하여 막강한 군사를 갖춘 뒤 천하의 삼 분의 이를 장악하여 상을 멸망시킬 기초를 마련했던 것이다. 마지막으로 상을 멸망시킬 계획만을 남겨둔 문왕은 큰 병에 걸리게 된다. 그는 자신이 그 임무를 수행할 수 없다는 것을 알고 아들 희발(姬發)을 불러 세 가지를 당부한다.

유가에서 가장 이상적인 성천자(聖天子)로 추앙받는 문왕이 남긴 그 유명한 세 가지 유언은 다음과 같다.

첫째, 좋은 일을 보면 게을리 하지 말고 즉시 가서 행해야 한다.
둘째, 기회가 오면 머뭇거리지 말고 재빨리 잡아야 한다.
셋째, 나쁜 일을 보면 급히 피해야 한다.

문왕이 죽자 강태공은 그의 아들 무왕을 도와 마침내 상나라를

116

무너뜨리고 주나라를 건국한다.

술에 만취하여 읊었던 조광조의 시조는 자신을 강태공에 비유하고 중종을 문왕에 비유하고 있었던 것이다. 자신은 강태공처럼 임금인 중종을 위해 온갖 노력을 아끼지 않았는데, 중종은 보이지 않고 마침내 빈 배만 남아 있구나.

함께 힘을 합쳐 중종을 유가에서 이상적인 군왕으로 추앙하고 있는 성천자로 만들고, 자신은 문왕을 도왔던 강태공처럼 정치와 군사를 통괄하는 개혁가가 되고 싶었던 조광조. 그러나 그러한 야망은 물거품처럼 사라져버리고 마침내 빈 배만 남아 있구나. 그뿐인가. 어느덧 하루해가 저무는 석양빛에 물차는 제비들, 즉 자신의 이익을 쫓아 이리저리 날뛰고 있는 정상배(政商輩)만 오락가락하고 있을 뿐이로구나.

만취하여 읊는 조광조의 시조를 묵묵히 듣고 있던 일행은 갑자기 숙연해졌다. 정치를 개혁해보려던 젊은 그들은 하룻밤 사이에 반역죄로 갇힌 죄수가 되어 텅 빈 배가 되고 말았던 것이다. 처연한 목소리로 시조를 읊고 나서 조광조는 다시 땅을 치며 울기 시작하였다.

"아아, 우리 상감이 보고 싶다. 아아, 우리 상감이 어찌 이를 알리오."

그때였다.

갑자기 술을 마시던 김식이 술병을 쥐어들었다. 그리고 술병을 거꾸로 세워 술을 쏟기 시작하였다. 술병에서 술이 쏟아져 땅에 엎질러졌다.

"무슨 일인가."

보고 있던 김구가 크게 놀라 이를 만류하여 물어 말하였다. 간신히 얻어 마신 술이었다. 밤을 새워 마시기엔 턱없이 부족한 아까운 술을 일부러 쏟아버리는 김식의 행동을 이해할 수 없었기 때문이었다.

그러자 김식이 울고 있는 조광조를 향해 날카롭게 말하였다.

"쏟아버린 술은 다시 술병에 담을 수 없고 엎질러진 물은 다시 그릇에 담을 수가 없는 법이오. 조 대감."

조광조를 힐문하는 김식의 말은 준엄하였다.

"대감, 우리는 이미 쏟아버린 술이요, 엎질러진 물이요."

김식은 쏟아버린 술에 흥건히 젖은 흙을 두 손으로 떠올려 조광조의 얼굴에 바짝 들이대며 말하였다.

"보시오, 대감. 이미 한 방울의 술도 남아 있지 않소이다."

김식의 비유는 적확하였다.

쏟아버린 술은 술병에 담을 수 없고 엎질러진 물은 다시 그릇에 담을 수 없는 것이다.

그러므로 일단 '쏟아버린 술'과 '엎질러진 물'이 되어 죄인이 되었으므로 다시 상감의 마음을 돌이킬 수 없으니 쓸데없이 미련을 갖지 말고 냉엄한 현실을 직시하라는 것이 김식의 행동이었던 것이었다.

'엎질러진 물은 다시 그릇에 담을 수 없다'는 말 역시 강태공에서 비롯된 고사로 유래가 있다.

강태공은 뛰어난 능력을 갖고 있었으면서도 자신을 인정해주는 주군을 만나지 못해 궁핍한 생활을 하면서 어느덧 노령에 이르러 있었다. 마침내 문왕을 만나 국사가 되었으나 이처럼 늦게 출세하였기에 그 전까지는 끼니조차 잇기 어려운 가난한 선비였다. 젊은 시절 그는 책만 읽으며 생계를 잇는 일은 전혀 하지 않았으므로 그의 아내 마씨는 일찌감치 친정으로 돌아가버렸다.

그러나 훗날 강태공이 제후에 봉해졌다는 말을 듣고 마씨는 집에 돌아와 다시 아내로 맞아달라고 간청하였다.

강태공은 잠자코 있다가 마씨에게 물 한 동이를 떠오라고 이른 다음 아내가 가져오자 그것을 마당에 쏟고 나서 이렇게 말하였다.

"어디 저 물을 주어 그릇에 담아보시오."

마씨는 엎질러진 물을 담으려 하였으나 진흙만 손에 잡을 수 있을 뿐이었다. 당황해하는 마씨에게 강태공은 이렇게 말하였다.

"한 번 엎지른 물은 그릇에 담을 수 없고, 한 번 떠난 아내는 다시 돌아올 수 없는 법이요."

한 번 헤어진 부부는 결코 재결합할 수 없다는 뜻으로 무슨 일이든 한 번 저지른 일은 원상복귀할 수 없다는 강태공의 말에서 그 유명한 '복수불반분(覆水不返盆)'이란 고사성어가 생겨난 것이었다.

그러므로 술병을 거꾸로 세워 술을 쏟은 김식의 행동은 조광조가 읊은 시조에 나오는 강태공을 빗대어서 일침을 가한 것이었다.

"대감, 옛말에 이르기를 파경재부조(破鏡再不照)라 하여서 깨어진 거울은 다시 비칠 수가 없다고 하였소이다."

김식은 다시 잔에 술을 따라 단숨에 들이키면서 말을 하였다.

일행들은 묵묵히 그 말을 듣고 있었다. 마침 하늘을 가렸던 먹구름이 물러가고 뜨락에는 달빛이 가득하였다. 김식은 단숨에 술을 들이마시면서 말을 이었다.

"또한 옛말에 이르기를 떨어진 꽃은 다시 가지로 돌아갈 수 없다고 하였소이다. 우리 모두는 이미 엎질러진 물이요, 깨어진 거울이며, 떨어진 꽃이외다. 그러므로 구차하게 살기를 바라지 말고 신의를 위해 죽을 것을 맹세하십시다."

자신들을 '엎질러진 물'이요, '떨어진 꽃잎'으로 비유한 김식의 표현은 정확한 것이었다. 바로 그 순간 중종은 승정원, 홍문관, 대간, 한림을 다 교체하고 새로 승지가 된 성운에게 교지를 내린 것이다. 이 교지의 내용이 실록에 기록되어 있다.

"조정의 큰일이 이미 다 결정되었으니 시간을 지체하여 아이들의 장난처럼 되어서는 안 된다. 빨리 조광조를 처형하라는 전지를 내려라. 조광조의 처형을 서둘러 확정하라고 두세 번 독촉하였는데도 밤이 새도록 결정하지 못하는 것은 매우 옳지 않다."

그럼에도 불구하고 조광조는 여전히 자신을 신임하였던 중종에 대한 믿음을 버리지 않고 있었다. 조광조가 자신이 마침내 '엎질러진 물'이 되었음을 실감하였던 것은 능주로 유배를 떠난 후였던 것으로 보인다.

왜냐하면 「능성에서 유배 중에 지은 시(綾城謫中詩)」에서 다음과 같이 노래하고 있으므로.

……벗이 된 원숭이와 학이 돌아가라 재잘거려도 나는 돌아가지 않으리
엎어진 독 안에 들어 있어 빠져 나오기가 어려운 줄을 어찌 누가 알리오.

유배 중에 자신의 심경을 노래한 이 시에서 조광조는 유가에서 군자를 비유하는 '원숭이와 학'이 되어 돌아가고 싶어도 '엎어진 독(覆盆)', 즉 자신에게 씌어진 누명과 형벌 때문에 돌아갈 수 없음을 한탄하고 있었던 것이다. 이는 달 밝은 의금부 뜨락에서 술을 나눠 마셨던 김식이 비유하였던 강태공의 고사성어의 의미를 뒤늦게 깨달은 때문은 아니었을까.

어쨌든 모든 상황이 끝나 날이 밝았을 때부터 이들의 심문이 시작되었다.

죄인을 심문하기 위해서 임시로 설치한 국청에서는 이들 8인을 국문하기 위해서 병조판서 이장곤과 홍숙(洪叔)이 자리잡고 있었다. 그리고 국문의 책임자는 판중추부사인 김정이 있었다. 그러나 이 국문은 제대로 진행되지 못하고 있었다. 왜냐하면 지난 밤 의금부에 갇혔던 8인들은 모두 같이 술을 마셔서 만취해 있었으며, 특히 조광조는 인사불성에 가깝도록 대취해 있었기 때문이다. 특히 문초 담당관인 이장곤과 홍숙은 어제까지만 해도 조광조와 절친한 사이였다. 이장곤은 조광조에 대해 호의를 가지고 있던 중도파로 거사 참여는 자의가 병조판서로 군사를 통솔하는 수장이었으므로 심정과 남곤의 필요에 의해서 강제로 참석하게 된 것이었다. 그러므로 조광조의 심문이 제대로 이루어질 수 없었던 것이었다.

이장곤이 문초하면 조광조는 '희강아 희강아 그대가 어찌하여 나를 죄인으로 취급할 수 있단 말인가' 하고 불평했으며, 기록에 의하면 이장곤을 향해 '이 못난아, 용가(龍哥)야. 어리석은 용가야' 하고 놀리기까지 하였다는 것이다. 특히 홍숙이 심문할 때에는 한층 더 엉망이었다.

홍숙은 어제까지만 해도 한성부판윤이었다. 전고(典故)에 밝아 정치를 함에 균형을 잃지 않고 스스로 몸가짐에 임해서도 엄정하고 관후하였으며 효성이 지극한 선비였다. 비록 조광조를 숙청하는 일에 앞장서기는 하였으나 내심으로는 조광조에게 일말의 동정심을 가지고 있었던 것이었다.

"어제까지만 하여도 홍 대감은 한성부판윤이었는데 어찌하여 나를 심문할 수 있단 말이오."

홍숙이 하루아침에 형조판서가 되었음을 비웃는 말로 어젯밤까지만 해도 형조판서는 이정이었으나 이정이 조광조와 함께 체포되었으므로 파직되고 홍숙이 대신 형조판서에 올라 자신을 문초하고 있음을 빈정거리고 있는 말이었던 것이다.

홍숙이 조광조보다 20세 가까이 연상이었음에도 불구하고 만취한 조광조는 그의 이름을 함부로 불러대며 주위의 만류를 뿌리치고 단상으로 뛰어오르려고 했다고 기록은 전하고 있다. 특히 조광조는 결정적인 실수를 하게 된다. 자신이 답변한 공초(供草)에 서명하기를 거부하였던 것이다.

공초는 자신의 죄상을 진술하여 작성하는 문서로 그것에 서명하기를 거부한다는 것은 공권력을 무시하고 자신을 문초하는 책임자들을 인정하지 않겠다는 무례한 행동이었던 것이다.

"도저히 조광조에게서 서명을 받을 수가 없었나이다."

홍숙이 마침내 김정에게 그 사실을 보고하였다. 김정은 판중추부사로서 이장곤과 홍숙의 상급자였다. 이 무렵 김정은 61세의 노대신이었다. 일찍이 예안(禮安) 현감으로 있을 때 선정을 베풀어 백성들이 생사당(生祠堂)을 세울 만큼 뛰어난 문인이었다. 이장곤과 홍숙으로부터 보고를 받은 김정이 이렇게 한탄하였다.

"아아, 조광조가 어리석은 짓을 하고 있구나. 아아, 조광조가 역린을 건드리고 있구나."

역린(逆鱗)은 문자 그대로 용의 목 근처에 난 비늘로 이 비늘의 특징은 거꾸로 나 있다는 것이었다. 이를 건드리면 용은 성을 내어 건드린 사람을 죽여버린다는 전설에서 비롯된 말이었다. 이 말을 들은 홍숙이 물어 말하였다.

"조광조가 어째서 용의 비늘을 건드리고 있다 하시나이까."

그러자 김정이 대답하였다.

"용은 순한 짐승이오. 길을 들이면 사람이 올라탈 수도 있소이다. 그러나 목 근처에는 길이가 한 자가 되는 거꾸로 난 비늘이 있는데, 이것을 건드리면 용은 반드시 그 사람을 죽여버리는 것이요. 조광조는 지금 용의 비늘, 즉 역린을 건드리고 있는 것이요."

물론 이장곤과 홍숙도 김정을 말뜻을 잘 알고 있었다. 그 말은 한비자의 『세난(說難)』에 나오는 유명한 말로 전국시대 제자백가 중의 한 사람인 한비자가 남긴 책에 나온 내용이었던 것이다. 법가(法家)의 대표자인 한비자는 군주에게 유세하는 것의 어려움에 대해서 바로 용의 목 근처에 거꾸로 난 비늘, 즉 역린의 교훈을 비유하여 설법하였던 것이었다.

즉 군주는 용과 같아서 군주에게도 이 역린이 있으니 임금에게 유세하려는 사람은 반드시 이 역린을 건드리지 말아야 한다는 뜻을 담고 있었던 것이었다.

김정의 지적은 날카로웠다.

조광조는 경연(經筵)을 통해 중종에게 수년간 경서를 강론하고 임금에게 갖출 덕에 대해 유세를 계속해왔었다.

이 경연은 중종에게 학문을 강의하는 한편 정사도 의논하는 아주 중요한 자리였다. 이 자리는 이미 조광조의 독무대가 되었던 것이다. 기록에 의하면 조광조가 경연에서 한번 말을 시작하면 끝이 없어서 다른 사람은 말을 할 기회조차 잡지 못하였다는 것이었다. 추운 겨울이나 무더운 여름에도 조광조의 일파인 양팽손, 기준, 박세희, 최산두 등이 계속 발언을 독점하여 어떤 때는 경연이 하루 종일 계속되어 같이 있던 신하들은 물론 중종까지도 괴로움을 참지 못해 얼굴에 싫은 기색이 역력히 나타나고 있었던 것이다. 또한 이들 일파는 기성 관리들을 깔보아 비록 상사일지라도 결례하는 일이 많았던 것이다.

김정은 잘 알고 있었던 것이다.

한비자의 말처럼 조광조가 용의 목에 거꾸로 난 비늘, 중종의 자존심을 건드리고 있음을. 물론 용은 순한 짐승이어서 잘 길들이면 사람이 올라탈 수도 있으나 화가 나면 반드시 그 사람을 죽여버리듯 중종도 처음에는 길이 들어 조광조가 하자는 대로 하였으나 마침내 노여움을 일으켜 조광조를 죽여버리려고 하고 있음을.

김정의 지적은 정확하였다.

날이 새어 문초 담당관이었던 대신들로부터 간밤에 술이 취해 만용을 부렸던 조광조의 행태를 전해들은 중종은 불과 같이 노하였다. 이 분노는 상상도 할 수 없을 만큼 강력한 것이어서 실제로 용의 목에 거꾸로 난 비늘을 건드린 것과 같은 결과를 불러일으켰다.

비교적 조광조에 호의적이었던 이장곤과 홍숙이 공초를 올리고 '저들이 모두 통곡하며 성명(聖明)만을 믿고 나랏일을 위하고자 하였을 뿐이지 다른 뜻이 있었겠습니까 하였는데, 신들도 이 말을 듣고 대단히 측은한 마음이 들었습니다. 만약에 이들을 죄로 다스리자 하신다면 만세에 관계가 있을 것입니다' 하고 변론을 하였으나 불과 같이 화가 난 중종은 전혀 물러서지 않고 있었다.

또한 영의정 정광필도 홀로 빈청을 지키며 눈물로 거듭 탄원하였다.

"이들이 무슨 죄가 있었겠습니까. 승지들은 그저 바른 의논을 따랐을 뿐이며, 조광조 일파도 추호의 사심 없이 다만 옛사람의 책을 읽고 지치를 주장하여 간혹 과격한 일이 있었을지언정 그렇게 큰 영향을 남긴 것도 아닙니다. 태평성대에 선비를 죽이는 불행한 일이 일어나면 이는 역사를 더럽힐 것입니다. 또한 이자(李耔)는 국가에 크게 이바지할 인물이오니 아무쪼록 의금부로 하여금 죄가 있고 없음을 분명히 가려서 처결토록 하소서."

그러나 김정의 변론도 정광필의 읍소도 불과 같이 화가 난 중종의 마음을 가라앉히지는 못하였다.

중종은 단호하게 교지를 내렸는데 그 내용이 『중종실록』에 기록되어 있다.

조광조가 처음부터 나랏일을 그르치지는 않았을지언정 조정에서 이같이 처리하기로 하였으니 이들을 처형하지 않을 수 없다.

그리고 중종은 최후의 교지를 내린다.

"조광조, 김정, 김식, 김구는 각각 참형에 처하고, 윤자임, 기준, 박세희, 박훈은 장 백대에 유(流, 유배형) 삼천 리로 정하도록 하라."

마침내 조광조에게 참형이 확정된 것이었다.

조광조를 숙청하기 위해서 기묘사화를 일으킨 중종도 이러한 역린의 범주에서 벗어나지 못하고 있다. 자신의 의지와는 상관없이 연산군을 쫓아내는 반정에 의해서 왕위에 오른 이복동생 중종은 처음에는 연산군을 폐위시키는 데 앞장선 훈구파들에게 옹립된 허수아비에 지나지 않았다. 그 후 10년 동안 중종은 왕으로서 자신의 뜻을 펴기 위해서 강력한 자신의 친위세력을 조직하는 데 총력을 기울인다.

이러한 중종의 의지가 가장 잘 나타나는 것은 중종 10년 8월 (1515년)에 있었던 알성시(謁聖試)에서 중종이 직접 성균관에 거동하여 다음과 같은 제목의 문과시험을 출제한 것으로도 알 수 있는 것이다.

그 시험문제는 이렇다.

왕께서 다음과 같은 문제를 내셨다. '공자께서 만약 내가 등용이 된다면 단 몇 개월이라도 가능하지만 적어도 3년이면 (정치를 통해 이루고자 하는 목적을) 이룰 수 있다'라고 하셨다. 성인이 어찌 헛된 말을 하셨으리오. 그 뜻의 규모와 정치를 베푸는 방안에 관하여 공자께서는 시행하기 전에 먼저 작정한 바가 반드시 있을 것이니 이를 낱낱이 헤아려 말할 수 있겠는가. 주나라 말기는 나라의 기강(紀綱)과 법도(法度)가 이미 땅에 떨어졌을 때임에도 불구하고 공자께서 3년 이내에 (바른 정치를 펴) 이를 바로잡을 수 있다고 하셨다. 그렇다면 (공자께서 등용되었다면) 그로부터 3년 후의 결과는 어떠하겠는가. 우리는 정말 공자의 다스림에 이상적인 결과를 구체적으로 볼 수가 있었겠는가. 성인이 스쳐 지나가거나 머무르는 곳에서는 반드시 교화가 이루어진다는 묘한 이치를 쉽게 논할 수는 없다.

직접 성균관에 거동하여 알성시의 시험문제를 출제한 중종은 자신의 속마음을 털어놓고 있다.

내가 왕이 될 만한 덕이 없음에도 불구하고 조종(祖宗)의 기업을 이어 정치에 임하여 좋은 성과를 소망하여 온 지도 벌써 10년이 되었으나 아직도 나라의 기강이 바로 서지도 못하였으며, 나라의 법도도 정해지지 못하였다. 그러니 어찌 정치의 좋은 결실을 얻을 수 있었으리오. (이 자리에 모인) 여러 성균관 학생들은 공자의 가르침을 배우는 사람들이므로 모두가 요순시대의 이상적인 정치를 이루려는 포부를 지니고 있을 것이다. 개인의 입신출세만을 여기는 사람이라고는 할 수 없을 것이다. 그렇다면 오늘날과 같은 어려운 시대를 당하여 이 난국을 극복하고 옛 성인의 이상적인 정치를 오늘에 다시 이룩하기 위해서는 무엇을 어떻게 해야만 할 것인가. 이에 대한 대책을 논하라.

중종이 직접 출제한 알성시의 문제를 통하여 알 수 있듯이 중종은 나라의 기강을 바로 세우고 나라의 법도를 바로잡아 이상적인 정치를 펴고 싶은 군왕으로서의 충정으로 그와 같은 시험문제를 출제하였던 것이다.

이에 조광조는 그가 남긴 문장 중에서 가장 체계적이며 논리적인 답안을 써 알성시에서 차석으로 급제하였다.

하늘과 사람은 그 근본됨이 하나입니다. 그러므로 하늘이 사람에 대하여 도리에 맞지 않은 일을 한 적이 없었습니다. 임금과 백성은 그 근본됨이 하나입니다. 그러므로 예전에 이상적인 임금들이 백성들에게 도리에 맞지 않은 일을 한 적이 없었습니다. 그러므로 옛날에 성인들은 하늘과 땅의 큰 것과 수많은 백성들의 무리를 하나로 여기셨으며, 그런 이치에 따라 도를 행하였습니다.

제가 전하께서 내신 문제 가운데서 '공자께서 내가 등용이 된다면 단 몇 개월이라고 가하지만 적어도 3년이면 정치를 통하여 목적을 이룰 수 있다' 하는 데서부터 '쉽게 논할 수는 없다'는 곳까지를 삼가 엎드려 읽어보았습니다.

무릇 한 사람에서 천만 사람에 이르기까지 그 수가 많지 않다고 할 수 없으며, 한 가지 일에서 천만 가지 일에 이르기까지 그 일이 실로 복잡하지 않을 수 없습니다. 그러나 '마음(心)'이라는 것과 '도(道)'라는 것은 그 가운데서도 하나가 아닌 것이 없는 법입니다. 그러므로 천만의 사람과 천만의 일들이 비록 서로 다르고 복잡한 것임에도 불구하고 (그것을 관통하는) 도와 마음이 하나인 것은 하늘의 근본 이치란 원래 하나이기 때문인 것입니다. 천하를 함께 한다는 가르침으로써 나와 하나가 될 수 있는 사람을 이끌고 천하를 함께 한다는 마음으로 나와 하나가 될 수 있다는 마음을 감동시켜야 합니다. 그런 마음을 감화시키면 천하의 마음도 내 마음의 올바름에 감화되어 감히 바르게 되지 않을 수 없으며, 이를 나의 도리로써 인도하면 천하의 사람들이 이 가르침의 크고 넓음에 감화되어 선한 대로 가지 않을 수가 없습니다. 그러므로 나의 도리와 마음이 성실한가, 못 한가에 따라 나라가 잘 다스려질지 아닐지가 결정된다고 생각합니다.

공자의 도는 천지의 도이며, 공자의 마음은 천지의 마음입니다. 그러므로 천지의 도와 만물의 마음은 모두 공자의 도를 따라 이루어지지 않음이 없으며, 천지의 마음과 음양의 감응도 역시 이 공자의 마음으로 말미암아 조화되지 않음이 없는 것입니다.

공자의 사상이야말로 '천지의 도'임을 역설함으로써 답안을 시작한 조광조의 긴 문장을 모두 전재할 수는 없으나 조광조의 정치관을 짐작할 수 있는 부분만을 발췌하면 다음과 같다.

……법도를 정하고 기강을 세우려면 대신을 공경하고 그에게

정치를 위임해야만 합니다. 그래서 반드시 대신을 임명하고 그에게 정치실무를 위임해야만 정치의 근본이 서는 것입니다. 비유하자면 임금은 하늘과 같고 신하들은 사계절과 같습니다. 하늘이 스스로 행한다 하나 사계절의 운영이 없다면 만물이 이루어질 수가 없습니다. 임금이 스스로 정치를 다 떠맡는다 하더라도 대신들의 보좌가 없다면 어떠한 교화도 이루어질 수가 없습니다. 아니 교화가 이루어지지 못할 뿐이 아닙니다. 하늘이 스스로 행하고 임금이 스스로 정치를 다 맡는 것은 하늘이 되고 임금이 되는 도리에 크게 어긋나는 것입니다.

그리고 이미 대신을 그 자리에 임명하셨으면서도 그들에게 단지 문구나 따지는 사소한 일만 맡기고 소인배들의 말만 믿고 대신들을 믿지 않으신다면 위로는 임금이 신하를 부리는 도리를 구할 수 없으며, 아래로는 신하가 임금을 섬기는 도리를 얻지 못할 것입니다. 그러면 군신의 도리는 사라질 것입니다. 그러므로 옛날에 성군들과 현명한 재상들은 반드시 정성스러운 뜻을 다하여 서로를 믿고 또 서로가 해야 할 바를 다했기 때문에 군신이 함께 노력하여 광명정대한 큰 공업을 이룰 수가 있었습니다. 엎드려 비옵건대 전하께오서도 진실로 대신들을 공경하시고 그들에게 정치 실무를 위임하시여 기강과 법도를 세우시고 정하시어 훗날 나라를 다스리는 커다란 근본이 되어 큰 법도가 행하여질 수 있는 기틀을 마련하십시오.

그러고 나서 조광조는 자신의 정치사상인 지치주의로 결론을 내리고 있다. 그것은 군왕 스스로 정치적 모럴에 충실한 도덕성 재확립이 되지 않으면 안 된다는 유림으로서의 주장이었다.

제대로 배운 것이 없어 거칠고 무식한 제가 어찌 안다고 말씀드릴 수가 있겠습니까. 공자께서는 '나라를 다스리는 것은 도를 밝히는 것(明道)'에 지나지 않으며 '학문하는 것은 아무도 보지 않는 곳에 혼자 있을 때라도 늘 삼가는 것(謹獨)'에 지나지 않는다고 하셨습니다. 그러므로 마지막으로 이 '명도'와 '근독', 두 가지를 가지고 전하께 말씀드리겠습니다.

조광조는 마침내 군왕이 갖춰야 할 군자로서의 두 가지 덕목인 '명도'와 '근독'에 대해 부연하기 시작한다.

나라를 다스리는 것은 도일 뿐입니다. 소위 도라는 것은 천성(天性)을 따르는 것을 말합니다. 대개 천성이 없는 것은 없기 때문에 도 또한 없는 것이 없습니다. 크게는 예악형정(禮樂刑政)과 작게는 제도문물(制度文物)이 모두 사람의 힘을 빌려대는 것이 아니라 그 각자가 지니고 있기 마련인 당연한 도리에 따라 이루어지는 것입니다. 그러므로 옛날에 어진 임금들이 바로 그러한 이치를 가지고 다스렸기 때문에 그 업적이 천지를 가득 채울 수 있었으며, 그 찬란한 빛이 고금을 꿰뚫고 빛을 발하게 되었던 것입니다. 그러나 이 모든 것이 실은 나의 마음 안에서 벗어나는 것이 없는 것입니다. 이러한 이치를 따르면 나라가 잘 다스려지고 이를 따르지 않으면 나라가 어지러워지기 때문에 이러한 진리로부터 잠시라도 떠나서는 안 됩니다. 그러므로 이러한 도리가 항상 나의 마음속에서 환히 비추게 해야만 하며 잠깐이래도 내 마음속에서 그 진리의 빛이 사라지게 해서는 안 됩니다.

그리고 나서 조광조는 '혼자 있을 때라도 늘 삼가야 한다'는 공자 사상의 핵심인 '근독'에 대해서 강조하고 있다.

……그러나 대개 사람들은 밝게 드러난 곳에서는 삼가지만 어두운 곳에서는 마음가짐이 소홀하기 마련입니다. 그윽하게 감추어져 있는 곳에서 일어나는 일은 대개 신하들은 보지 못하지만 그곳에 있는 사람만은 그 사소하고 미묘한 일까지 다 볼 수 있습니다. 여러 신하들이 듣지 못하는 것도 그곳에 있는 사람만은 다 아는 것입니다. 때문에 사람들은 마음가짐이 소홀하게 되어 하늘을 속이고 사람을 속일 수 있다고 생각하게 되어 혼자 있을 때는 꼭 삼가지 않아도 되는 것으로 압니다. 이러한 나쁜 생각을 오래 지니고 있으면 그런 나쁜 생각이 얼굴에 나타나게 되며 나라를 다스릴 때도 드러나게 되어 더 이상 감추어둘 수가 없으며 마침내 정치와 교화를 그르치게 됩니다. 그러므로 옛날에 어진 임금들은 그렇게 되지 않으려고 노력하며 항상 마음을 진리의 빛으로 밝혀 혼미해지지 않도록 노력하였기 때문에 깊고 어두운 곳에 홀로 있을 때는 오히려 더욱 근신하였던 것입니다. 그리하여 은밀한 곳에 홀로 있을 때에도 추호라도 거짓된 생각이 싹트

지 못하게 하여 순수하고 의로운 진리가 드러나게 되었으므로 옛날에 어진 임금들의 나라 다스리는 도리는 지극히 선하고, 지극히 아름다울 수 있었던 것입니다. 바로 이렇게 함으로써 나라의 기강이 서고 법도가 정하여지는 것입니다.

중종의 마음을 사로잡았던 조광조의 답안은 다음과 같은 끝맺음으로 마무리하고 있다.

엎드려 비오니 전하께오서는 성실하게 도를 밝히시고 홀로 계실 때에도 항상 삼가는 태도로 나라 다스리는 마음의 요체(要諦)로 삼으십시오. 그러면 도가 조정에 서게 될 것인즉 나라의 기강이 어렵지 않게 서게 될 것이며, 법도 또한 어렵지 않게 정해질 것입니다.

'3개월이면 충분하며 3년이면 다 이룰 수 있다'고 하신 공자의 말씀 본뜻도 바로 이러한 것입니다. 제가 감히 지엄하신 임금님 앞에서 감격하고 간절한 마음을 이기지 못하여 삼가 죽음을 무릅쓰고 이 글을 올리나이다.

나라의 기강과 법도를 바로잡으려는 중종에게 그 방법은 오직 두 가지뿐, 즉 하늘의 천성인 명도를 따라 나라를 다스리며, 또 하나는 중종 스스로 깊고 어두운 곳에 홀로 있을 때라도 근신하여 스스로 군자가 되어야 한다는 근독의 두 사상은 중종의 마음을 사로잡았던 것이다.

그리하여 조광조는 성균관 전적(典籍)으로 34세의 나이에 정치 무대에 등장하게 되었으며, 화려한 정치적 역량을 펼칠 수가 있었던 것이다.

그러나 중종은 4년 만에 이러한 조광조에 대한 신임을 거두고 마침내 조광조를 숙청 끝에 사사케 하였으니, 이는 권력자가 가진 변덕 때문인가, 아니면 자신이 곧 정의라는 권력의 독소 때문인가.

어쨌든 조선 제11대 왕으로 조광조 등의 신진사류를 등용하여 그 세력을 지지기반으로 왕도정치를 실현하려 하였던 중종은 조광조를 숙청함으로 40년 가까운 재위기간 동안 나라의 기강을 바로잡으려는 자신의 뜻과는 달리 무능하고 일관성 없는 통치력으로 유례없는 나라의 대혼란을 초래하였으니, 용의 목에 거꾸로 난 비늘을 조심해야 할 사람은 신하가 아니라 용, 즉 최고의 권력자 바로 그 자신인 것이다.


4


1519년 11월 16일.

조선 역사상 가장 길고 길었던 한밤의 숙청극은 중종이 조광조에게 참형의 교지를 확정하여 내림으로써 마침내 그 대단원의 막을 내린다. 이 비극적인 숙청이 일어났던 해는 기묘년. 따라서 후세 사람들은 이 사건을 기묘사화(己卯士禍)라고 부르고 있다.

결과적으로 정치적인 개혁의 희생양으로 죽음을 당하게 되는 조광조는 마지막으로 공초를 올려 자신의 죄상에 대해 인정하고 있다. 공초란 죄인이 자신이 저지른 범죄 사실에 대해 진술하고 이에 서명하는 일인데, 술에서 깨어난 조광조는 다음과 같이 최후진술을 하고 있다.

"신의 나이가 38세에 이르기까지 선비로서 이 세상에 살면서 믿은 것은 오직 군심(君心)뿐입니다. 국가의 병폐가 모두 사사로운 이익을 추구하는 이원(利源)에 있다고 망령되이 생각하여 국맥을 영구히 새롭게 하고자 했을 뿐 전혀 다른 뜻은 없었습니다."

자신의 입장을 담담하게 진술한 조광조뿐 아니라 8명의 죄인들도 공동으로 작성해 중종에게 상소문을 올리고 있다.

"신들은 모두 뜻만 높고 어리석은 자들로서 어진 상감을 만나 경연에 드나들면서 성덕을 가까이하고 상감의 밝은 경광(耿光)만을 믿으며 미충(微衷)을 다하였습니다. 간혹 많은 사람들의 시기심을 불러일으켰으나 오직 상감만을 믿고 다른 것을 헤아리지 않은 채 우리 임금님이 요순과 같이 되시기를 바랄 뿐이었습니다. 그러니 어찌 사심(邪心)이 있었겠습니까. 하늘이 내려다보는데 정말로 다른 사사로운 마음은 없었습니다. 신들의 죄는 죽어 마땅하다 하더라도 선비들의 참화가 한번 발생하면 장차 나라의 명맥이 염려되지 않겠습니까. 천문(天門, 대궐문을 가리킴)은 멀어 한번 직접 뵈옵고 말씀드릴 수 있다면 백번 죽어도 한이 없겠습니다. 뜻은 넘치고 마음은 간절하지만 말이 차올라 어찌할 바를 모르겠습니다."

그러나 이들의 비장한 상소문은 중종에 의해 무시된다. '한번 직접 뵈옵고 말씀드릴 수만 있으면 백번 죽어도 한이 없을 것이다'라고 진술함으로써 마지막으로 왕과의 면담을 간청하고 있는 8인의 진술은 그러나 중종에 의해서 철저하게 기각되는 것이다.

다만 중종은 조광조를 비롯하여 김정, 김식, 김구에게는 참형, 나머지 4인에게는 귀양 보내게 했던 처음의 형량을 변경하여 조광조 등 4인에게는 장 백대에 벽지에 안치시킬 것과 나머지 4인은 벽지에 부처(付處)시킬 것을 명령하였던 것이었다. 그나마 조광조가 참형에서 장형으로 감형되었던 것은 정광필을 비롯하여 안당과 같은 의정부 대신들이 눈물로 읍소하였기 때문이었다. 특히 정광필은 조광조가 병약한 몸이라 장 백대도 과중하여 장형을 감하여 줄 것을 탄원하였던 것이다.

그리하여 다음날 아침 8인의 죄수들은 의금부 앞뜰에 모여서 중종이 내린 최후의 전지를 듣게 된다. 중종의 전지를 대신 읽은 사람은 판중추부사였던 김정이었다. 조광조를 비롯한 8인의 죄인들은 부복하고 군신으로서의 예의를 갖춰 왕이 있는 곳을 향해 큰절을 올린 후 모두 무릎을 꿇고 중종의 교지를 듣는다. 기록에 의하면 중종의 전지는 다음과 같다.

……너희들은 모두 나를 시종하던 신하들로서 경연에 출입하면서 상하가 한마음으로 옳은 정치를 하려 하였으므로 그것은 결코 나쁜 것은 아니었다.

……그러나 근래 너희들이 벌인 조정에서의 처사는 과격하여 과오를 범하게 되었으니 조정일에 잘못한 일이 많이 생기게 되었다. 이번 일에 과인이 어찌 마음이 편안하겠는가. 또한 조정의

대신들 역시 어찌 달리 사사로운 마음이 있겠는가. 너희들로 하여금 이에 이르도록 한 것은 과인이 밝지 못하여 능히 미리 대처하지 못한 탓이다. 너희들의 죄는 만약 형률로써만 다스린다면 단순히 귀양 보내는 것만으로 그치지는 않을 것이다. 그러나 너희들에게도 사사로운 마음이 없었고 단지 나라를 위하려고 한 나머지 과격함을 알지 못하였던 것이니, 말감(末減)으로써 죄를 확정한 것이며, 만약 보통의 죄수라면 이런 교지는 내리지 않았을 것이다. 너희들이 오래 시종으로 있었으니 과인인들 너희들의 마음을 어찌 모르겠는가. 이번에 나랏일을 그릇친 죄를 형률로 다스리는 것이니 그렇게 알고 유배를 떠나도록 하라.

8인의 죄수들은 무릎을 꿇고 군주의 교지를 들었다.

말감. 가장 가벼운 형량으로 고쳐 죄를 확정하였다는 중종의 교지를 듣는 순간 조광조의 눈에서는 눈물이 굴러 떨어지기 시작하였다.

"성은이 망극하나이다."

김정은 마지막으로 8명의 유배지를 확정하여 발표하기 시작하였다.

"조광조는 능주에, 김정은 금산(錦山)에, 김구는 개령(開寧)에, 김식은 선산(善山)에, 박세희는 상주(尙州)에, 박훈은 성주(星州)에, 윤자임은 온양(溫陽)에, 기준는 아산(牙山)으로 각자의 유배형에 처한다."

묵묵히 듣고 있던 김식이 쓴웃음을 지으며 울고 있는 조광조를 향해 말하였다.

"대감, 마침내 우리들이 이매(魑魅)가 되고 말았소이다."

이매는 '산도깨비'를 가리키는 말로 숲속에 사는 이상한 기운으로 생기는 괴물이었다. 사람의 얼굴을 하고 짐승의 몸을 한 네발 달린 도깨비를 말하는데, 사람을 해치는 온갖 도깨비나 귀신을 가리키는 '이매망량'의 준말인 것이다. 예부터 중국에서는 이 산도깨비인 이매를 막기 위해서는 이들을 각각 사이(四夷)의 먼 변방으로 쫓아내야만 가능하다는 풍습이 내려오고 있었던 것이다. 그것을 빗대어 김식이 자신들의 처지를 한탄하여 자조하였던 것이다.

"대감, 우리가 마침내 산도깨비가 되고 말았소이다그려."

김식이 말하였던 대로 괴수 중의 괴수인 조광조는 가장 먼 능주로 유배되고 나머지 사람들은 각각 그 죄상에 따라 한양에서 가까운 거리로 나뉘어져 안치되는 것이다. 이렇듯 각각 먼 변방으로 쫓아내야만 조정이 안정된다고 교지를 내렸으니 이는 자신들을 사람을 홀리는 산도깨비, 즉 이매로 취급하는 처사가 아닐 것인가 하고 김식이 비꼬아 말하였던 것이다

그러나 이러한 김식의 태도와는 달리 조광조는 눈물을 흘리며 말하였다고 기록은 전하고 있다.

"신들이 비록 떠나갑니다만 어찌 신들이 주상의 마음을 모르겠습니까. 이제와 돌이켜 생각해보니 신들의 처사가 너무 과격하였습니다."

이리하여 중종의 절대적인 신임을 바탕으로 혁신적인 정치를 펼쳐보려고 과격할 만큼 열과 성의를 다하였던 조광조 일파의 신진세력들은 끈질기고 조직적인 훈구세력들의 반격으로 마침내 산도깨

비로 몰려 변방으로 쫓겨 가게 되는 것이니 이것이 소위 기묘사화의 전말인 것이다.

이때가 중종 14년, 1519년 11월 17일 아침이었다.

# 제 3 장

# 지치주의

## 至治主義

하늘에 이르는 길

# 1

1519년 11월 17일.

마침내 죄인 조광조의 유배행렬은 황급히 한양을 출발하였다.

조광조를 능주까지 압송하는 나장들은 의금부 소속의 사령들이었는데, 그 숫자가 여섯 명에 이르는 삼엄한 행렬이었다. 이들의 임무는 조광조를 유배지 능주까지 압송한 후 고을수령에게 인도하는 일이었다. 특히 의금부 소속의 나장들은 납패(鑞牌)를 차고 있었는데, 이들은 다른 나졸들과는 달리 군기가 세고 권위를 갖고 있었다.

조광조는 소가 끄는 수레를 타고 사람들의 접근을 막기 위한 방책에 둘러싸여서 이송되고 있었다. 조광조를 알아본 수많은 백성들이 다투어 다가와 통곡하였으며, 이때마다 나장들은 손에 든 주장으로 이들을 쫓아버렸다.

백성들은 한결같이 조광조에 대한 신의를 버리지 않고 있었다.

그들은 조광조가 실시하였던 향약(鄕約)에 대한 소문들을 듣고 있었기 때문이었다.

향약은 문자 그대로 동네 주민들 사이의 생활규범이라고 할 수 있는데, 향약은 주자에 의해서 만들어진 '증손여씨향약(增損呂氏鄕約)'에서 비롯되었다. 중국 북송 말기 남전(藍田)에 살고 있던 여대방(呂大防)형제가 가문의 약속으로 만든 '여씨향약'이 그 모체였다.

이 향약의 약조는 대충 네 가지로 나누어진다. 그 첫째는 덕업상권(德業相勸)으로 효도와 미덕 등 덕 있는 일을 서로 권하는 것이고, 그 둘째는 과실상규(過失相規)로 잘못 하는 일을 서로 바로잡는 것이며, 셋째는 예속상교(禮俗相交)로 예절을 다하여 서로 사귀기를 가르치는 것이며, 그 넷째는 환난상휼(患難相恤)로 화재나 천재지변이 일어났을 때 서로 돕는 것을 가리키는 것이었다. 이는 백성들의 풍속을 순화시키고 상호부조하게 하는 일종의 지방자치단체의 협약이었다. 조광조가 향약을 실시한 것은 이와 같은 작은 규모의 풀뿌리 자치행정에서부터 그가 생각하는 혁신정치를 실현시킴으로써 전국적으로 확대되어 새로운 기풍을 불러오기 위함이었다.

이미 중국에서는 명나라가 건국하면서 이 향약을 중시하여 태조 주원장 때부터 전국을 2, 3백 호의 가구로 분할하여 향약을 실시하기에 이르렀던 것이었다.

조광조는 미신 타파와 아울러 백성들의 근본적인 개혁을 위해 향약의 점진적 확대를 주장하였으며, 그리하여 지난 10월에는 향약을 전국적으로 확대 실시할 것을 강력히 추진하고 있었던 것이었다.

조광조가 실시하였던 향약은 백성들에게 강한 인상을 남겼다. 백성들은 향약을 통해 자신들이 국가의 주체이며, 민심이 곧 천심이라는 자부심을 자각할 수 있었던 것이다.

훗날 김육(金堉)은 그가 쓴『기묘록(己卯錄)』에서 조광조의 행적을 칭송하고 있다.

"조정암이 정치를 맡았던 일년 동안에 향약을 통해 시중소민(市中小民)들은 그 부모를 잘 섬기고, 자식을 정성껏 기르며, 장사(葬事)에는 깊이 애통하여 3년 복을 입고, 군졸이나 천한 사람들까지 시묘(侍墓)하고 제사에 위패를 모시고 묘에 비를 세우게 되었다. 만약 조정암의 행적이 수년간 계속되었더라면 풍속이 크게 달라졌을 것이다."

자신이 대동법을 만들어 충청도에서 이를 시행하여 지방자치에 큰 성공을 거두었던 김육의 표현대로 시중소민, 즉 백성들은 조광조가 펼친 향약에 대해 깊은 영향을 받았으며, 따라서 조광조에게 깊은 신뢰를 갖고 있었던 것이었다.

따라서 조광조가 하루아침에 죄수가 되어 유배를 떠난다는 소문이 떠돌자 너 나 할 것 없이 수많은 백성들이 조광조의 행렬을 찾아 울며 애통해하고 있었던 것이다.

조광조를 호송하는 나장들은 격리시키기 위해서 주장을 들고 위협하거나 때리기도 하였지만 구름처럼 모여드는 백성들을 막을 수는 없었다.

그러나 조광조의 유배를 슬퍼한 사람들은 백성들뿐만이 아니었다.

성균관도 들고일어선 것이었다. 조광조 등이 옥에 갇혔음이 세상에 알려지자 제일 먼저 시위에 나섰던 사람들이 바로 성균관의 유생들이었던 것이다.

젊은 유생들은 자신의 직접적인 스승격인 조광조와 김식 등이 투옥되자 정의감이 폭발되었다. 수백 명의 유생들이 일제히 소리를 지르며 거리로 나서 대궐로 향하였다. 광화문 밖에 이르렀을 때 신명인(申命仁)이란 학생이 앞으로 나서서 말하였다.

"상두꾼들도 상소를 올려 신원하려 하거늘, 하물며 여러분 유생들이 아직도 상소를 준비하지 못함은 어찌된 일이오."

신명인의 말은 타오르는 불에 기름을 붓는 꼴이 되었다. 천한 상여꾼들도 억울하게 뒤집어쓴 죄를 씻기 위해서 신원하는데, 어찌 스승인 조광조가 억울하게 죄를 뒤집어썼는데 이를 보고만 있겠느냐는 고함소리에 유생들은 너 나 할 것 없이 덤벼들었다.

신명인이 붓을 들어 상소문을 초하니, 나머지 유생들도 거들어 순식간에 연명으로 된 상소가 완성되었다.

이 유생들의 대표는 이약수(李若水)였다. 이들 150여 명은 궐기대회를 가진 후 곧 대궐을 향해 시위행렬을 계속해 나갔다. 문을 지키는 군졸들이 필사적으로 막았으나 허사였다. 학생들은 저지선을 맹렬한 기세로 뚫고 들어가 합문(閤門) 앞에까지 이르렀다. 이 과정에서 여러 유생들이 부상을 입고 쓰러졌다.

이들은 합문 앞에 이르러 상소를 올린 후 모두 무릎을 꿇고 땅을 치며 통곡하기 시작하였다. 기록에 의하면 유학생들의 곡성이 대궐을 진동하였다고 전해지고 있다. 곡성이 온 대궐을 뒤흔들었으므로 자연 중종이 이 소리를 듣게 되었다.

"이게 도대체 무슨 소리냐."

중종은 크게 놀랐고, 곧이어 승지로부터 이들이 보낸 상소문을 전해받아 읽어보았지만 상소문을 읽은 중종은 더욱더 화를 내며 말하였다.

"유생들의 처사에 놀라움을 금치 못하겠노라. 대궐 안에 함부로 난입해 들어와도 죄가 되거늘, 하물며 문을 밀치고 들어와 곡성을 냄은 천고에 없는 일이 아닌가."

중종은 주동자를 색출하여 엄단하도록 명령내리는 한편 금군를 풀어 유학생들을 궐내에서 쫓아내게 하였다. 어명을 받은 군사들이 이들을 모두 쫓아내려 하였지만 유생들은 필사적이었다. 옷과 갓이 찢어지고, 상처 입은 몸에서는 붉은 피가 흘러내렸다.

상소를 올린 주동자 다섯 명 즉 이약수, 윤언직(尹彦直), 박세호(朴世豪), 김수성(金遂性), 황계옥(黃季沃) 등은 곧 체포되었다. 모든 유생들이 함께 잡혀 가길 원하니, 감옥이 부족하여 이들을 모두 수용할 수 없었다고 기록은 전하고 있다.

조광조가 중종의 교지가 내리자마자 즉시 능주로 유배를 떠나게 된 것은 이처럼 흉흉한 민심 때문이었던 것이다.

더 이상 조광조를 도성에 머물도록 하였다간 걷잡을 수 없는 사태가 일어날지도 모른다고 생각하여 서둘러 조광조를 귀양길로 쫓아버렸던 것이다.

그러나 조광조의 유배 길은 이와 같은 옷깃을 여미고 공경하는 마음으로 전송하는 백성들에 의해서 외로운 것만은 아니었다. 조광조를 압송하는 나장들도 비록 조광조가 죄인이 되었다고는 하나 그

를 함부로 다룰 수는 없음이었다. 어제까지만 해도 나는 새도 떨어
뜨릴 만한 최고의 권세를 가졌던 인물이었으므로 조심스럽게 다루
고 있었던 것이다.

지방에 많은 관원들도 나와서 조광조를 위문하였고, 선산이 있는
용인을 지날 때에는 이자(李耔)의 전송을 받을 수 있었다.

이자는 우참찬으로 조광조와 함께 체포되었으나 영의정 정광필
에 의해서 '장차 국가에 크게 이바지할 인물이오니 아무쪼록 의금
부로 하여금 죄가 있고 없음을 분명히 가리어 처결토록 하소서'란
탄원을 받고 특별히 사면되었던 것이다. 이자는 감옥에서 석방되자
마자 자신의 초당이 있는 용인으로 내려왔다가 마침내 유배지로 떠
나는 조광조를 만날 수 있었던 것이었다.

"대감."

비참한 모습의 조광조를 보자 이자는 흐르는 눈물을 옷소매로 닦
으며 말하였다.

"이게 도대체 어찌된 일이 오니까."

원래 이자는 교재가 넓어 조광조를 숙청하는 데 앞장선 남곤과도
원만하게 지내어 평소 사림파와 훈구파의 갈등을 해소하는 데 앞장
섰던 중도파였다. 그러나 파직이 되어 자신의 초당으로 내려왔다가
막상 죄수가 되어 유배를 떠나는 조광조를 보자 기가 막혀 눈물이
쏟아져 나왔던 것이다.

"대감."

이자는 울면서 말하였다.

"지나는 길에 잠시 선영에 들러 예를 표하고 떠나시지요."

용인은 조광조의 부친이었던 조원강(趙元綱)의 묘소가 있어 조광조로서는 그냥 지나칠 수 없는 고장이었다. 조광조의 부친뿐 아니라 그의 조부, 조광조의 사후에는 그의 묘소가 이장된 곳이며, 부인이씨뿐 아니라 조광조의 아들이었던 정(定)과 용(容) 등 모든 가족들이 묻혀 있는 선산이었던 것이다. 특히 조광조는 그의 부친이었던 조원강이 19세 때 죽자 부친의 묘소 앞에서 3년 동안 시묘를 하는 한편 학문에 정진하였던 조광조에게는 유서 깊은 고장이었던 것이다. 주자가례에 따라 부친의 묘 아래 여막(廬幕)을 마련해두고 잠을 잘 때에도 참최복(斬衰服)을 벗지 않고 아침저녁 드리는 제상의 제기들도 종을 시키지 않고 손수 씻어 제사를 올렸던 곳이었다. 3년의 시묘가 끝났어도 조광조는 이곳을 떠나지 않았다. 여막이 있던 자리에 초당을 마련하여 집 앞에는 작은 연못을 만들고 연꽃과 잣나무도 심어놓고 학문에 정진하였던 곳으로 조광조의 정치사상이 완성된 곳이었던 것이다. 조광조가 벼슬길에 올랐을 때도 가끔 이곳에 들러 성묘를 하면서 지친 심신을 회복하는 특별한 장소였던 것이다.

용인의 심곡리, 지금의 용인군 수지읍 상현리인 이곳은 그런 의미에서 마음의 고향이었다. 조광조가 마음만 먹으면 잠시 유배 길을 멈추고 선영에 들러 이자의 권유대로 예를 표하고 떠날 수 있음이었다.

그러나 조광조는 단호한 목소리로 말하였다.

"그럴 수는 없소이다. 국법을 어긴 강상(綱常) 죄인이 되어, 내 어찌 선영에 참배할 수 있겠소이까. 그 대신."

조광조는 이자를 쳐다보며 말하였다.

"문충공의 묘소에는 잠시 들려서 예를 표하고 떠나겠소."

문충공(文忠公)은 고려 말의 충신, 정몽주(鄭夢周)를 가리키는 말로 조광조는 평소에 정몽주와 그의 스승이었던 김굉필, 두 사람을 사표로 삼고 있었다.

이 말을 들은 이자는 나장에게 소리쳐 말하였다.

"잠시 수레를 돌려 문충공의 묘소로 향하도록 하라."

정몽주의 묘소는 모현면 능원리에 자리잡고 있었다. 용인현에서 동쪽으로 15리 지점에 있는 외진 곳이었다.

압송을 맡은 나장들은 어쩔 수 없이 수레의 방향을 정몽주의 묘소로 바꾸었다. 묘소에 이르자 조광조는 잠시 수레에서 내려 이자와 함께 제단 위에 술을 따르고 배를 올려 예를 갖추었다.

정몽주.

고려 말의 충신. 이성계가 날로 위망(威望)이 높아져서 고려를 정복하려는 야망을 보이자 이성계를 먼저 제거하려다 이를 눈치챈 이방원(李芳遠)에 의해 선죽교(善竹橋) 위에서 이방원의 부하인 조영규(趙英珪)에게 격살되었던 천품이 높고 충효를 겸하였던 충신 정몽주.

생전에 조광조는 정몽주를 사숙하여 항상 이렇게 말하곤 하였던 것이다.

"내겐 두 스승이 있다. 죽은 사람으로서는 문충공이고, 살아 있는 사람으로서는 한훤당(寒暄堂)이었다."

한훤당은 김굉필을 가리키는 것으로 조광조가 17세 때 직접 찾아가 사제로서의 인연을 맺었던 사람이었다.

조광조는 17세 되던 해 그의 부친 조원강이 어천도(魚川道)의 역참 찰방의 관리로 임명받아 평안도로 부임하자 부친을 따라 그곳으로 갔다가 마침 그곳 희천에 정치적 이유로 유배 와 있던 김굉필을 찾아가 스승으로 섬기고 사제의 인연을 맺었던 것이다.

나란히 배를 올리고 나서 이자는 제단 위에 올렸던 술을 조광조에게 권하며 말하였다.

"오늘의 풍색이 이처럼 나쁘니 세월이 하수상하나이까."

조광조는 이자가 따라주는 술을 음복하며 웃으며 말하였다.

"하오면 내가 잔을 들고 한바탕 춤이라도 추리이까."

두 사람은 서로 술을 나누어 마시면서 크게 한바탕 웃었다. 이 모습을 바라보던 나장들은 호방하게 웃는 두 사람의 모습을 보고 어리둥절하였다. 먼저 단숨에 술을 들이킨 이자가 이렇게 노래하였다.

오늘의 풍색이 매우 나쁘다 해도
잔 들고 춤을 추니 그 또한 기쁘리라
무장한 사나이가 말을 지쳐 지나간다
족쳐서 묻지마라
제 어찌하건 5백 년의 나라 강상(綱常)이
내 한 몸에 맡겼구나.

먼저 이자가 노래하자 조광조도 단숨에 잔을 비우고 질세라 노래하였다.

백골이 진토된들 임향한 마음 변할쏘냐
상공의 한번 죽음 분수에 당연하나
저 녹사(錄事)는 누구 집 자제던가
살아서 상공 따랐고 죽어서도 상공 따랐네
그대는 보지 못하였는가
성조(이성계)가 개국하여 책봉한 공신들이 고려조에 녹을 먹던 사람들이로세.

두 사람이 의기투합하여 읊은 노래는 정몽주의 문집인 『포은집 (圃隱集)』에 나오는 노래로서 그 유래는 이렇다.

……그때 성조(이성계)의 공업(公業)이 날이 갈수록 성해감에 모든 관리들이 마음을 돌려 따라붙었다. 태종(이방원)이 태조께 고하기를 '정몽주가 어찌 우리 집을 배반하겠습니까' 하였다. 그러자 태조가 말하였다. '내가 애매한 참소를 만나면 정몽주가 죽기로써 나를 변명해주었지만 만일 나라를 일으키려 한다면 그 마음을 알 수 없다.

차츰 문충공의 심사가 알려지매 태종이 잔치를 차려 청하고서 술을 권하며 노래하였다.

이런들 어떠하며 저런들 어떠하리
성황당 뒷담이야 무너진들 어떠하리

우리도 이렇게 해서 죽지 않은들 또 어떠하리.

이 노래를 들은 문충공이 술을 보내며 노래를 지어 불렀다.

이 몸이 죽고 죽어 일백 번 고쳐죽어
백골이 진토되어 넋이야 있든 없든
임향한 일편단심이야 변할 줄이 있으리오.

문충공의 노래를 들은 태종이 그 마음이 변치 않을 것을 알고 드디어 없애기로 결심했다. 문충공이 문병차 태조의 집에 가서 겸하여 기색을 살펴보았다. 돌아오는 길에 옛 술친구의 집을 지나더니 주인은 출타하고 뜰에는 꽃만 만발했다. 이내 옆길로 들어가서 술을 부르고 꽃 속에서 춤을 추며 노래하였다.

"오늘 풍색이 나쁘구나. 매우 나쁘구나."

연거푸 술을 들이켜고 집으로 돌아오는데 활을 맨 무사가 앞질러 지나갔다. 낯빛을 변하면서 따라오는 녹사를 돌아보고 문충공이 이르기를 '너는 뒤에 처지거라' 하였다. 그러나 녹사가 대답하기를 '쇤네가 대감을 모시고 왔는데 어찌 딴 곳으로 갈 수 있사옵니까' 하였다. 2번 3번 꾸짖어도 듣지 않다가 마침내 문충공이 죽음을 당함에 함께 부둥켜안고 죽었다. 그때의 일이 너무 갑작스러워 아무도 그 이름을 기억한 이가 없어서 뒷세상에 전하지 못하였…….

『포은집』에 실린 이 기록은 훗날 심광세(沈光世)에 의해서 정리

되었으나 정몽주의 「단심가」와 정몽주를 위해 죽음을 바친 이름 없는 녹사에 관한 이야기는 이미 널리 회자되고 있었던 것이었다. 그러므로 조광조와 이자 둘이서 읊은 이 노래는 이처럼 '임향한 일편단심은 백골이 진토되어도 변할 수 없다'는 정몽주의 충정을 통해 자신들의 단심을 표현하고 있었던 것이다.

실제로 조광조와 정몽주는 각별한 인연을 맺게 된다.

중종 12년, 8월 7일.

권진(權嗔)이라는 성균관의 유생이 비교적 긴 분량의 상소문을 중종에게 올렸는데, 그 내용은 정몽주와 김굉필을 성균관의 문묘에 종사(從祀)하자는 것이었다.

학문과 덕이 있는 인물들의 신주를 문묘에 모시자는 것인데, 정몽주는 성리학에 밝을 뿐 아니라 충효와 예절에 뛰어났으며, 교육을 일으켜 후세에 끼친 공로가 크고, 김굉필은 바른 행실과 교육으로 선비들의 귀감이 되었으니, 문묘종사를 하는 것이 마땅하다는 것이 권진의 주장이었던 것이다.

물론 조광조는 이에 전적으로 찬성하였다. 평소 조광조의 신념대로 정몽주는 정신적 스승이고, 김굉필은 실제적 스승이었으니 마땅히 억울하게 죽은 김굉필에게 작록과 시호를 내리고 정몽주와 함께 문묘에 종사케 하는 것이 올바른 도리라고 이를 중종에게 청하였던 것이었다. 그러나 조광조의 청은 받아들여지지 아니하였다. 정몽주를 종사토록 하는 것은 당연한 일이지만 김굉필은 신중하게 생각할 필요가 있으므로 그의 연고지에 사당을 세우고 자손을 우대하는 정도로 하는 것이 옳다는 것이 중종의 견해였던 것이다.

그 이유는 단 하나.

김굉필이 조광조의 스승이라는 점 때문이었다. 만약 김굉필을 문묘종사케 한다면 이는 조광조를 비롯한 신진사림들의 세력을 한층 강화시켜 주는 계기가 될지 모른다는 것을 염려한 훈구파의 반대에 부딪혔던 것이었다.

조광조는 그 막강한 권력에도 불구하고 끝내 이를 관철시키지 못하였고 이것이 마음속에서 한으로 남아 있었던 것이다.

정몽주의 무덤 앞에서 '백골이 진토된들 임향한 마음이야 변할 수 있겠는가' 라는 노래를 읊는 것으로 임금에 대한 변함없는 단심을 노래한 조광조는 마침내 이자와 헤어지며 다음과 같이 노래하였다고 기록은 전하고 있다.


충의는 본래 없어질 수 없는 것
평소부터 닦아온 사람 그 또한 없었던가
모진 바람에 견디는 풀 더욱 보기 어렵더니
이제야 고려의 한 충신을 내 알겠구나.


조광조가 읊은 이 노래는 훗날 왕위에 오른 태종이 자신을 죽인 정몽주를 기려 문충이란 시호를 내리며 지은 노래였다.

태조는 정몽주를 기리며 또 하나의 시조를 짓는데, 그 내용은 이렇다.


고려가 쇠망함에 이조(李朝) 문득 일어나니

현명한 인사들이 떼지어 붙었구나
조용히 죽음을 택한 오천(烏川)의 선비
조선 땅에 절의(節義)의 길 열어주었네.


조광조는 이자와 마지막으로 헤어지면서 태종이 노래하였던 시를 통해 모진 바람에 견디는 풀 같은 자신의 처지를 은유하여 나타내 보였던 것이다.

이자와 작별을 고한 조광조는 다시 머나먼 유배 길을 떠나게 되는데 용인을 지난 수레행렬이 남강에 이르렀을 무렵이었다. 이미 구름처럼 모였던 백성들은 뿔뿔이 흩어져버리고 날이 저무는 강물 위로는 붉은 노을이 핏빛으로 물들고 있었는데, 바로 그때 어디선가 기골이 장대한 사람 하나가 홀연히 나타나 조광조의 행렬을 따르고 있었다.

"물럿거라."

압송하던 나장 하나가 따르는 사람을 향해 쫓아내려 하였으나 그 사내는 오히려 크게 소리 지르며 바짝 다가서고 있었다.

"나으리, 대사헌 나으리."

마침내 나졸이 손에 든 주장을 휘둘러 사내의 몸을 세차게 후리치며 말하였다.

"썩 물러서지 못하겠느냐."

분명히 쓰러질 만큼의 충격을 받았으나 사내는 꿈쩍도 하지 않고 무서운 눈빛으로 나졸을 노려본 후 낮은 소리로 말하였다.

"네 이놈, 내가 개상에 얹은 곡식단이라도 되는 줄 아느냐. 어디서 함부로 태질이란 말이냐."

사내가 꼼짝도 하지 않고 노려보며 말하자 나졸들이 모두 사내를 쳐다보았다. 비록 기골이 장대하긴 하였지만 봉두난발한 천민에 불과한 모습이었다. 그런 쌍놈이 함부로 '네 이놈' 하고 불호령을 내렸으므로 군세가 강하기로 소문난 의금부 나졸들의 자존심을 여지없이 무너뜨린 셈이었다.

"이놈 봐라."

나졸들의 수장격인 나장은 어처구니없다는 표정으로 말하였다.

"저놈을 당장 혼찌검을 내어 이리 끌고 오도록 하여라."

화가 난 나졸들이 한꺼번에 주장을 들고 덤벼들었다. 그러나 너댓 명의 나졸들이 동시에 덤벼들었으나 놀랍게도 사내의 몸에는 털끝 하나 건드리지 못하고 있었다. 한결같이 무술에 능한 군사들임에도 불구하고 사내의 몸은 바람처럼 솟구쳐서 자유자재로 신출귀몰하고 있었다.

"무슨 일인가."

수레 위에 앉은 조광조가 바깥이 소란스럽자 물어 말하였다. 그러자 나장이 답하였다.

"웬 사내가 나으리를 부르며 좇아오고 있어 이를 쫓고 있는 중입니다."

"잠깐 수레를 멈추시게나."

나장이 수레를 멈추자 조광조가 말하였다.

"그 자를 이리 데려오시게."

나장이 나서서 싸움을 뜯어말리고 그 사내를 조광조의 곁으로 데려왔다. 한바탕의 격전에도 불구하고 사내는 숨소리 하나 거칠어지지 않고 있었다.

"무슨 일이냐."

조광조가 묻자 사내는 선 자리에서 무릎을 꿇고 말하였다.

"나으리, 대사헌 나으리. 쇤네를 모르겠나이까."

조광조는 물끄러미 사내의 모습을 내려다보았다. 쑥대머리로 잔뜩 헝클어진 머리에 얼굴을 덮은 검은 구레나룻, 남루한 모습만 보면 갈데없는 쌍놈이었다. 그러나 천천히 사내의 행색을 살피던 조광조의 입에서 어느 순간 감탄사가 흘러나왔다.

"아니 자네가 웬일인가."

"나으리께오서."

무릎을 꿇은 사내가 고개를 숙여 말하였다.

"유배 길에 오르셨다고 하여서 한양에서부터 좇아오는 길이나이다."

"내가 자네를 얼마나 찾았는지 알고 있는가."

조광조가 반가운 표정으로 말하였다.

사람들과 접촉을 금지하기 위해서 방책을 두르지 않았다면 두 손을 마주잡을 정도의 반색이었다.

"그런데 도대체 어디로 사라졌다 이제야 나타날 수 있단 말인가."

"나으리께오서는 쇤네가 불가촉의 천민임을 모르시나이까."

불가촉천민. 사내의 말은 사실이었다. 한 나라의 고위 대신인 대사헌 조광조와 지금까지도 이름이 알려지지 않은 조광조 일생일대 최고의 수수께끼 인물인 피색장(皮色匠). 짐승의 가죽을 다루어 물건을 만드는 갓바치와는 서로 어울릴 수 없는 불가촉의 신분이었던 것이었다. 그러나 조광조는 일개 갖바치에 불과한 사내의 행방을 찾기 위해서 일년 이상이나 수소문하였던 것이었다. 그러나 사내의 행방은 모연하였다. 수표교 근처에서 피전을 벌려놓고 장사를 하던 갖바치는 하루아침에 홀연히 사라져버렸으며 산중에 들어가 수도를 한다고도 하고 사물놀이패가 되어서 전국을 떠돈다고도 하는 헛소문만 무성하였던 것이다. 이 수수께끼의 인물에 대한 기록은 조광조의 문집 부록편에 나와 있다.

"……도성 안에 남다른 인격을 지닌 피장이 한 사람 있었다. 조광조는 진작부터 그 인물을 알아보고 학문에 관해서 묻거나 같이 자면서 시국에 관해서 대화를 나누기도 하면서 가까이 지냈다. 이러한 과정을 통해 피장의 능력이 뛰어난 것을 새삼 확인하게 된 조광조는 어떻게든 그를 관직에 추천하려 하였으나 그는 조광조의 제의를 사양한 후 자취를 감추었다. 이름 석 자도 알리 않은 채."

일개 갖바치에 불과한 피장에게 '학문에 관해 묻거나 같이 자면서 시국에 관한 대화를 나누었다'는 기록은 이긍익(李肯翊)이 편찬한 사서 『연려신기술(燃藜室記述)』에도 나오고 있다. 뛰어난 인물이면 상민이건 천민이건 첩의 자식인 서얼이건 가리지 않고 과감하게 발탁하여 등용하자는 조광조의 신분철폐사상으로 인해 그런 파격적인 일화가 싹틀 수 있었던 것이다.

조광조가 그 수수께끼의 피장에 관한 소문을 들은 것은 일년 전인 중종 13년 봄이었다. 이 무렵 조광조는 부제학이었는데, 과거제도를 시험으로 뽑지 않고 추천으로 하는 천거과(薦擧科)로 바꾸자고 공식적으로 발의하고 있었다. 조광조는 이 혁신적인 제도를 발의하면서 다음과 같이 말하였다고 기록은 전하고 있다.

"우리나라는 땅이 작아 본래 인물이 적은데다가 여기에 또 서얼과 사천(私賤)을 분별하여 그들을 쓰지 않습니다. 중국에서는 귀천을 가리지 않고 오직 고루 쓰지 못함을 걱정하고 있는데, 어찌 우리나라에서는 이를 시행조차 못하고 있나이까."

결국 조광조는 현실의 벽이 너무 두터웠으므로 어쩔 수 없이 천거의 대상을 양반계층에만 국한시킬 수밖에 없었다. 하지만 조광조와 일개 갖바치와의 이러한 파격적인 우정은 조광조가 얼마나 신분보다는 인물위주로 사람을 평가하는가를 여실히 증명해주고 있는 것이다.

도성 안 수표교 근처에 남다른 인격을 지닌 피장 하나가 있다는 말을 들은 조광조는 하인을 데리고 가지 않고 홀몸으로 그 피전을 방문하였다. 작은 전방 안에는 기골이 장대한 사람이 가죽으로 물건을 만들고 있었다. 그 갖바치가 문리까지 틔어 사물의 조리를 깨달아 모르는 것이 없다는 소문이어서 조광조는 일부러 변복을 하고 점방을 찾았던 것이었다.

"어인 일로 오셨나이까."

짐승의 가죽으로 무언가를 만들고 있던 갖바치가 조광조를 보고 물었다. 이에 조광조가 대답했다.

"그대가 가죽을 잘 다룬다고 하니 가죽 다루는 솜씨를 보러 왔네."

난데없는 조광조의 대답에 힐끗 조광조를 일별하고 나서 갖바치는 한참을 말없이 가죽을 다뤄 물건을 만들 뿐이었다. 한참 동안 묵묵히 일만 하던 갖바치가 오랜 후 다시 입을 열어 물었다.

"하오면 가죽의 겉을 다루는 솜씨를 보시러 오셨습니까, 아니면 가죽의 속을 다루는 솜씨를 보러 오셨습니까."

갖바치의 질문에 조광조는 뜨끔하였다. 속마음을 들킨 때문이었다. 피전 안에는 갖바치가 용도에 따라 쓰는 가죽들이 매달려 있었다. 쇠가죽과 돼지가죽, 거북이가죽과 뱀가죽. 그뿐인가, 염소가죽과 두꺼비가죽도 걸려 있었다. 갖바치의 말은 단순한 것 같지만 깊은 뜻을 담고 있었다. 일테면 쇠가죽은 겉으로만 보면 소의 가죽에만 지나지 않는다. 그러나 쇠가죽의 속을 보면 그것은 소의 가죽이 아니라 소의 마음이 되는 것이다. 마찬가지로 뱀가죽은 겉으로 보면 뱀의 가죽에 지나지 않지만 뱀가죽의 속을 보면 그것은 뱀의 마음이 되는 것이다. 그러므로 '가죽의 겉을 다루는 솜씨를 보러 오셨는가, 아니면 가죽의 속을 다루는 솜씨를 보러 오셨는가'라는 갖바치의 질문은 조광조가 이곳에 다만 자신을 미천한 갖바치로서 가죽을 다루는 솜씨를 보러 온 것이냐, 아니면 겉은 갖바치이지만 속마음, 즉 자신의 진면(眞面)을 보러 온 것이냐고 묻는 일종의 준엄한 선문이었던 것이었다. 이에 조광조는 이렇게 대답하였다.

"내가 그대를 찾아온 것은 피리(皮裏)를 보기 위함이오."

피리. 이는 가죽의 내부, 즉 심중을 가리키는 말로 내가 찾아온 것은 가죽다루는 솜씨가 아니라 그대의 마음이라는 선답이었던 것이다.

그러자 갖바치는 껄껄 소리내어 말하였다.

"하오면 나으리께오서는 양추(陽秋)를 보러 오셨소이다그려."

갖바치의 말에 두 사람은 단숨에 의기투합되었다. 만난 후 불과

서너 마디의 문답으로 두 사람은 이심전심이 되었던 것이다.

어떻게 오셨냐는 갖바치의 질문에 대해 '피리', 즉 '가죽의 마음'을 보러 왔다는 조광조의 대답과 껄껄 웃으며 '양추를 보러 오셨군요'라고 대답한 두 사람의 선문답을 합치면 다음과 같은 문장이 되는 것이다.

피리양추(皮裏陽秋).

원래는 '피리춘추(皮裏春秋)'지만 진(晋)의 간문후(簡文后)의 휘가 '춘(春)'이었으므로 이를 피해 '양(陽)'자를 사용하였던 것이다. 이 문장의 뜻을 직역하면 '가죽의 속에는 춘추, 즉 역사가 있다'는 뜻인 것이다. 그러므로 이 문장의 의미는 '모든 사람은 비록 말은 하지 않더라도 저마다의 마음속에는 속셈과 분별력이 있다'는 뜻인 것이다.

이 선문답을 통해 조광조는 갖바치가 소문대로 범상치 않은 인물임을 꿰뚫게 되었으며 갖바치 또한 변복을 하고 찾아온 조광조가 불세출의 정치가임을 꿰뚫어본 것이다.

이때부터 조광조는 이 갖바치를 찾아와 시국에 관한 대화도 나누고 어지러운 정국을 바로잡기 위한 방법에 대해서도 묻기도 했던 것이다. 그러기를 수차례 어떤 때는 기록에 나와 있는 대로 갖바치의 전방에서 함께 자면서 밤을 새우며 토론하기도 하였다. 특히 조광조의 주된 관심은 난세를 타파하는 개혁에 대한 방안이었다. 이에 갖바치는 다음과 같이 대답하였다고 기록은 전하고 있다.

"나으리, 이 전방에는 모든 가죽이란 가죽은 다 걸려 있습니다. 쇠가죽은 물론 돼지, 뱀, 거북이 할 것 없이 다 걸려 있습니다. 그러나 단 한 가지의 가죽만은 걸려 있지 않습니다. 그것이 무엇인 줄 아시나이까."

잠시 숙고하던 조광조가 대답하였다.

"인피(人皮), 즉 사람의 가죽이 아닐 것인가."

조광조가 대답하자 갓바치는 고개를 끄덕이며 말을 이었다.

"그렇습니다, 나으리. 이곳에는 사람의 가죽만은 걸려 있지 않습니다. 하오나 나으리, 옛말에 이르기를 '모든 가죽의 심중에는 이를 분별하는 올바른 속셈이 들어 있다' 하였습니다. 동물의 심중에도 이러한 분별력이 들어 있음에 하물며 사람의 심중에는 천성이 깃들어 있지 않겠습니까. 나으리, 나으리께오서는 난세(亂世)를 걱정하셨습니다마는 당의 선승 조주(趙洲)는 한 사람이 와서 '난세에는 어떻게 처신해야 합니까' 하고 묻자 이렇게 대답하였습니다. '난세야말로 호시절이다.' 그러므로 나으리, 난세를 너무 걱정하지 마십시오. 오히려 난세야말로 사람의 가죽, 즉 인피 속에 깃들어 있는 백성들의 분별력을 키우고 정치를 바로잡을 수 있는 호시절임에 틀림없을 것이나이다. 그러므로 나으리, 난세를 바로잡을 수 있는 최대의 방법은 첫째도 사람이고, 둘째도 사람이며, 셋째도 사람인 것입니다."

갓바치는 가죽을 깎는 칼을 들어 가죽 위에 사람 인(人)자를 새기며 힘주어 말하였다.

"쉰네는 쇠가죽의 겉을 다루어 신발을 만들고 있습니다마는 나으리께오서는 사람의 가죽을 다루어 정치를 바로잡는 갓바치가 되셔야 할 것입니다. 그러기 위해서는 무엇보다."

갓바치는 형형한 눈빛으로 조광조를 바라보며 말을 이었다.

"사람을 바꿔야 하실 것입니다. 고인 물은 반드시 썩기 마련입니다. 따라서 썩은 정치를 바꾸는 일은 결국 사람을 바꾸어 새 물로 갈아 채우는 일입니다."

갖바치의 '인적청산론'은 조광조의 정국공신의 개정과 일맥상통하는 것이었다. 연산군을 몰아세우는 데 공을 세웠다 하여서 훈작(勳爵)을 받은 정국공신들을 훈구파라 하였는데, 이 무렵 이 정국공신들의 숫자는 무려 103명에 이르고 있었다. 한번 공신에 오르면 자손대대로 영화를 누릴 수 있고 토지와 노비를 받아 경제적으로 혜택을 누릴 수 있어 일부에서는 뇌물이나 로비로 공신에 책봉되었던 것이다.

훗날 조광조가 정치개혁을 위해서 정국공신들의 숫자를 103명에서 무려 78명의 공훈을 삭제하는 결단을 내리는 데 결정적인 원인을 제공한 사람은 바로 이렇듯 수수께끼의 인물인 갖바치였던 것이다.

그러나 이로 인해 조광조는 훈구파의 거센 저항으로 이처럼 유배길에 올라 결국 사약을 받고 죽음에 이르게 되었으니, 그런 의미에서 갖바치는 조광조에게 정치적 결단을 내리게 하는 한편 정치적 비극을 불러일으킨 그 장본인이었던 것이다.

조광조가 정몽주와 김굉필을 스승으로 사숙하고 있었다면 갖바치는 정도전(鄭道傳)을 정치적 사표로 삼고 있었다.

정도전은 이성계를 도와 조선을 건국하였던 개국공신이었으나 훗날 왕위 쟁탈전에 휘말려 이방원에 의해서 살해된 뛰어난 정치가였다. 유학의 대가로 개국 후 군사, 외교, 행정, 역사, 성리학 등 여러 면면에서 활약하였고, 척불숭유(斥佛崇儒)를 조선왕조의 근본 이데올로기로 확립한 사상가였다.

고려조의 멸망을 인간 상호간의 증오심과 윤리의 타락으로 본 정도전은 나라의 기강이 바로 서려면 무엇보다 도덕 재무장, 즉 윤리의 재건이 필요하며, 윤리를 실행하는 수단이 곧 정치며, 그 전제조건이 경제안정이라고 생각하고 있었다. 그는 상하, 존비, 귀천의 명분이 바로 서고 인간마다 자기의 본분을 지키면 자연 사회질서가 확립된다고 보았다. 이와 같은 상하질서의 확립을 위한 윤리 도덕이 삼강오륜이었다. 이를 위한 철학으로써 성리학만이 유일한 정학(正學)이며, 통치체제로 중앙정부에 의한 전국적 지배를 강화하는 중앙집권체제를 지향했으며, 그 중심은 군주였다. 군주는 최고의 통치권을 갖고 전국의 토지와 백성을 지배하나 실질적인 통치권은 재상(宰相)이 갖는 오늘로 말하면 일종의 '내각책임제' 같은 성격을 띤 '재상중심체제'를 지향하였던 것이다. 통치자의 부정과 독재를 막기 위해서는 감찰권과 언권(言權)의 강화를 제시했으며, 통치 윤리는 인정(仁政)과 덕치(德治)가 근본이 되어야 하고 형벌은 보조적 수단이 되어야 한다고 역설하였다.

이러한 체제의 확립은 경제생활의 안정 없이는 불가능한 것이며, 물질적 기초로써 국가 재정이 확보되어야 한다고 생각한 정도전은 민생을 안정시키기 위해서는 무엇보다 농업생산이 진흥되어야 한다는 전제하에 중국의 공전제(公田制)에 바탕을 둔 토지 개혁을 실행하였던 불세출의 정치가였던 것이다.

그러나 그보다도.

정도전이 갖바치뿐 아니라 조광조의 마음을 사로잡은 것은 그가 대대로 명문 귀족집안의 출신이 아니라 시골 향리 출신의 하찮은 신분이었고, 특히 그의 어머니는 노비의 피가 섞인 우연(禹延)의 딸이었기 때문이다. 노비의 피가 섞인 정도전이 『조선경국전(朝鮮經國典)』이라는 저서를 통해 나라의 기본통치제도를 확립하였다는 사실이 두 사람의 마음을 사로잡았던 것이다.

"삼봉(三峰)은 말씀하셨나이다. 『조선경국전』에서 이르기를 '백성은 국가의 근본이요, 군주의 하늘이다' 라고 말입니다."

삼봉은 정도전의 호였다. 갖바치는 조광조와 더불어 밤을 새우며 시국을 토론할 때마다 이를 되풀이하여 상기시키곤 하였다.

"따라서 나으리께오서는 하늘에서 비를 내려 집이 새어 내리면 반드시 일산(日傘)을 바쳐서 두루 천만 리에 평안을 얻게 하고 온 천하가 새지 않게 하셔야 합니다. 그렇게 하시려면 반드시 언로(言路)가 통하여야 할 것입니다."

'비가 새면 우산을 받쳐서 온전하게 새지 않게 하였다' 라는 말은 서거정(徐居正)이 지은 『필원잡기(筆苑雜記)』에 나오는 유명한 일화이다. 조선 초기에 가장 뛰어난 문인이었던 서거정이 지은 『필원잡기』는 갖바치와 조광조가 담소할 때 즐겨 인용하였던 책 중의 하나였던 것이다.

서거정이 지은 『필원잡기』에는 유관(柳寬)에 관한 일화가 기록되어 있다.


　　문정공(文貞公) 유관은 공정하여 청렴하며, 신하로서는 최상

의 지위에 있었으나 초가집 한 칸과 베옷과 짚신으로 평생 소박
하였다. 언젠가 한 달이 넘도록 장마가 져서 비가 삼줄기처럼 새
어 내렸다. 공은 방 안에서 우산을 들고 비를 피하며 부인을 돌
아보고 말하였다.

"우산이 없는 집은 어떻게 견디겠소."

이 말을 들은 부인이 말하였다.

"우산이 없는 집은 반드시 미리 방비가 있을 것입니다."


유관이 들고선 우산은 과거에 급제한 사람에게 주는 일산으로 모
든 집이 다 일산을 가지고 있지 않으므로 유정이 걱정하였던 것이
다. 유정의 집에 있던 곳은 동대문과 신설동 사이, 따라서 이 동네
는 '우산각골'이라고 불리웠던 것이다.

갖바치가 조광조에게 '군주는 하늘이니 비가 내려 집이 새면 우
산을 바쳐서 온 천하가 새지 않게 하여야 한다'고 하였던 말은 유관
의 일화를 통해 조광조의 역할을 강조한 것이었다.

특히 오늘날의 언론에 해당하는 언로가 통해야만 온전한 우산 노
릇이라 할 수 있다는 갖바치의 충고는 언로의 중요성을 강조한 정
도전의 정치사상에서 비롯된 것인데, 조광조도 이미 언로의 중요성
을 간파하고 있었다.

중종이 즉위 10년째 되던 해에 대비로 맞아들인 장경(章敬)황후
가 25세의 나이로 세상을 떠나자 왕비 신(愼)씨를 복위시켜야 한다
는 논의가 있었다. 왕비 신씨는 연산군을 폐위시킬 때 제일 먼저 피
살당한 신수근(愼守勤)의 딸로 혁명을 일으킨 훈구파에서는 후환을

없앤다는 이유로 강제로 신씨를 쫓아내어 인왕산 밑에서 살게 하였던 것이다. 매일 왕을 그리워했던 신씨는 마침내 인왕산에 올라가 자신의 간절한 마음을 전하는 방법을 발견해내었다. 그것은 인왕산의 큰 바위 위에 자신의 치마를 벗어 놓는 일이었다. 중종 역시 신씨를 잊지 못하여 신씨가 있는 인왕산 쪽을 자주 바라보았는데, 어느 순간 그 치마가 눈에 들어온 것이었다. 처음에 그 이유를 잘 모르다가 비로소 내막을 알게 된 중종은 매일같이 '치마바위'를 통해 애틋한 사랑의 언어를 주고받으며 지내고 있었던 것이다. 그러던 차에 장경왕후가 죽자 담양부사 박상(朴祥)과 순창 군수 김정(金淨)이 공동명의로 옛 왕비 신씨의 복위를 청하는 '청복고비신씨소(請復故妃愼氏疏)'의 상소문을 올렸다. 이에 훈구파 공신들은 격렬하게 반대하고 나섰다. 무엇보다 언론과 정치와의 상관관계를 잘 알고 있었던 조광조는 왕 앞에 나아가 언로의 중요성을 극간하고 있다.

"전하, 언로가 통하고 막히는 것은 나라에 가장 관련이 깊은 것이어서 통하면 나라가 잘 다스려지고 편안하나 막히면 분란이 일어나고 망하게 됩니다. 그래서 임금 되는 이는 언로를 넓히기에 힘써서 위로는 공경(公卿)과 여러 관료로부터 아래로는 일반시정의 백성에 이르기까지 모두 그 언로를 열도록 해야 합니다. 그러나 책임지는 언로가 없으면 스스로 뜻을 다할 수 없는 고로 간관(諫官)을 설치하여 이를 주로 하도록 맡기는 것이니, 그 말하는 바가 좀 지나치더라도 모두 마음을 비워놓고 우대하여 용납하는 것은 언로가 혹 막힐까 우려하기 때문인 것입니다. 근래에 박상과 김정 등이 구언(求言)

하심을 당해 진언을 드렸는데, 그 말이 만약 지나친 바가 있으면 쓰지 않으면 될 일이지, 어찌 다시 죄를 줄 수 있겠습니까……."

이처럼 언로를 중요시하였던 갓바치와 언로가 통하고 막히는 것이야말로 나라의 흥망이 달려 있다고 극간한 조광조는 서로 일맥상통하고 있었던 것이다.

따라서 조광조는 이 갓바치를 어떻게 해서든 관직에 추천하여 등용시키려 하였다. 이렇게 뛰어난 인물을 미천한 갓바치로 머물게 하는 것은 국가적 손실이라고 본 때문이었다. 그러나 그것은 쉬운 일이 아니었다. 국가의 크고 작은 관직은 모두 양반들이 독차지하고 있었으므로 일개 피장의 신분으로는 이 벽을 뛰어넘을 수 없었던 것이었다.

이러한 조광조의 속마음을 눈치챈 갓바치는 웃으며 말하곤 하였다.

"나으리, 옛말에 야서지혼(野鼠之婚)이라 하였습니다. 이는 들쥐에게는 들쥐가 가장 어울리는 배필이라는 뜻으로 쉰네는 들쥐이나이다. 하오니 들쥐를 집쥐로 만들려 하지 마옵소서. 만약에 나으리께오서 쉰네를 집쥐로 만들려 하신다면 쉰네는 당장에라도 들판으로 도망쳐 나갈 것이나이다."

그러나 조광조는 어떻게 해서든 관직에 등용하려는 노력을 멈추지 않았다. 그런데 마침 좋은 기회가 찾아 온 것이었다. 그 무렵 조광조는 홍문관의 부제학이었다. 마침 홍문관에서 소장하고 있는 도적(圖籍)들을 관리하는 전적(典籍)에 새로운 인물이 필요하게 된 것이었다. 비록 정6품의 초급 관리였으나 갓바치를 전적에 임명할 수 있다면 그를 수하에 두고 있으면서 그가 가진 재능을 활용할 수 있는 최적의 기회가 찾아온 것이었다. 뛸 듯이 기뻐한 조광조가 수표교로 찾아갔을 때 그러나 피전은 굳게 문이 닫혀 있었다.

한참을 문을 두드리다가 그냥 발길을 돌리려던 조광조는 옆에 자리잡고 있던 싸전을 찾아가 주인에게 물었다.

"옆집의 갖바치가 어디 몸이라도 아파서 문을 닫았소이까."

싸전 주인은 흘깃 조광조를 쳐다보았다. 그는 평소에 조광조가 피전에 자주 들르던 손님인 줄은 알고 있었으나 조광조가 어떤 인물인 줄을 몰랐으므로 퉁명스럽게 대답하였다.

"몸이 아픈 것이 아니라 아예 문을 닫았소이다."

"문을 닫다니요."

"피장일을 그만두고 가게 문을 닫았다는 것이외다."

"하오면."

조광조가 물었다.

"어디로 간다 하더이까."

"그것을 내가 어찌 알겠소이까. 하루아침에 간다온다 말도 없이 사라져버렸으니. 벌써 가게 문을 닫은 지 달포가 넘었소이다."

조광조는 심히 난처하였다. 그렇지 않아도 들쥐는 때가 되면 들판으로 나갈 수밖에 없다 하였으므로 갖바치는 자신의 말대로 벌판으로 사라져버린 것일까.

하는 수 없이 조광조가 그냥 발길을 돌리려는데 깜빡 잊고 있었다는 듯 싸전 주인이 조광조의 등뒤에서 소리쳐 말하였다.

"나으리께오서는 혹시 조 대감이 아니시나이까."

"그렇네."

조광조가 대답하자 비로소 공손하게 허리를 굽혀 예를 표하면서 싸전 주인이 말하였다.

"달포 전 가게 문을 닫기 전날 밤 갓바치가 쇤네에게 종이 한 장을 주면서 이렇게 말하였나이다. 행여 조 대감이란 분이 가게에 들러 자신을 찾거들랑 전해 달라고 하면서 문서 한 장을 맡기고 떠났나이다. 하오니 잠깐만 기다려 주시옵소서."

조광조는 청계천이 흐르는 수표교 위에 서 있었다. 맑은 물이 흐르는 다리 아래로는 아낙네들이 빨래를 하고 있었고, 시전이 열리고 있었으므로 마침 시장거리에는 물건을 사러 온 성민들이 한가득하였다. 원래 마전들이 많아서 마전교라 불리우던 수표교는 청계천으로 흐르는 개천의 수위를 측정하기 위해서 수표를 세운 데서 비롯된 이름이었다. 정월대보름날이면 백성들이 밤을 새워 즐겨하였던 답교놀이와 연날리기로 도성 안에서 가장 인파로 붐비던 번화한 곳이었던 것이다.

그때였다. 싸전 주인이 종이 한 장을 들고 나타났다. 남이 함부로 볼 수 없도록 밀봉되어 있는 문서였다. 봉지를 뜯고 보니 안에서 한 장의 종이가 나왔다. 종이 위에는 분명히 낯익은 갓바치의 글씨가 적혀 있었다.

조광조는 천천히 그 내용을 읽어보았다.

"나으리. 나으리의 재능은 족히 한 시대를 경제(經濟)할 수 있을 것입니다. 하오나 그것은 반드시 주상의 마음을 얻은 후에야만 가능할 것입니다."

기록에 의하면 갓바치의 마지막 편지는 조광조의 운명을 암시하고 있다고 하였는데, 그 내용은 다음과 같이 이어지고 있다.

나으리께오서는 반드시 주상의 마음을 얻어 하늘에서부터 새는 비를 우산으로 막아야만 태평천하를 얻을 수 있을 것입니다. 하오나 주상께오서는 지금 명성 때문에 나으리를 쓰시지만 실제로는 나으리를 잘 모르고 계실 것입니다. 만일 나으리와 주상 사이에 소인이 끼어든다면 나으리께오서는 화를 면할 수 없을 것입니다…….

갓바치의 문장은 정곡을 찌르고 있었다. 조광조 역시 중종의 유약한 성격을 잘 알고 있었다. 갓바치의 말대로 지금 주상은 필요성 때문에 자신을 쓰지만 언젠가는 변심하여 내칠지도 모른다.

소인. 이는 유교에서 군자와 대비되는 사람이다. '학문이 깊고, 덕이 높고, 행실이 바른 사람'을 일컫는 군자에 비하면 소인은 '학문이 얕고 이익을 좇아 함부로 날뛰는 소인배'를 뜻하는 것이다. 『논어』를 보면 알 수 있듯이 공자의 가르침은 '군자의 학문'이라 불러도 좋을 만큼 사람들이 훌륭한 군자가 될 것을 열심히 설교하고 있으며, 공자는 군자와 소인의 차이를 이렇게 말하고 있다.

군자는 의로움에 밝고 소인은 이로움에 밝다.(君子喩於義 小人喩於利)

군자는 편안함에서 교만하지 않고, 소인은 교만하면서 편안하지 못하다.(君子泰而不驕 小人驕而不泰)

조광조 역시 갖바치의 충고대로 평소 소인의 음모를 경계하고 있었다. 그는 평소 중종에게 왕으로서 군자와 소인을 구별하는 안목을 가지는 것이 중요한 일임을 강조하면서 이 세상에 음과 양, 낮과 밤이 있는 것처럼 조정에서는 군자와 소인이 섞여 있을 수밖에 없어 이들을 구별하는 것은 오직 군주 자신의 판단력밖에 없다고 역설하였던 것이다.

"군자와 소인은 구별하기 매우 어려운 것입니다. 대감이 논하고 재상이 개진하는 바에 따라 그 사람이 현명한지, 현명하지 않은지에 대해서는 알 수 있지만 그래도 군자와 소인을 구별하는 것은 어렵습니다. 옛날에는 임금이 신하들 접하기를 마치 아비와 형이 자식과 동생을 대하는 것처럼 하여 생각하는 바를 모두 토로하게 하였기 때문에 임금은 그들이 행하는 것을 보고 그 말 하는 것을 들으며 그 사람의 깊이 숨어 있는 뜻을 알 수 있었습니다. 비록 현명하지 못한 사람일지라도 왕을 가까이 모실 때에는 착한 말하는 척하며, 언사를 꾸며서 아뢰므로 그 사람의 참모습을 알아내기가 참으로 어렵습니다. 그러므로 후세에 와서는 사람을 알아보기가 어렵게 되었으므로 임금된 사람은 한층 더 깊이 유념해야 합니다."

그때 조광조는 갖바치가 남기고 간 문서의 내용을 다 읽어보고 그것을 수표교 위에서 찢어버렸다. 찢어진 종이 조각은 모래톱 위에서 빨래를 하고 있는 아낙네를 지나 청계천의 맑은 개울물을 따라 흘러가 버렸던 것이다.

그것이 벌써 일년 여 전.

그 일년 동안 조광조는 얼마나 갓바치에 대해 수소문하였던가. 머리를 깎고 스님이 되어 산속으로 들어갔다는 소문이 있었는가 하면 사물놀이패 각설이를 따라서 전국을 떠돈다는 뜬소문이 있었던 것이다. 그런데.

조광조는 무릎을 꿇고 앉아 있는 갓바치의 모습을 처다보며 생각하였다.

바로 그 갓바치가 일년 만에 제 발로 나타난 것이었다. 그의 말이 사실이라면 조광조가 죄인이 되어 유배 길에 올랐다는 소문을 듣고 한양에서부터 줄달음질 쳐서 좇아온 것이었다.

"이제 와서 생각하니 그대의 말이 정확하였네그려."

조광조는 탄식하여 웃으며 말하였다.

"나와 주상 사이에 소인이 끼어든다면 화를 면할 수 없다던 그대의 참위가 오늘날 그대로 들어맞았네그려."

"하오나."

갓바치도 웃으며 말하였다.

"『논어』에 이르기를 '오직 여인과 소인은 다루기 어려우니 가까이 하면 교만하고 멀리하면 원망하게 된다.(唯女子與小人爲難養也 近之則不孫 遠之則怨)'하였습니다. 나으리께오서는 여인 하나도 이미 못 다뤄 정표로 빼어준 머리비녀도 벽에 걸어두고 도망쳐 원망을 받으셨는데 어찌 소인으로부터도 원망을 받지 않으시겠나이까."

갓바치의 말에 조광조는 크게 웃었다. 갓바치의 말은 두 사람이 함께 밤을 새우며 나눴던 정담을 떠올리게 했기 때문이었다.

조광조는 평생 동안 한 사람의 부인만을 둔 예외적인 인물이였다. 거의 모든 고위대신들뿐 아니라 서경덕 같은 빼어난 성리학자들도 대부분 축첩(蓄妾)을 하고 있었으며, 이를 도덕적으로 잘못된 일이 아니라고 생각하는 것이 일반화되어 있었음에도 조광조는 시대를 초월하는 윤리의식을 가지고 있었던 듯 정부인 하나만을 고집하고 있었던 것이다.

여인의 유혹에 대해 조광조가 어떻게 처신하였던가를 말해주는 일화 하나가 지금도 남아 전해 내려오고 있다.

조광조가 20세도 안 되었던 젊은 시절, 외방을 나갔다가 하룻밤 묵어가려고 숙박할 집을 정하여 들었다. 마침 그때 그 여인숙에 먼저 온 손님으로 젊은 여인이 있었다. 기록에 의하면 용모도 무척 예뻤던 여인이라고 전해 내려오고 있다. 이 여인이 준수한 외모의 조광조를 보자 마음이 동하여 은근히 추파를 보내 유혹해오기 시작하였다. 여인의 태도에 부담을 느낀 조광조는 가노(家奴)를 재촉하여 짐을 싣고 다른 집으로 거처를 옮긴다. 그날 밤 가노는 조광조에게 물건 하나를 내놓으며 말하였다.

"나으리, 어떤 사람이 나으리에게 이것을 전해드리라 하였나이다."

"그게 무엇이냐."

조광조가 받아 들고 보니 그것은 비녀였다. 비녀란 쪽진 머리가 풀어지지 않도록 꽂는 장신구로 여인이 자신의 비녀를 보낸다는 것은 풀어헤친 모습을 보여줄 수 있다는 암시였던 것이다. 특히 쪽진 머리는 시집간 여자가 뒤통수를 땋아 틀어 올려서 비녀를 꽂은 모습을 말하는데, 이는 그 여인이 남편이 있는 아낙네임을 증명하는 것이었고, 머리가 풀어진 모습을 보여줄 수 있다는 것은 몸을 허락하겠다는 뜻이었던 것이었다.

비녀는 꽃과 달의 모습이 새겨진 화월잠(花月簪)이었다. 이를 받아든 조광조는 심히 난처하여 말하였다.

"이를 돌려주고 오너라."

조광조의 명령에 가노가 손을 저으며 말하였다.

"비녀는 외간 남자가 돌려 줄 수는 없습니다. 오직 나으리만이 이를 돌려줄 수 있을 것이나이다."

그의 말은 사실이었다. 아낙네가 비녀를 뽑아주었다면 이는 정표였으므로 다른 사람이 이를 되돌려줄 수는 없는 것이다. 여인의 유혹을 거절한다 하더라도 이를 돌려줄 수 있는 사람은 오직 조광조뿐이었던 것이다.

기록에 의하면 조광조는 여인에게 직접 비녀를 돌려주지 아니하고 여인숙의 벽에 이를 걸어놓고 도망치듯 빠져 나왔다고 전하고 있다.

"나으리께오서는 죄를 지으셨습니다."

조광조가 그렇게 고백하였을 때 갖바치는 놀리면서 말하였었다.

"옛말에 이르기를 '잔은 채워야 맛이고, 계집은 품어야 맛이다'고 하였습니다. 하물며 나으리께서는 화보시(花普施)란 말씀도 모르십니까. 정에 굶주린 여인의 풀어헤친 머리를 쓰다듬어 비녀를 다시 꽂아주는 행위도 훌륭한 보시이며, 자비행위인 것입니다."

갖바치는 용케 두 사람이 밤을 새우며 나누었던 정담을 기억해두었다가 이를 인용하며 농지거리를 한 것이었다.

"마찬가지로 나으리께서는 소인들의 비녀들도 꽂아주셨어야 하셨나이다. 그래야만 원망을 듣지 않고 유배 길에도 오르지 않으셨을 것입니다."

"그대의 말이 심히 옳네."

박장대소하면서 조광조가 대답하였다.

날은 점점 더 어두워지고 있었다. 붉은 저녁노을에 핏빛으로 물든 강물도 땅거미에 젖어들고 있었다. 이제는 헤어질 시간이었다. 나룻배를 타고 강을 건너야 할 시간이 다가왔으므로 두 사람이 나누는 대화를 지켜보던 나장이 조심스럽게 다가와 말하였다.

"나으리, 이제 배에 오르실 시간이나이다."

나룻배를 젓는 뱃사공은 미리 와 기다리고 있었다.

"그럼 잘 있게나."

조광조가 작별인사를 고하자 갖바치가 서둘러 말하였다.

"나으리께 드릴 물건이 있어 갖고 왔나이다."

"그것이 무엇이냐."

조광조가 묻자 갖바치는 등에 걸머지었던 걸망을 꺼내어 방책의 틈으로 밀어 넣었다.

"무엇이냐."

나장이 망태기처럼 얽어 만든 바랑을 보자 경계하여 소리쳤다. 유배 길에 오른 죄수에겐 함부로 물건을 건네주지 못하였으므로 이를 본 나장이 이를 제지하였던 것은 당연한 일이다.

"아무것도 아니오."

두 손을 털면서 갖바치가 말하였다.

"내가 쓰던 걸망을 나으리께 드리는 것뿐이요."

"내버려두어라."

조광조가 말하자 나장은 물러섰다. 멈췄던 수레행렬이 다시 움직이기 시작하였다. 몇 발자국 따라오면서 갓바치가 소리쳐 말하였다.

"나으리, 걸망 속에는 나으리께 드릴 물건이 들어 있나이다. 하오나 청컨대 능주에 도착하시기 전에는 걸망에 들어 있는 물건을 절대로 뒤져보지 마시옵소서. 필히 능주에 도착하신 후에야 이를 꺼내 보시옵소서. 이를 지키시겠나이까?"

"내 반드시 그러하겠네."

"나으리."

수레를 따라 걷던 갓바치가 비로소 발을 멈추었다.

"다시 뵈올 때까지 부디 몸 건강하시옵소서."

강가에 매어둔 나룻배를 향해 가는 동안 갓바치는 선 자리에서 꼼짝도 하지 않았다. 해거름으로 그의 모습은 조금씩 조금씩 사라지고 있었다. 조광조가 배 위에 올라탔을 때에는 사위는 어둠이 짙게 드리웠으므로 그 어디에도 갓바치의 모습은 보이지 않고 있었다. '다시 볼 그날까지 몸 건강하시라'는 인사말은 영영 이루어지지 않은 영원한 이별의 말이 되고 말았다. 그러나 조광조는 갓바치와의 약속은 철저히 지켰다. 갓바치가 던지고 간 걸망 속에 들어 있는 물건을 능주에 도착하기 전에는 뒤져보지 않았던 것이었다. 걸망 속에 들어 있는 갓바치의 정표는 조광조의 사후 5백 년이 지난 오늘날까지 그에 대한 역사적인 평가를 암시하고 있음인데, 그렇다면 수수께끼의 인물, 갓바치는 벌써 그때 조광조의 비참한 최후를 예견하고 있었음일까. 뿐 아니라 수백 년의 세월이 흐른 뒤에도 여전히 정치적으로 어지러운 난세가 계속될 것을 꿰뚫어보고 역사적 인물인 조광조를 통해 그 난세를 헤쳐 나가는 교훈을 얻기를 예언한 선지자였던 것일까.

어쨌든 조광조는 갖바치를 만남으로써 머나먼 유배 길 동안 줄곧 자신의 과거를 돌이켜보는 계기가 되었던 것이다.

조광조가 스승 한훤당, 김굉필을 만난 것은 스승의 나이 45세 때 조광조가 17세 때였다. 그의 부친 조원강이 평안도의 찰방으로 부임했을 때 조광조도 함께 따라갔다가 그곳에 유배 와 있던 김굉필을 찾아가 사제의 인연을 맺은 것이었다. 그때 김굉필은 무오사화에 연류되어 희천(熙川)으로 내려와 유배생활 중이었다. 조광조의 유가사상은 이처럼 당대 제일의 성리학자였던 스승 김굉필로부터 전수받은 것이었다.

이때 김굉필은 찾아간 17세의 조광조에게 선비로서의 행동에 대해 먼저 가르치기 시작하였다. 이는 노나라의 애공(哀公)이 공자에게 '유가 선비로서의 행동은 어떻게 해야 하는 것입니까' 하고 물은 데 대한 공자의 답변이었던 것이다.

"너는 마땅히 공자가 선비의 몸가짐과 마음가짐에 대해 가르친 내용을 평생 잊지 않고 명심하도록 하여라."

조광조는 유배 길의 수레 위에서 20여 년 전 스승 한훤당이 일러준 내용을 묵묵히 처음부터 끝까지 되새겨보았다.

선비는 보배(옛 성왕의 도)를 벌려놓고서 초빙되기를 기다리고 부지런히 힘써 학문을 닦아 쓰여지기를 기다리며, 충성과 신의를 품고서 등용되기를 기다리고, 힘써 실천함으로써 벼슬자리를 기다리는 것입니다. 그들이 스스로를 닦고 있는 것이 이와 같습니다.

선비는 기거(起居)에 엄격하고 어려움을 두려워하며, 그들의 거동은 공경하고 말은 반드시 신의를 앞세우며 행동은 반드시 알맞고 올바릅니다. 길을 나서서는 편리한 길을 다투지 아니하고, 여름이나 겨울에는 따스하고 시원한 곳을 다투지 않습니다. 그의 목숨을 아끼는 것은 소망이 있기 때문이며, 그의 몸을 보양하는 것은 할 일이 있기 때문입니다. 그들의 대비(對備)는 이와 같습니다.

선비는 금과 옥을 보배로 여기지 아니하고 충성과 신의를 보배로 삼습니다. 땅 차지하는 것을 추구하지 않고 의로움을 세우는 것으로써 땅을 삼으며, 재물을 많이 축척하기를 바라지 않고 학문이 많은 것을 부로 여깁니다. 벼슬을 얻는 일은 어렵게 생각하되 녹(祿)은 가벼이 생각하며, 녹은 가벼이 생각하되 벼슬자리에 머무는 것은 어렵게 생각합니다. 적절한 시기가 아니면 나타나지 않으니 벼슬 얻는 일이 어렵지 않겠습니까? 의로움이 아니라면 화합하지 않으니 벼슬자리에 머무는 것이 어렵지 않겠습니까?


선비사상. 비록 공자가 설법함에서 비롯되었으나 전세계에서 가장 독특한 선비사상을 남긴 우리나라. 지금은 퇴색되어 흔적도 보

이지 않으나 마땅히 그 명맥을 이어나가야 할 '선비의 길'은 다음과
같이 이어지고 있다.

선비는 재물을 탐하는 태도를 버리고 즐기고 좋아하는 일에
몰두하며, 이익을 위하여 의로움을 손상시키지 않고, 여럿이서
위협하고 무기로써 협박을 하여 죽음을 당한다 하더라도 그의
지조를 바꾸지 않습니다. 사나운 새나 맹수가 덤벼들면 용기를
생각지 않고 그에 대처하며 무거운 솥(鼎)을 끌 일이 생기면 자
기 힘을 헤아리지 않고 그 일에 착수합니다. 과거에 대하여 후회
하지 아니하고 장래에 대하여 미리 점치지 아니하며, 그릇된 말
을 두 번 거듭하지 않고 뜬소문을 두고 따지지 않습니다. 그의
위엄은 끊이는 일이 없으며, 그의 계책을 미리 익히는 법이 없습
니다. 그들의 행위가 뛰어남이 이와 같습니다.
선비는 친근히 할 수는 있어도 위협을 할 수는 없고, 가까이하
게 할 수는 있어도 협박할 수는 없으며, 죽일 수는 있어도 욕보
일 수는 없습니다. 그들은 사는 데 있어 음락(淫樂)을 추구하지
않으며, 음식에 있어 맛을 탐하지 않습니다. 그들의 과실은 은밀
히 가려줄 수는 있어도 면대(面對)하여 꾸짖을 수는 없습니다.
그들의 꿋꿋하고 억셈이 이와 같습니다.
선비는 충성과 신의로써 갑옷과 투구를 삼고, 예의와 정의로
써 방패를 삼으며, 인(仁)을 추대하여 행동하고 정의를 안고 처
신합니다. 비록 폭정이라 하더라도 그들의 입장을 바꾸어 놓을
수는 없습니다. 그들이 스스로 처신함이 이와 같습니다……

17세 되던 해, 스승 한훤당으로부터 직접 전해 들었던 '유가선비가 마땅히 지켜야 할 행동(儒行)'에 대한 설법을 되새기던 조광조의 가슴으로 공자의 말은 천둥처럼 울려 퍼졌다.

사자후(獅子吼).

사자가 울부짖으면 뭇짐승들이 엎드려 떨 듯이 20여 년 전 스승으로부터 전해 들었던 '선비의 사상'은 하루아침에 반역죄인이 되어 유배를 떠나는 조광조의 가슴에 사자후가 되어 울부짖고 있었다.

나는 과연 스승 한훤당으로부터 '평생 잊지 말고 명심하라'고 내린 유훈(遺訓)을 잊지 않고 지켜나가고 있었던 것일까.

조광조는 쉴새없이 흔들리는 수레 위에서 지난 세월 자신의 처신을 끊임없이 되새기고 반추하고 있었다. 한훤당의 유훈은 계속 이어진다.

선비는 좁은 집 허술한 방, 사립문에 거적문이 달린 집에 살며, 옷을 갈아입어야 나갈 수 있고 이틀에 한 끼밖에 먹지 못할 형편이라 하더라도, 임금이 응낙한 데 대하여는 감히 의심치 아니하며, 임금이 응낙지 않는다 하더라도 감히 아첨하지 않습니다. 그들의 벼슬하는 태도는 이와 같습니다.

선비는 지금 사람들과 함께 살고 있지만 옛 사람들에게 뜻을 두며, 지금 세상에서 행동하고 있지만 후세의 모범이 됩니다. 마침 좋은 세상을 만나지 못하여, 임금이 끌어주지 아니하고 신하들은 밀어주지 아니하며, 아첨을 일삼는 백성들 중에 붕당(朋黨)을 이루어 가지고 그를 위협하는 자들이 있다 하더라도, 그의 몸을 위태롭게 할 수는 있으나 그의 뜻을 뺏을 수는 없습니다. 비록 위태롭다 하더라도 행동을 하는 데 있어서는 끝내 자기 뜻을 믿으며, 백성들의 고통을 잊지 않으려 합니다. 그들의 걱정은 이와 같은 것입니다.

　…….

　선비는 빈천하다고 해서 구차하게 굴지 아니하며, 부귀를 누린다고 해서 함부로 행동하지 않습니다. 임금의 권세에 눌려 욕을 보지 않으며, 높은 자리의 사람들 위세에 눌려 끌려 다니지 않고, 관권(官權)에 눌리어 그릇된 짓을 하지 않습니다. 그래서 그들을 선비(儒)라 부르는 것입니다.


노나라의 애공이 공자에게 '유가의 선비로서의 행동은 어떠해야 하는 것입니까' 하고 물었을 때 답변한 공자의 설법은 『예기(禮記)』「유행(儒行)편」에 기록되어 있다. 공자의 가르침이 다른 부분은 되도록 짧고 간결함에 비해 유독 이 부분에서만큼은 길고 상세하다. 이는 공자가 선비를 도의 구현자(具現者)로 본 때문이었을 것이다. 따라서 어지러운 세상을 바로잡고 올바른 사회를 이끌어 나가야 할 사명감이야말로 선비가 반드시 가져야 할 엘리트정신임을 강조하기 위함 때문이었던 것이다. 조광조도 스승으로부터 전해 들었던 이 유훈을 평생 동안 금과옥조로 삼고 있었던 것이다.

　그러나 과연 그러하였음일까.

　능주로 가는 머나먼 유배 길에서 묵묵히 지난 과거를 돌이켜보는 동안 조광조는 자신에 대해 참담한 부끄러움을 느꼈다.

나는 과연 그러하였음일까.

공자의 말처럼 임금이 알아주지 않고 소원히 대하더라도 은근히 깨우쳐 드리되 서두르는 법이 없었음일까.

공자는 말하였다.

'선비는 자기와 같은 부류라 해서 무조건 친하지 않고, 자기와 다른 부류라 해서 무조건 배척하지 않습니다.'

그러나 나는 나와 다른 부류는 배척하지 않았던가. 그러므로 나는 선비이면서도 선비의 길을 지키지 못하였던 위선자였다. 내 자신은 군자를 꿈꾸고 있으면서도 실상 나는 소인이 아니었던가.

그러나 쉴새없이 흔들거리는 수레에 몸을 맡기면서 조광조는 심사숙고하였다.

내가 아는 스승 한훤당은 한 치의 빈틈도 없는 완전한 군자였다.

스승 한훤당은 비록 제자라 할지라도 그에게 좋지 못한 점을 지적하면 이를 고치려고 애를 썼던 참 선비였다.

실제로 한훤당은 17세의 제자 조광조에게 '네가 나의 스승이로구나' 하고 말하였던 적이 있을 정도였다.

하루는 한훤당에게 꿩을 선물로 주고 간 손님이 있었다. 고달픈 유배생활에 몸보신하라고 준 선물이었던 것이다. 그러나 효성이 지극한 한훤당은 꿩을 보자 문득 한양에 있는 늙은 어머니의 모습이 떠올랐다. 유난히 꿩고기를 좋아하는 어머니에게 주고 싶어 한훤당은 직접 꿩의 털을 뽑고, 내장을 꺼내어 고기를 햇볕에 말렸다. 그런데 솔개 한 마리가 햇볕에 말리는 꿩고기를 물고 사라져버린 것이었다. 얼마 후 이를 알게 된 한훤당은 화가 나서 집에 있는 계집종을 불러

다가 꾸짖기 시작하였다.

"네 이년, 내가 그토록 이르지 않았더냐. 혹시 개나 고양이가 먹을지 모르니 주의해서 지키라고 신신당부하였거늘 정신을 어디에 팔고 있어 그거 하나 지키지 못하였단 말이냐."

옆에는 조광조를 비롯하여 최수성(崔壽峸) 등 몇 명의 제자들이 있었으나 스승은 화를 참지 못하였으며, 계집종은 땅에 무릎을 꿇은 채 울기만할 뿐이었다.

본인의 심정이야 어떻든 옆에서 지켜보는 사람들은 좀 심하다는 생각을 하고 있었으나 지엄하신 스승이었으므로 제자들은 이를 묵묵히 지켜보고 있을 뿐이었다. 어느 정도 노여움이 가라앉은 후 조광조가 나서서 이렇게 말하였다고 기록은 전하고 있다.

"선생님, 선생님께오서 노모를 봉양하시려는 정성이 간절하다는 것은 저희들도 잘 알고 있습니다. 그러나 일찍이 공자께오서는 '어진 이를 보면 그와 같이 되기를 생각하고 어질지 못한 자를 보면 마음속으로 스스로를 반성한다.(見賢思齊焉 見不賢而內自省也)'고 하였습니다. 선생님께오서 효성이 지극하다 하더라도 군자는 언제나 말을 가려서 할 줄 알아야 합니다. 선생님께서 어질지 못한 말씀을 하신다면 저희들이 무엇을 배울 수 있겠습니까."

그 순간 한훤당이 일어서서 조광조의 손을 잡고 말하였다고 한다.

"내가 마침 스스로 후회하고 있었는데 너의 말이 이와 같으니 내가 심히 부끄럽구나. 이제야 알겠으니 이제야 네가 나의 스승이지 내가 너의 스승이 못 되는구나."

기록에 의하면 이때부터 한훤당은 조광조를 더욱 아껴 애지중지

하였다고 한다.

이때의 모습을 송시열은 『심곡서원기(深谷書院記)』에서 묘사하고 있다.

……조광조 선생의 자질은 이처럼 탁월하고 한훤당 역시 받아들이는 도량이 넓어 사제 간에 서로 계발된 바가 있었다. 아직까지 희천에 살고 있는 늙은이들간에 이 이야기는 전해오며 미담으로 삼고 있다.

스승 한훤당은 이렇듯 자기보다 30년 가까이 어린 제자의 충고를 서슴없이 받아들이는 군자로서의 아량과 너그러움을 갖고 있던 선비였던 것이다.

그러나 과연 나는 그러한가.

스승 한훤당은 공자가 설법하였던 '유가의 선비로서 반드시 지켜야 할 행동', 즉 '유행(儒行)'의 도리를 철저히 지켜나갔을 뿐 아니라 자기 스스로 계율을 만들어 이를 지켜나갔던 군자였던 것이다.

한빙계(寒氷戒).

문자 그대로 '가난하고 얼음처럼 찬 이성으로 지켜야할 계율'을 한훤당은 몸소 지어놓고 이를 철저히 지켜나갔던 것이다. 그가 한빙계란 계율을 세운 것은 2년 전이었다.

원래 한훤당은 27세에 생원시에 합격하여 늦게 벼슬길에 올랐었다. 41세 때 이르러서야 정6품 관직인 형조자랑(刑曹佐郎)에 올랐으며, 품계로 보면 크게 빛을 보지 못한 셈이었다. 그러나 김종직(金

宗直)으로부터 정통적인 성리학을 전수받은 대유로서 재야에 있는
훌륭한 인물인 유일(遺逸)로 손꼽히고 있었다. 특히 대사헌을 지낸
반우형(潘佑亨)은 관직이 높은데도 5살이나 많은 한훤당을 스승으
로 모시기를 간청하였던 것이다. 한훤당이 여러 차례 이를 사양하
였으나 반우형은 물러서지 않는다. 선비로서 반드시 지켜야 할 한
빙계를 써주었는데 스스로 세운 율법에 엄격하였던 한훤당이 쓴 유
명한 「한빙계」의 내용은 다음과 같다.


　1. 동정유상(動靜有常): 움직이거나 머물고 있을 때 항상 평상
심을 갖도록 하라.

　2. 정심솔성(正心率性): 항상 마음을 바로해서 착한 본성을 따
르라.

　3. 정관위좌(正冠危坐): 갓을 바로 쓰고 의관을 정제하고 무릎
꿇고 앉아, 자세를 바르게 하라.

　4. 심척선불(深斥仙佛): 신선이 되고자 하는 도교와 부처가 되
려는 불교를 깊이 배척하라.

　5. 통절구습(痛絶舊習): 낡은 습관을 철저하게 끊어버려라.

　6. 실욕징분(室欲懲忿): 욕심을 막고 분한 마음을 참아라.

　7. 지명돈인(知命敦仁): 하늘의 뜻을 알고 어짐에 힘쓰도록
하라.

　8. 안빈수분(安貧守分): 가난함 속에서도 편안한 마음으로 자
신의 분수를 지키도록 하라.

　9. 거사종검(去奢從儉): 사치와 허영을 버리고 근검절약하도

록 하라.

　10. 일신공부(日新工夫): 날마다 새로워지는 공부를 하라.

　11. 독서궁리(讀書窮理): 책을 많이 읽고 깊이 생각도록 하라.

　12. 불망어(不妄語): 망령된 말과 사된 거짓말을 하지 않도록
하라.

　13. 주일불이(主一不二): 마음을 하나로 집중하여 절대로 흩
어지지 않도록 하라.

　14. 극념극근(克念克勤): 잘 생각하고 게으르지 말고 항상 부
지런 하라.

　15. 지언(知言): 말을 아끼고 말의 의미를 깊이 새기도록 하라.

　16. 지기(知幾): 일의 기미(幾微)를 알도록 하라.

　17. 신종여시(愼終如始): 시작할 때와 같이 끝도 신중하게 하라.

　18. 지경존성(持敬存誠): 공경하는 마음을 지니고 성실함이
있으라.


　그 유명한 「한빙계」는 이후 조광조를 비롯하여 이퇴계, 이율곡 등
모든 성리학자들이 반드시 지켜나가야 할 18가지의 계심(戒心)이
되었다.

　그러나 스승 한훤당도 조광조를 제자로 삼은 지 2년 뒤 순천으로
유배되고, 그로부터 4년 뒤인 연산군 10년 갑자사화로 인해 사사된
다. 그 후 조광조에 의해서 우의정으로 추증되었으나 문묘에는 종
향(從享)치 못하였다. 제자 조광조도 마침내 스승과 똑같이 이처럼
대역죄인이 되어 유배 길을 떠나고 있는 것이다.

이것이 스승과 제자 간에 되풀이되는 운명의 악순환이란 말인가. 스승 한훤당도 신진사림파로서 유지광을 중심으로 하는 훈구파에 의해서 숙청을 당하였듯 조광조 자신도 신진사림파로서 심정과 남곤을 중심으로 하는 훈구파에 의해서 이처럼 숙청을 당하고 있음이 아닌가.

그렇다면 정치란 예나 지금이나 자신의 지위를 지키려는 기득권의 훈구세력과 사회를 개혁하려는 신진세력간의 신구 갈등에서부터 권력의 쟁탈전이 시작되는 것일까.

조광조는 잘 알고 있었다.

선조인 연산군 때에 훈구파들은 스승 한훤당을 비롯한 신진사림파들을 야생귀족(野生貴族)으로 규정하고 그들이 붕당을 만들어 정치를 어지럽힌다고 비난하였던 것이다.

마찬가지로 조광조 역시 붕당죄로 기소되지 않았던가.

붕당죄.

사사로운 이익을 추구하기 위해서 뜻이 같은 사람들끼리 모인 죄. 이는 국가를 정복하려는 대죄로 붕당죄인을 보통 대역죄인이라고 부르고 있었던 것이다.

옛 중국에서는 모든 관료는 개개인이 천자에 예속되는 것이라 하여 횡적으로 결합하여 당파를 만들 때는 이를 붕당죄로 처벌하였다. 이는 사사로운 이익을 같이 추구하는 사람들끼리 결합된 정치단체였기 때문이었다. 붕당은 국론을 분열시키고 조정의 조화를 해치는 배타적인 이익집단이었기 때문이었다.

조광조를 태운 수레는 어느덧 충청도 공주를 지나고 있었다. 그

동안 어느덧 나흘 낮, 나흘 밤이 흘러가버린 것이었다. 11월에 접어들어 이미 초겨울의 쌀쌀한 한풍은 조광조의 품속을 파고들고 있었고, 불어오는 바람에 어지러이 흩날리는 낙엽들만 유배 길을 뒤덮고 있었다.

'스승님.'

언제 날이 밝았는지 언제 하루가 지났는지 흐르는 세월을 깨닫지 못하고 깊은 상념에 잠겨 있던 조광조는 마침내 신음소리를 내면서 스승을 불러보았다.

'한훤당 선생님, 선생님도 붕당죄인이 되어 순천에서 사사되셨는데, 마찬가지로 저도 붕당죄인인 대역죄인이 되어 이처럼 능주로 유배 길 떠납니다. 선생님이 순천에서 사약을 받고 돌아가신 것처럼 저도 능주에서 사약을 받고 죽게 될지도 모릅니다. 그러나 선생님. 선생님이 사화에 휘말려 억울하게 돌아가신 것을 제가 잘 알고 있으니, 저 역시 아무런 죄 없이 사화에 휘말려 이처럼 억울한 유배 길에 오르고 있음을 스승님께오서도 잘 알고 계실 것이나이다.'

우러러 보는 하늘 저편으로 떼지어 따뜻한 남쪽나라로 날아가는 기러기 떼들의 모습이 아득하게 보이고 있었다.


2


조광조가 스승 한훤당의 수하에서 학문을 배운 것은 일년 남짓에 지나지 않는다. 한훤당이 희천으로 유배된 지 2년 만에 순천으로 이배되었기 때문이었다. 스승과 헤어질 무렵 조광조는 한훤당에게 물었다.

"선생님, 공자께오서는 왕도(王道)를 실행하고자 하여 동서남북으로 다니며 70명의 임금을 유세하였으나 아무도 알아주지 않았다고 하였습니다. 하오면 공자께서 실행하고자 하였던 왕도정치는 무엇을 말함이겠습니까."

조광조의 질문은 『회남자(淮南子)』「태족훈(泰族訓)」에 나오는 구절이었다. 왕도정치를 펼치기 위해 70여 개국을 주유하였으나 실패로 끝난 공자의 행각은 『사기』에도 기록되어 있다.

공자는 왕도를 밝히려고 70여 나라의 임금을 유세하였다.

나이 55세에 왕도정치를 실행하기 위해 노나라의 사구(司寇)라는 벼슬을 내던지고 국외로 여행길을 오른 공자는 그러나 68세에 노나라로 되돌아가기까지 13년 동안 70여 나라를 주유하였으나 실패를 하게 된다. 그러므로 조광조의 질문은 공자가 펼치려던 왕도정치의 핵심은 무엇이며, 그것이 왜 70여 나라로부터 배척당하였는가를 묻는 질문이었다. 제자의 질문을 받은 한훤당은 심사숙고 후에 다음과 같이 말하였다.

"그것을 내가 어찌 알겠는가. 다만 옛말에 이르기를 다음과 같이 하였다."

한훤당은 대답 대신 붓을 들어 종이 위에 다음과 같이 써 내려갔다.

至治馨香 感于神明.

그 말의 뜻은 '잘 다스려진 인간세계의 향기는 하늘의 신명까지
도 감명시킬 수 있다'는 의미였던 것이다.

이는 『주서(周書)』 「군진(軍陣)편」에 나오는 유명한 말로 그것이
바로 스승 한훤당이 조광조에게 마지막으로 남겨준 유훈이 되었다.
조광조는 스승이 써준 그 문장을 소중히 간직하고 있었다. 특히 아
버지가 돌아가신 후 부친의 묘소 앞에 초당과 연못을 만들어놓고
학문에 정진할 무렵에는 이 문장이 조광조의 화두가 되었다. 마침
내 유배지 순천에서 스승이 사사되었다는 부음을 들었을 무렵에는
한훤당의 유훈을 통해 독특한 조광조의 정치사상인 지치주의가 완
성될 수 있었던 것이었다.

조광조의 정치사상을 엿볼 수 있는 알성시에서 '하늘과 사람은
그 근본됨이 하나입니다'고 시작한 조광조의 답변은 바로 조광조의
지치주의 사상을 웅변하고 있는 것이었다.

하늘과 사람이 하나로 연결되는 합일체, 즉 '천인무간'의 명제는
하늘의 뜻이 인간의 일과 분리되지 아니한다는 '천리불리인사(天理
不離人事)'로 발전되어 사람에 의해서 다스려지는 세상은 반드시
하늘의 뜻이 실현되는 이상적인 사회가 되지 않으면 안 된다는 철
학을 담고 있었던 것이다. 그러기 위해서는 사회의 구성원인 개개
인이 각각 수양을 통해서 도덕을 실천함으로써 성인이 되는 것이
다. 그것이 현실적으로 불가능할 때에는 먼저 정치적인 대표자인
왕이 수양을 통해 성인이 됨으로써 백성들을 교화시킬 수 있는 것

이다.

조광조는 당시 군주인 중종이 수양을 통해 성인이 될 수 있고, 따라서 이상정치의 실현이 가능한 것으로 판단하여 경연에서 중종에게 공자의 도인 성리학을 열심히 가르쳤던 것이었다.

조광조의 정치사상인 치지주의는 4가지의 방법을 필요로 한다.

그 하나는 현인군자를 정치에 적극 참여시켜야 한다는 용현정신(用賢精神)이며, 또 하나는 사림 보호를 위한 선비들의 사기진작, 세 번째는 방법적 폐단이 있을 때는 시의에 맞게 고쳐야 한다는 진보적 개혁정신, 마지막으로 언로는 반드시 열어놓아야 한다는 언론자유정책이었던 것이다.

지치주의를 구체화하려는 이 4가지 방법은 결국 사회의 개혁을 의미하며, 그러기 위해서는 갖바치와 밤을 새우며 토론하였던 대로 무엇보다 사람을 바꾸는 대규모의 물갈이를 통해 새로운 피를 수혈해야 하는 것이었다.

본격적으로 정치무대에 나온 지 불과 4년 만에 하룻밤 사이에 대역 죄인으로 전락한 조광조가 심혈을 기울였던 것은 바로 인물개혁이었다.

물론 도교의 일월성신을 제사지내는 소격서(昭格署)를 폐지시킨 일과 향약을 실시하여 미풍양속을 권장한 괄목할 업적도 있었지만 조광조의 개혁은 주로 인적자원의 개발과 인적청산에 있었던 것이다.

조광조가 이를 위해 첫 번째로 시행한 제도가 바로 현량과(賢良科)의 설치였다. 과거제는 중국에서 시작되었지만 우리나라에서도 매우 긴 역사를 갖고 있었다. 고려 광종 때에 쌍기의 제안으로 처음 시행된 이래 과거제는 고려의 전 역사는 물론이거니와 조선왕조의 건국 이후에도 인재를 선발하는 가장 중요한 제도로써 깊이 뿌리 내리고 있었다. 그리고 이 제도는 당시의 신분제적 질서와 결합됨으로써 귀족신분층이 국가권력을 장악하는 가장 중요한 수단이 되고 있었다. 오히려 조선왕조 건국이후 이 과거제도는 학교제도와 더불어 더욱 정교하게 다듬어져 이 제도의 중요성은 더욱 강화되었던 것이다. 그러나 이 과거제도는 결국 권력의 세습이라는 고질적인 폐단으로 변질되어 갔으며, 숨어 있는 인재를 발탁하는 데는 치명적인 결함을 갖고 있었던 것이다. 따라서 조광조는 단 한 번의 시험제가 아닌 천거제를 통해 인재를 발굴하는 한나라의 현량방정과(賢良方正科)를 본받아 '현량과'라는 새로운 과거제도를 실시해야 한다고 주장하였던 것이다.

기록에 의하면 조광조는 과거제도의 혁신을 주장하였다고 전하고 있다.

우리나라는 국토가 좁아 원래 인물이 적습니다. 거기에다 서얼과 사천을 분별하여 등용하지 않습니다. 중국에서는 귀천을 가리지 않고 골고루 등용시키지 못할까 걱정하고 있는데, 하물며 작은 우리나라에서 이처럼 인재등용을 좁게 할 수 있겠습니까. 중국 한대의 현량방정과를 그대로 복원할 수는 없겠습니다만 이런 방식으로 하면 대현인이라도 얻을 수 있을 것입니다.

마침내 조광조의 강력한 주장에 의해서 천거과는 중종 13년에 시행된다. 육조 및 홍문관 사헌부, 사간원과 지방의 관찰사와 수령들이 마땅한 인물을 선발하여 예조에 추천하면 예조는 추천된 사람 개개인의 신분을 조사하여 왕의 임석하에 중전에서 시행하여 뽑는 것이었다.

최초로 실시된 현량과에서는 서울과 지방에서 추천된 120명 가운데서 28명이 뽑혔다.

그러나 28명의 급제자들도 대부분 서울과 그 주변에 살고 있던 사람들로 집안이 좋은 대표적인 문벌집안 출신이었다. 따라서 새로운 피를 수혈하려던 조광조의 의지는 장기적인 안목으로 새로운 관료를 발탁하려는 것이 아니라 당장 중요한 위치에 임명하여 부릴 수 있는 인재를 확보하려는 노력에 지나지 않았던 것이다.

이 현량과의 실시는 조광조에 대한 여론을 오히려 악화시켰다. 28명의 급제자 중 안처겸(安處謙), 안처근(安處謹), 안처성(安處誠) 3형제가 포함되어 있었다는 것은 불공정한 인사라고 비난이 쏟아졌던 것이다. 결국 현량과의 실시는 새로운 인재를 등용하려는 것이 아니라 조광조가 자신의 뜻과 같은 신진사림들을 규합하여 붕당을 만들려 한다는 것이라고 기성관리들이 들고일어난 것이다.

이 신진사림들은 곧 각 조정에 배치되었는데, 이들의 진출은 기성관리들에게 크게 위협이 되었으며, 더구나 조광조가 이 젊은 관리들을 통해 실시하려는 혁신정치는 기성관리들의 기반을 무너뜨릴지 모른다는 불안을 가중시켜 구세력을 결집시키는 계기를 만들어주었던 것이다.

특히 정국공신들에게 있어 이 신진사림들의 급성장은 위기감을 부채질하였다.

곧 이들의 불만을 암시하는 사건이 벌어졌다.

중종 14년, 1월 26일. 누군가 궁궐 안으로 화살을 쏘는 사건이 발생하였다. 이 화살대에는 익명의 편지가 매달려 있었는데, 이 불길한 조짐은 한 번에 그치지 아니하였다. 2월 11일에는 건춘문(建春文)에 똑같이 익명의 서한이 매달린 화살이 꽂히는 사건이 일어난 것이다.

특히 건춘문은 경복궁의 동쪽 문으로 조선 태조가 처음으로 세운 경복궁에 딸린 신성한 문이었으므로 건춘문을 향해 화살을 날렸다는 것은 중대한 반역행위였던 것이다. 화살에 매달린 편지는 승정원에서 곧 불에 태워버렸으므로 그 내용은 전하지 않으나 다음 날 중종이 '소인이 군자를 해칠 뜻이 있어서 이런 일이 일어났다'고 말한 것으로 보아 조광조를 비방하는 내용이 적혀 있었음이 분명한 것이다. 구전에 의하면 이 편지에는 이러한 문장이 쓰여 있었다고 한다.

射人先射馬 擒賊先擒王.

이 말의 뜻은 '사람을 쏘아 맞추려면 먼저 그 사람이 타고 있는 말을 쏠 것이며, 도둑을 잡으려 하거든 먼저 도둑의 괴수를 잡아야 한다'란 뜻으로 이는 두보(杜甫)의 시 『전출색(前出塞)』에서 나오는 문장이었다.

두보는 노래하고 있다.

> 활을 당기려거든 힘껏 당겨야 하고
> 화살을 쏘려거든 긴 것을 써야 한다
> 사람을 쏘려거든 먼저 타고 있는 말을 쏘고
> 도둑을 잡으려거든 먼저 도둑의 괴수를 잡는다
> 사람을 죽이는 것에도 한계가 있고
> 나라를 세움에도 국경이 있는 것이니
> 침략하여 능멸해오는 무리들을 제재함이
> 어찌 사람을 많이 죽임에 있으리오.

이 말은 그러므로 어떤 목적을 달성하려면 그와 가장 관계 깊거나 그가 의지하고 있는 사람, 혹은 배경부터 먼저 공략하라는 뜻을 가진다.

여기에서 도둑의 왕인 금왕(擒王)은 바로 조광조를 가리키고 있다는 것은 의심할 여지없는 사실인 것이다. 즉 새로운 신진사림들을 등용하여 자신의 세력을 키우려는 조광조는 말이며, 도적의 괴수이므로, 이 도적을 제거하기 위해서는 무엇보다 장본인인 조광조부터 화살을 쏘아죽여야 한다는 의미심장한 뜻을 내포하고 있었던 것이다.

그러므로 이 사건은 조광조에게 위협을 가하는 구세력들의 선전 포고와 같은 것이었다.

그러나 조광조는 이러한 위협에도 물러서지 않았다. 연이어 오래

전부터 별러 온 두 번째의 카드를 빼어 결정타를 날려버린 것이었다.

조광조가 빼어든 두 번째의 칼은 정국공신의 개정이었다.

정국공신이란 연산군을 몰아내는 데 공을 세웠다 해서 주어진 훈작(勳爵)이었다. 그런데 이를 받은 사람 중에 엉터리가 많이 있다는 것은 누구나 다 알고 있는 바였다. 그래서 혁명 후 얼마 안 되서부터 공훈록을 바르게 고쳐야 한다는 논의는 항상 있어왔던 것이다. 그러나 조신들의 성의부족과 그들에 의해서 왕위에 옹립된 중종의 우유부단한 거부로 차츰 그에 대한 논의가 시들해가는 추세에 갑자기 조광조가 공론으로 제시한 것이었다. 즉 중종반정 때 공신이 된 사람들의 훈적을 삭제하려 했던 것이었다.

연산군을 폐위시키고 왕이 된 중종은 자기를 왕위에 올려준 신하들의 공로에 따라 4등급으로 나누어 정국공신에 봉하였다. 즉 일등공신에는 박원종, 성희안, 홍경주 등 8명, 이등공신에는 운수군 효성과 심순경, 이계남 등 13명, 삼등공신에는 유계종, 고수겸, 심정 등 30명, 사등공신에는 변준, 윤여필 등 52명을 각각 책록하여 도합 103명에 이르고 있었던 것이었다.

그러나 이들 중에는 납득하지 못할 공신들이 많이 포함되어 있었던 것이다. 운수군(雲水君)은 반정에 공이 있어서가 아니라 중종과 종친이라는 이유 하나 때문에 특혜를 입은 것이었고, 이희옹(李希雍)이란 사람은 연산군이 혁명에 쫓겨나는 날, 승지로 있었는데, 혁명군이 궐내로 밀고 들어오자 소매를 붙잡고 놓지 않으려는 연산군을 뿌리치고 하수구로 도망쳤던 사람이었다. 그렇게 해서 슬그머니 혁명 등 배열에 섞여 엉뚱하게도 정국공신에 올랐던 비열한 인물이다.

이에 대사헌 조광조는 정국공신의 전면적인 개정을 요구하면서 이렇게 간하였다고 기록은 전하고 있다.

정국공신은 책봉된 지 비록 오래 되었다고는 하지만 이 공신 중에는 폐주(연산군)의 총신들이 많은데 이들의 죄를 논하자면 결코 용서할 수가 없습니다. 비록 폐주의 총신이라 할지라도 반정할 때에 공을 세웠다면 마땅히 공신으로 기록될 수 있겠지만 이들은 아무런 공도 없지 않습니까. 대개 공신을 중하게 여기면 공을 탐하고, 이로움을 탐해서 왕을 시해하고, 나라를 빼앗는 일이 자주 일어나게 됩니다. 그러므로 임금이 만약 나라를 잘 다스리고자 한다면 이러한 일의 근원을 막아야 하는 것입니다. 성희안은 당시에도 그렇게 하려고 하지는 않았지만 유자광은 자제와 인아(姻婭)를 귀하게 만들기 위해 그렇게 하였으니, 이는 전적으로 소인들이 모의에 참석하였기 때문입니다. 지금 상하 모두가 잘 다스려지기를 바라는 때에 이를 앞세워 정국공신을 개정치 않는다면 온전히 국가를 유지할 수 없을까 걱정이 됩니다.

조광조는 이러한 상소를 올려 왕의 결단을 촉구하였다. 곧 조정의 대신들도 이를 지지하고 계속해서 사헌부와 사간원이 성희안, 박원종, 유자광 등의 잘못을 들어 탄핵하였으나 중종은 삭훈에 응하지 않았다. 이에 다시 대간이 사직서를 내고 삭훈할 것을 주장하였다.

"이 일은 비단 한 가지 정사(政事)의 잘못만은 아닙니다. 사람들이 모두 이익만을 알고 인의를 모르면 장차 나라의 일이 어떻게 될지 걱정입니다."

공신들은 여러 가지 특권을 누리는데 국가로부터 소위 녹권(錄券)을 받아 그 자신은 물론 자손 대대로 귀족으로 행세하여 영화를 누릴 수 있었으며, 국가에서 토지와 노비를 받아 경제적인 보상까지 받을 수 있었던 것이다. 한번 공신이 책록되는 일은 자신과 후손들의 정치적, 경제적 기반을 아울러 확보하는 일이 되는 것이었다.

그러므로 조광조 등 신진세력들이 수구세력의 기반을 무너뜨리고 새로운 권력층으로서의 위치를 확보하기 위해서는 당시 가장 위세가 당당한 기성층인 정국공신을 제거해야 했던 것이다. 그러나 조광조가 이처럼 강력하게 정국공신의 개정을 요구하고 나선 것은 그들의 기반을 무너뜨려 권력을 장악하려는 이유보다는 다른 이유 때문이었다.

조선은 건국 이래 두 번이나 쿠데타가 있었다. 그 하나는 수양대군이 임금 단종을 몰아내고 정권을 찬탈한 사건이었고, 또 하나는 여러 대신들이 연산군을 폐하고 중종을 왕위에 옹립한 반정이었던 것이다.

수양대군의 정권 찬탈을 합리화하기 위해서 만들어진 공신이 정난(靖難)공신이며, 연산군의 반정 때 공을 세운 공신들이 정국공신들이었던 것이었다. 그러나 엄밀히 말해서 이는 신하가 군주를 죽이는 부도덕한 일이었다. 따라서 조광조는 '공신을 중하게 여기면 공을 탐하고 이로움을 탐해서 왕을 시해하고 나라를 빼앗는 일이 이로 말미암아 일어나게 됩니다' 라고 주장함으로써 군신유의의 정의를 바로잡으려 했던 것이었다.

유교적 이상주의를 통해 왕조의 도덕성을 재확립하려는 조광조의 의지가 정국공신의 개정으로 나타난 것이다. 그러나 중종은 이에 소극적인 태도를 보였다. 왜냐하면 자신의 즉위를 도와준 공신들이 비록 부당하게 책록되었다 하더라도 삭훈하기는 어려웠기 때문이었다.

그러나 조광조 등 신진세력들의 저항은 의외로 완강하였다. 대사성 김식은 중종 앞에 나아가 극간하였다.

"이 일은 갑자기 발의된 것이 아닙니다. 정국공신은 그 외람됨이 심하였습니다. 이 때문에 실로 무궁한 폐단을 열었으니, 지금 이것이 발의된 것은 그것을 고칠 수 있는 절호의 기회로 볼 수 있습니다. 이를 고치면 이익을 탐하는 근원이 제거되어 국맥이 영구할 것이니 마땅히 그 이해를 헤아려 결정할 때를 잃어서는 아니 됩니다."

조광조에 의해서 정국공신의 개정문제가 발의된 이래 조정은 화약고처럼 불붙고 있었다. 조광조가 대사헌으로 있는 사헌부와 사간원, 홍문관, 성균관, 의정부대신에 이르기까지 모두 중종에게 간청을 드리고 있었고, 이를 거절하는 왕 사이에는 미묘한 감정의 대립이 보름간이나 계속되고 있던 것이다.

그러나 마침내 10월 25일에 시작된 조광조의 발의가 보름이 지난 11월 9일 조광조의 승리로 끝나게 되는 것이다. 즉 정국공신 103명 중에 3분의 2에 해당하는 78명이 삭훈됨으로써 남은 공신은 25명에 불과하였던 것이었다.

그러나 과연 그것이 조광조의 승리였을까. 그로부터 6일 후인 15일 밤. 삭훈된 홍경주와 남곤, 심정과 같은 훈구세력의 반격으로 한밤중에 숙청국이 일어나 조광조는 붕당죄의 대역죄인이 되었으니 조광조의 승리는 6일 천하로 막을 내리게 되는 것이다.

이 무렵 흥미로운 비화가 하나 전하고 있다. 마침내 중종으로부터 78명의 정국공신을 삭훈한다는 전언을 받은 날, 조광조는 승리감에 도취하여 김정과 김식, 김구 등 동료들과 함께 술을 마시고 있었다. 이때 불쑥 나타난 최수성. 최수성은 강릉 출신의 진사로 조광조가 희천에서 한훤당으로부터 글을 배우고 있을 때 동문수학하였던 옛 친구였다. 이러한 인연으로 최수성은 한성에 올라올 때마다 조광조의 집에서 묵었고 자연 김식을 비롯한 조광조의 신진사림파들과 안면을 트고 지내고 있는 사이였던 것이다. 조광조와 달리 최수성은 벼슬에 관심이 없어 원숭이를 기르며 사는 초야의 야인이었으며, 특히 시문에 뛰어났다. 그래서 그 자신이 시에 능했던 김정은 최수성을 높이 평가하고 있었다. 그런데 불쑥 나타난 최수성이 조광조에게 말하였다.

"이보게 정암, 듣자하니 자네의 기세가 하늘을 찔러 무소불위라 하니 그게 사실인가."

조광조는 어릴 때부터의 친구가 하는 말이었으므로 이를 대수롭지 않게 받아 넘기며 말하였다.

"어찌하여 또 시비를 거시는가."

이에 최수성이 정색을 하고 대답하였다.

"항간에서 듣기를 자네가 아침에 출근하는 중 가마가 앞을 가로

막고 늑장을 부리자 가마꾼을 잡아다가 볼기를 쳤다는데 그것이 과연 사실인가."

최수성의 질문은 사실이었다.

며칠 전 실제로 있었던 일이었다. 조광조는 아침에 일찍 급히 중종의 부르심을 받고 궐내로 입시하고 있었다. 그런데 다른 가마 하나가 앞서서 가고 있었다. 호조판서인 고형산(高莉山)의 가마였다. 직급으로는 조광조가 종2품인 대사헌으로 위였으나 나이로서는 고형산이 19세나 위인 연상이었으므로 차마 앞서가지 못하고 별배꾼을 시켜 큰소리로 벽제(辟除)케 하였다.

"물렀거라. 쉬, 물렀거라."

보통 행차 때 구종별배(驅從別陪)가 잡인의 통행을 막고 길을 열면 서민들은 물론 지위가 높다고 하더라도 관직이 아래인 사람들은 길을 열어주는 것이 법도로 되어 있었던 것이었다.

그러나 고형산의 가마꾼들은 좀체로 길을 열어주지 않고 있었다. 오히려 조광조의 가마가 빨리 나아가려 하면 그쪽 길을 막아 일부러 늑장을 부렸던 것이었다. 물론 고형산의 가마에도 마보사(馬步使)라는 별배가 있었다. 길을 터주는 인도자가 마보사였으므로 마보사가 가마를 멈추어 조광조의 일행을 행차시켰으면 자연스럽게 해결될 수 있는 일이었던 것이다. 화가 난 조광조는 입궐과 동시에 군졸을 보내어 고형산의 마보사를 잡아다가 볼기를 치게 하고 하루가 지난 뒤에 석방하였던 것이다. 이 소문은 항간에 널리 퍼져 있었고 그 소문을 들은 최수성이 그것이 사실이냐고 물었던 것이었다. 이에 조광조는 대답하였다.

"사실이네."

그러자 최수성이 다시 물어 말하였다.

"어찌하여 정숙(靜叔, 고형산의 자)의 볼기를 치지 아니하고 졸개에 불과한 마보꾼의 볼기를 칠 수 있단 말이오."

이에 조광조는 다음과 같이 대답하였다고 기록은 전하고 있다.

"물론 정숙이 행한 바는 사대부가 길을 양보하는 미풍을 크게 잃은 것이니 정말로 잘못된 일이요. 그러나 비록 사헌부가 풍속을 검속하고 다스리기는 하나 정숙이 중신이므로 내가 규찰해서 바르게 할 수 있는 사람은 아니므로 하급 관원 한 사람을 대신 다스린 것뿐이네."

조광조의 말은 사실이었다. 비록 사헌부가 풍속을 검속하고 다스리는 권한이 있다고 하더라도 노대신인 고형산을 직접 검속할 수는 없으므로 대신 수행원 하나를 구속하여 벌을 주었던 것이었다. 고형산은 조광조의 말처럼 함경도 병마절도사와 강원도 관찰사를 거쳐 형조판서를 역임한 후 호조판서에 올랐던 노대신이었던 것이었다.

"그러나 정암."

조광조의 말을 들은 최수성이 물러서지 않고 다시 말을 이었다.

"만약에 정암 자네의 앞길을 가로막았던 대신이 호조판서가 아니라 이곳에 앉아 있는 노천(老泉)이었다면 그때도 마보꾼의 볼기를 때렸을 것인가. 또한 정숙이 자네의 반대파가 아니라 자네와 같은 신진사림파였다면 과연 길을 막았다 하더라도 화를 내었을 것인가."

노천은 김식의 자로 조광조가 가장 신뢰하는 오른팔이었던 것이다. 이 무렵 김식은 대사성(大司成)이었고, 조광조에 의해서 실시된 현량과를 통해 벼슬에 오른 신진사림파의 수장이었던 것이었다.

꼬치꼬치 캐묻는 최수성의 태도를 보다 못한 김식이 가로막고 나서서 말하였다.

"이보슈. 만약 내가 가마를 타고 행차하고 있었다면 정암이 탄 가마를 가로막지 않았을 것이니, 애초부터 그런 불상사는 일어나지 않았을 것이오."

그 순간 최수성이 앉은 자리에서 벌떡 일어나면서 호통을 치며 말하였다.

"어찌 하여 자네의 앞길을 막아서는 안 된단 말인가."

최수성은 얼굴을 붉히며 소리를 높였다.

"어째서 정암이 탄 수레 앞은 막아서는 안 된단 말인가. 옛말에 이르기를 '큰길에는 문이 없다(大道無門)' 하였는데, 하면 정암이 가는 길은 그 누구도 문을 세울 수 없는 큰길이란 말인가. 이유야 여러 가지였겠지만 상감의 부르심이 화급하다 하여 시간을 지체할 수는 없었다고는 하지만 결국 따지고 보면 정암이 가는 길은 누구도 막아서는 아니 된다는 오만 때문이 아니겠는가."

최수성의 말은 준엄하였다. 정국공신을 개정하고 그 승리를 자축하기 위해 조광조와 김식, 김정, 김구 등 핵심세력들끼리 모여 술잔을 나누던 연회장은 갑자기 싸늘해졌다.

"내가 정암, 자네에게 무소불위라 하였던 것은 바로 그런 이유 때문이었네. 이제 정암 그대는 원하는 것이면 능히 무엇이든 다 할 수 있게 되었네그려. 그뿐인가."

최수성의 힐문은 그것으로 그치지 아니하였다.

"그대는 왕조가 건국한 이래 가장 뛰어난 영주이셨던 세종대왕마마를 '재(才)'와 '기(氣)'는 영특하나 학문에는 부족하다 하는데 이 또한 사실인가?"

최수성은 조광조의 아픈 급소를 예리하게 찌르고 있었다. 조광조는 국가의 종묘에 제사 드리는 방법에 대해서 논하면서 그 제사를 시작한 세종에 대해 비판하고 있었던 것이다.

이제 폐단된 일이 많으니 원묘에 제사지낼 때 전(奠)드리는 것과 능침에 초하루, 보름에 제사를 드리는 것은 모두 정도가 아닙니다. 이는 모두 세종조 때부터 비롯되었으니, 이로 보면 세종께서 재와 기는 영특하고 과단스러우셨으나 학문에는 다하지 못한 데가 있었던 듯싶습니다. 이는 선왕을 공경하는 도가 아니요, 도리어 번거롭고 더럽힘이 되는 것입니다. 그러나 이런 것은 아랫사람부터 의논하여 실행될 일이 아니니, 모름지기 상감께서 주야로 생각하고 헤아리셔서 성상의 마음으로 결단하시면 신을 섬기는 도를 얻으실 것입니다.

최수성의 날카로운 질문에 조광조는 묵묵부답일 뿐 입을 열지 아니하였다. 이에 다시 최수성이 말을 이었다.

"자네의 권세가 하늘을 찔러 능히 대적할 사람이 없더니, 이제는 선왕이신 세종대왕마마의 가마도 자네가 가는 길 앞을 가로막지는 못하겠군. 하면 정암 자네는 세종을 감히 비판할 만큼 재와 기뿐 아니라 학문에도 능하다고 자신을 평가하고 있단 말인가."

이에 김정이 말을 가로막고 나섰다.

"듣자하니 자네의 말이 심히 지나치고 무례하네."

같은 문인으로서 각별한 애정을 보이고 있던 김정의 만류에도 최수성은 물러서지 아니하였다.

"지나친 것은 내가 아니라 여기에 모인 자네들이네."

최수성은 손을 들어 승리감에 도취해 있었던 네 사람을 한 사람씩 손으로 가리키면서 말하였다.

"옛말에 이르기를 '과유불급(過猶不及)'이라 하였네. 지나침은 미치지 못함보다 못하다는 뜻이 아닌가. 이보게, 정암. 자네와 나는 20년 전 함께 평안도의 희천에서 한 스승 밑에서 공부를 함께하였지. 그때 나는 자네가 스승에게 물었던 질문을 지금도 기억하고 있네. 자네가 한훤당에게 '왜 유학을 배워야 합니까?' 하고 묻자 스승께서는 이렇게 말씀하셨네. '위기지학(爲己之學)때문이다.' 이에 내가 다시 물었었네. '자기를 향상시키기 위한 학문, 즉 위기지학 때문에 저희들이 유자가 되어야 한다면 무엇을 이루기 위해서 입니까.' 이에 스승께서는 『논어』의 「옹야(雍也)편」에 나오는 말을 통해 답변을 해주셨네. '너는 군자로서의 유자가 되어야 하고 소인으로서의 유자가 되어서는 안 되느니라.'"

조광조는 묵묵히 최수성의 말을 듣고 있었다. 20여 년 전 함께 한훤당으로부터 들었던 옛 기억이 새삼스럽게 떠올랐기 때문이었다. 한훤당의 가르침은 일관된 것이었다. 즉 공자가 문학에 재능 있는 자하(子夏)에게 말하였던 것처럼 '너는 군자로서의 유자가 되어야지, 소인으로서의 유자가 되어서는 안 된다.(女爲君子儒 無爲小人

儒)'는 가르침은 즉 무엇보다 자기 자신을 향상시켜 군자가 되어야 한다는 사상으로 이는 스승 한훤당의 핵심철학이었던 것이다.

최수성은 말을 이었다.

"나는 지금도 스승의 말을 잊지 못하네. 내가 벼슬을 버리고 초야에 묻힌 것은 스승의 가르침대로 내 자신을 향상시키기 위함이었네. 그러나 정암 자네는 국가를 향상시키기 위해서 벼슬길에 올랐네. 나는 어느 쪽이 옳은가는 말할 수 없네. 일찍이 채근담은 '권세에 가까이 하지 않는 사람은 깨끗하다'고 말하였지만, 또 이렇게도 말하였네. '권세에 가까이 할지라도 물들지 않는 사람은 더욱 깨끗하다.' 그뿐인가. 이렇게도 말하였네. '권모와 술수는 모르는 사람을 높다 하나 알아도 이를 쓰지 않는 사람을 더 높다 할 것이다.'"

최수성은 말을 끊었다. 잠시 침묵이 흐른 뒤 술잔을 들고 말하였다.

"어찌하여 내겐 술을 따르지 않는 건가. 이보게, 노천. 술 한 잔 가득 따르시오."

김식이 최수성의 술잔에 술을 한가득 따라주었다. 넘치도록 따른 술을 최수성은 단숨에 들이키고 말하였다.

"그런데 정암, 자네는 이미 권세에 물들었네. 자네뿐 아니라 이곳에 있는 모든 사람들은 이미 권모술수에 도통하여 있네. 그러므로 진실로 볼기를 때릴 사람은 마보꾼이 아니라 승리감에 도취되어 있는 그대들일세. 숙청되어야 할 사람들은 정국공신들이 아니라 그대들의 마음속에 들어 있는 권세욕일세. 한 잔 더 주시게나."

최수성은 다시 빈 술잔을 김식에게 내어주었다. 김식이 마지못해 다시 따라주자 이를 단숨에 비우고 말을 이었다.

"헤어지기 전에 술을 마시니 마음이 좀 편해지는군. 이보게, 정암. 자네가 마지막으로 술잔을 채워주게."

최수성은 빈 술잔을 조광조에게 내밀었다. 조광조가 술을 따라주자 최수성은 물끄러미 조광조의 얼굴을 바라보며 불쑥 수수께끼의 말을 던졌다.

"나는 가라앉고 있는 배를 탔어. 이제 얼마 안 있어 곧 물에 가라앉는다고 생각하니 마음이 불안해서 가슴이 두근두근거렸는데, 술 석 잔을 거푸 마시니 이제서야 마음이 좀 편안해지는구나."

순식간에 석 잔을 비운 최수성은 그 길로 방을 나가버렸다. 김식을 비롯한 세 사람이 어이없는 얼굴로 조광조에게 물었다.

"도대체 무슨 말입니까. 가라앉고 있는 배에 탔다니요."

기록에 의하면 이 질문에 조광조는 이렇게 답하였다고 전하고 있다.

"그가 가라앉는 배라고 말한 것은 바로 우리들을 비유해서 가리킨 말이 아니겠소이까."

결과적이지만 최수성의 비유는 그대로 적중된다. 정국공신을 개정하여 승리감에 도취되어 자축연을 벌렸던 네 사람은 그로부터 정확히 6일 후에 붕당죄의 반역죄인으로 숙청되는데, 그렇다면 이들을 가라앉는 배로 비유했던 최수성의 참위는 그대로 들이맞게 되는 것이다. 예나 지금이나 최수성의 충고는 반드시 명심해야 될 진리인 것이다. 권력투쟁에서 승리를 쟁취한 순간부터 권력의 비극은 시작되는 것이며, 미라잡이가 미라가 되듯 수구세력들을 몰아낸 개혁세력은 오래지 않아 스스로 수구세력으로 전락함으로써 가라앉게 된다. 최수성의 지적처럼 정치에 있어 최고의 선은 곧 자기 자신의 개혁이며, 그 어떤 권력에도 물들지 않을 수 있는 도덕의 완성이 그 중심에 자리잡고 있는 것이다.

가라앉는 배.

이 지상에서의 권력은 그 어떤 권력이라고 할지라도 진수(進水)를 시작할 때부터 이미 물이 새어 가라앉는 난파선에 불과한 것이다.


## 3

어느덧 조광조를 태운 수레는 능성에 가까워지고 있었다. 『동국여지승람』에 의하면 한양에서부터 능성까지의 걸이는 758리.

능성현의 원래 이름은 이릉부리(尒陵夫里). 백제의 옛 이름으로는 죽수부리(竹樹夫里), 혹은 인부리(仁夫里)라 하였다. 훗날 선조 때 조광조를 기리기 위해서 세운 죽수서원은 백제 때의 옛 지명을 따서 지은 이름으로 이곳은 옛부터 궁벽한 땅으로 알려져 있었던 것이다.

가라앉는 배.

머나먼 유배 길에서 줄곧 자신의 지난 행적을 떠올려 보던 조광조에게 마지막으로 떠오른 목소리는 수수께끼의 말을 던지고 사라진 최수성의 할(喝)이었다. 옛 선승들이 수행자의 망상이나 사된 사견(邪見)을 꾸짖어 단숨에 정신을 차리도록 외치는 소리처럼 조광조를 향해 '가라앉는 배'라고 외친 최수성의 목소리는 줄곧 조광조의 뇌리를 뒤흔들고 있었던 것이다.

결과적으로 조광조는 최수성의 말대로 침몰하고 있었던 것이다. 바로 자신이 단행한 정국공신의 개정으로 삭훈된 훈구파들의 반격으로 조광조의 배는 가라앉게 되었던 것이다. 그러나,

조광조는 하늘을 우러러 붉은 해를 쳐다보면서 중얼거려 말하였다.

결과적으로 내 행동은 과격하긴 하였지만 다른 사사로운 마음은 전혀 없지 않았던가. 저 하늘의 밝은 해는 거짓 없는 내 충정을 낱낱이 비추고 있지 않은가.

수레는 연주산(連珠山) 밑을 지나고 있었다.

구슬이 연하여 있는 모양이라 하여서 연주산이라 불리는 산 밑에는 영벽정(映碧亭)이란 작은 정자가 하나 있었다. 일찍이 김굉필의 스승이었던 김종직(金宗直)은 이곳을 지나면서 노래하였다.

연주산 위에 뜬 달은 소반 같은데
풀과 바람 나무 간 곳 없고 이슬기운만 가득 차네
천뭉치의 솜구름 모두 흩어지고
한덩이 공문서(公文書) 보잘것없도다
시절은 다시 깊은 가을이라 아름답긴 하지만
나그네의 회포를 오늘밤 누가 달래줄 것인가.

스승 한훤당의 스승이었던 김종직. 문장과 경술에 뛰어나 이른바 영남학파의 종조(宗祖)가 되었던 조선조의 뛰어난 성리학자. 학문

적으로는 조광조의 할아버지뻘 되는 김종직이지만 정치적으로도 조광조가 이끄는 신진사림파의 시조였던 것이다. 이로 인해 죽은 후에 무오사화가 일어나 무덤이 파헤쳐져 참시를 당하는 비극의 주인공이고 보면 조광조의 유배는 신진사림파들이 반드시 겪어야 되는 운명의 대물림인 것인가.

정몽주는 격살당하였고, 그의 제자인 김종직은 부관참시를 당하였고, 또 그의 제자인 한훤당은 유배 중에 사사당하였고, 막내 격인 조광조 자신은 가라앉는 배를 타고 이처럼 유배를 당하고 있는 것이 아닌가.

아아, 김종직이 지은 시처럼 연주산은 깊은 가을이라 핏물이 뚝뚝 흐르는 듯한 만산홍엽으로 물들어 아름답지만 나그네의 깊은 회포는 그 누가 달래줄 것인가.

마침내 유배지인 능성에 도착한 조광조는 그 즉시 그곳 현감에게 인계되었다. 현감은 비봉산 아래 작은 민가를 구해놓고 시중을 들 관동을 미리 준비해두고 있었다. 다행인 것은 제자 장잠을 비롯하여 생활에 필요한 일을 도와줄 하인들이 조광조를 기다리고 있었던 것이다.

헤어질 무렵 자신을 이곳까지 무사히 호송하고 온 나장들과 일일이 손을 잡고 작별인사를 나누었다.

그때가 11월 26일.

조광조가 한양에서 유배 길을 떠난 것이 11월 17일이었으니, 정확히 열흘 만에 최종목적지인 능성에 도착한 것이었다.

조광조를 무사히 능주까지 호송하고 떠나려던 나장 하나가 다시 무엇인가를 들고 나타나 말하였다.

"나으리께 전해드릴 물건이 있어 다시 찾아왔나이다."

"그것이 무엇이냐."

"걸망이나이다."

나장은 손에 든 걸망을 가리키며 말하였다.

"소용이 닿지 않는 물건이라면 쇤네가 이를 버리겠나이다."

나장의 말처럼 그것은 소용이 닿지 않을 만큼 낡고 허름한 물건이었다.

"남강을 건너기 전 갓바치가 방책 틈으로 밀어 넣은 걸망이나이다."

순간 조광조는 열흘 전 만났던 갓바치의 일이 떠올랐다. 헤어질 무렵 갓바치는 조광조에게 바랑을 밀어 넣으며 다음과 같이 말하지 않았던가.

"나으리, 걸망 속에는 나으리께 드릴 물건이 들어 있나이다. 하오나 청컨대 능주에 도착하기 전에는 들어 있는 물건을 절대로 뒤져 보지 마시옵소서. 필히 능주에 도착하신 후에야 이를 꺼내 보시옵소서."

물론 조광조는 갓바치와의 약속은 지킨 셈이었다. 능주에 도착하기 열흘 동안 걸망 속의 물건을 꺼내 보지 않았던 것이다. 그것은 갓바치의 당부를 지키기 위해서라기보다는 유배 길에서 자신의 지난 행적을 반추해보고, 무엇을 잘못하고 어떤 과오를 저질렀던가를 반성하는 데 심사숙고하느라 딴것에 정신을 팔 겨를이 없었기 때문이었다.

"두고 가거라."

조광조가 말하자 나장은 망태기처럼 얽어 만든 바랑을 조광조에게 두 손으로 바쳐 올리고 사라졌다.

그날 밤 조광조는 갓바치가 준 걸망을 뒤져보았다. 이 자리에는 양팽손이 함께 있었다. 양팽손의 나이가 조광조보다 여섯 살 연하였으나 이곳 능주가 고향인 선비로 사마시를 함께 응시하여 조광조는 진사에, 양팽손은 생원시에 각각 장원으로 급제하였던 인연을 갖고 있었다. 앞에서 언급하였던 대로 특히 양팽손이 성균관에 입학하였을 때 유생들은 양팽손을 '촌놈'이라 부르며 푸대접하였지만 조광조는 이를 전혀 개의치 않고 가까이 지내왔던 특별한 인연을 맺었던 것이었다. 조광조가 능주에 도착하였다는 말을 듣고 단걸음에 양팽손이 달려온 것은 이런 각별한 인연 때문이었다.

"이것은 무엇입니까?"

양팽손은 조광조 앞에 놓인 걸망을 가리키며 말하였다. 이에 조광조는 웃으면서 대답하였다.

"이 안에는 소중한 것이 들어 있다네."

소중한 물건이 들어 있다는 조광조의 말에 양팽손은 반신반의하면서 물었다.

"이처럼 남루한 걸망 속에 귀한 물건이 들어 있다니요."

그러자 조광조가 대답하였다.

"이 속에는 월단(月旦)이 들어 있다네."

월단이라 하면 인물에 대한 비평을 일컫는 말로 원래는 월단평이라 한다. '매달 첫 날에 내리는 평'이라는 뜻을 지닌 말로 『후한서(後漢書)』에 나오는 유명한 일화 중의 하나이다.

후한말 여남(汝南)에 허소(許劭)와 그의 사촌형인 허정(許靖)이란 두 사람이 살고 있었다. 이 두 사람은 그 지방의 인물들을 자세히 관찰하여 '매월 초하룻날'이면 허소의 집에서 인물비평을 하였다. 이 비평이 매우 날카롭고 정확하다 하여 평판이 높았다. 그래서 당시 이 비평을 들으려는 사람들이 많았다.

조조도 그 중의 하나였다. 아직 두각을 나타내기 전에 조조는 그들을 찾아가 자신에 대한 평가를 해주기를 청하였다. 그러나 허소는 성격이 난폭하여 소문이 좋지 않았던 조조였던지라 선뜻 응하지 않고 머뭇거리고 있었다. 조조가 하도 재촉하자 허소는 마지못해 다음과 같이 평하였던 것이다.

"그대는 태평시대에는 간적(奸賊)이요, 난세에는 간웅(奸雄)이 될 인물이요."

이 말을 들은 조조는 뛸 듯이 기뻐하였다는 말이 전해 내려오고 있는데 양팽손은 웃으며 말하였다.

"하면 대감도 조조처럼 간웅이시나이까."

"그것은 아무도 모르는 일일세."

조광조는 걸망 속에서 물건을 꺼내었다. 양팽손은 그 물건을 확인해 보았다. 그것은 신발이었다. 한눈에 보아도 알 수 있는 태사혜(太史鞋)이었다. 태사혜는 비단이나 가죽으로 만들고, 코와 뒤축부분에 흰 줄무늬의 태사문을 넣은 고급 신으로 주로 양반들이 신는 마른 신 중의 하나였던 것이다.

"태사신이 아닙니까."

양팽손이 다소 실망한 목소리로 말하였다.

"그렇네. 태사신일세."

조광조는 한눈에 그 신발이 갖바치가 자신을 위해 특별히 만들어준 물건임을 알 수 있었다. 갖바치는 각별한 인연을 맺고 있었던 조광조를 위해 손수 가죽으로 태사혜를 만들어주었던 것이었다.

"하면 이것이 월단평이란 말씀이십니까. 대감 나으리를 감히 신발에 비유하다니요."

그러나 조광조는 대답 대신 그 신발을 신어보았다. 미리 치수라도 재어놓고 있듯이 발에 꼭 맞는 맞춤 신발이었다. 한번도 조광조의 발 치수에 대해서 묻거나 재본 적이 없는 갖바치였지만 눈대중만으로도 정확히 발의 크기를 꿰뚫고 있었던 듯 신발은 크지도 작지도 않아 발에 꼭 맞았다. 조광조는 태사혜를 신고 방안을 이리저리 거닐어보며 말하였다.

"어떤가. 내게 어울리는 신발인가."

그러나 그 순간 양팽손은 조광조가 신고 있는 신발이 어딘가 이상하다는 느낌을 받았다. 양팽손은 유심히 조광조가 신은 신발을 바라보았는데, 놀랍게도 한쪽은 검은색이었고, 다른 한쪽은 흰색이었다. 크기는 정확하게 딱 들어맞았지만 신발의 빛깔만은 짝짝이었던 것이었다.

"하오나 대감."

양팽손이 입을 열어 말하였다.

"신발의 색이 한쪽은 검은색이고, 다른 한쪽은 흰색이나이다."

그러자 조광조가 크게 웃으며 말하였다.

"색깔이 한쪽은 희고, 한쪽은 검다 하여서 무슨 상관이 있겠는가.

216

신발이란 발에 딱 맞아 편안하면 그뿐이 아니겠는가."

이 말을 들은 양팽손 역시 웃으며 말하였다.

"허기야 대감의 모습은 왼쪽에서만 보면 흰 신발만 보게 될 것이요. 오른쪽에서만 보면 검은 신발만 보고 흰 신발은 보지 못할 것이니, 모두 대감이 검은 신발을 신었다고 생각할 것입니다. 하오니 무슨 걱정이 있겠습니까."

양팽손이 한 말은 일찍이 정도전이 한 말이었다. 서거정이 쓴 『필원잡기』에는 정도전에 관한 유명한 일화가 기록되어 있다.

삼봉 정도전이 어느 날 아침 일찍 관아에 출근할 때 한짝은 희고, 한짝은 검은 짝짝이 신발을 신었다. 공좌(公座)에서 서리가 고하니, 공이 내려다보고 한번 크게 웃고는 끝내 바꾸어 신지 아니하였다. 일을 마치고 말을 타고 퇴청하게 되었을 때 정도전은 웃으며 하인에게 말하였다.

"너는 내가 한짝은 검고, 한짝은 흰, 짝신을 신고 있다고 괴상히 여길 것이 없다. 왼쪽에서 보면 흰 신발만 보일 것이요, 검은 신은 보이지 않을 것이며, 오른쪽에는 검은 것만 보일 것이고 흰 신발은 보이지 않을 것이니, 무슨 걱정이 있겠느냐."

정도전이 겉치레를 하지 않는 것은 이러하였다.

조광조는 한쪽이 검고, 한쪽은 흰, 짝짝이 신발을 본 순간 갖바치가 두 사람이 밤을 새우며 토론하였던 대로 정도전의 고사를 빗대어서 조광조의 운명을 암시한 것임을 알 수 있었던 것이다.

갖바치가 스스로 조광조에게 딱 맞는 신발을 만들어 보내줌으로써 정치가로서의 조광조의 입장을 검은 신과 흰 신으로 비유하여 나타내 보인 것이었다.

즉 조광조의 정치철학은 한쪽에서 보면 검게 보일 것이고, 또 다른 쪽에서 보면 희다고 할 것이다. 신진사림파 쪽에서 보면 개혁적이라 할 것이고, 훈구파 쪽에서 보면 과격하다고 할 것이다. 그러나 조광조의 정치철학은 그 빛깔에 있지 않고 발에 꼭 맞는 신발, 즉 지치주의의 완성에 있음이었다. 조광조는 신진사림파를 위한 개혁, 수구세력인 훈구파의 거세를 단행한 개혁이 아니라 공자의 유가사상을 중심으로 한 성리학의 지치주의를 이상적으로 실현하려 하였던 것이다. 그러나 결국 조광조의 정치적 실패는 갖바치가 검은 신과 흰 신으로 암시하듯 색깔 논쟁으로만 국한되어 비참한 패배를 맞게 되는 것이다.

"어떠하신가."

검고 흰 짝짝이의 신발을 신고 방 안을 이리저리 거닐던 조광조가 제자리에 걸음을 멈추고 서서 양팽손을 쳐다보며 물어 말하였다.

"내가 지금 흰색 신발을 신고 있는 것인가, 아니면 검은색 신발을 신고 있는 것인가. 양공의 생각으로는 어떠하신가."

이에 양팽손이 웃으며 말하였다.

"검은 신발을 신고 있는 사람들은 대감을 흰 신발을 신었다 할 것이요, 흰 신발을 신고 있는 사람들은 대감을 검은 신발을 신고 있다 할 것입니다."

그때였다.

갖바치가 만들어준 태사혜를 신고 방 안을 거닐던 조광조가 고개
를 숙여 방바닥에 떨어져 있는 걸망을 다시 집어 들었다. 손을 깊숙
이 찔러넣어 걸망을 뒤지자 그 속에서 접힌 종이가 나왔다. 조광조
가 천천히 그 종이를 펼쳐 보았다. 종이 위에는 글씨가 적혀 있었다.

　　천층 물결 속에 몸이 뒤집혀 나오고
　　천년 세월도 검은 신을 희게 하지는 못하는 구나.

그 글씨는 낯익은 갖바치의 친필이었다. 그렇다면 갖바치는 자신
이 직접 만든 한짝은 검고, 한짝은 흰, 짝짝이의 태사혜와 그 신발
을 주제로 한 참언을 통해 조광조의 운명을 점지해준 것일까. 때문
에 갖바치는 능주에 도착할 때까지는 절대로 걸망 속을 뒤져보지
말라고 신신당부를 하였던 것이 아닐까. 그러면 도대체 갖바치가
남긴 참언은 어떤 의미를 지니고 있는 것일까.

묵묵히 갖바치가 남긴 문장을 읽은 조광조는 이를 들어 양팽손에
게 내어주며 말하였다.

"양공, 이것이 내 운명이오. 천지신명이 점지해준 내 월단평이오."

양팽손은 조광조가 내민 종이 위에 쓰여진 문장을 소리내어 읽어
보았다.

"천층 물결 속에 몸이 뒤집혀 나오고, 천년 세월도 검은 신을 희
게 하지는 못하는구나."

천천히 문장을 읽고 나서 양팽손은 조광조를 쳐다보며 말하였다.

"이것이 도대체 무슨 뜻입니까."

"양공이 모르면 내가 어찌 알겠소이까."

빙그레 웃으며 조광조가 말하였다.

양팽손이 정색을 한 얼굴로 말하였다.

"하오나 '천층 물결 속에 몸이 뒤집혀 나온다'는 말은 매계(梅溪)에게 내렸던 그 유명한 점술의 내용이 아닙니까."

"그것은 나도 알고 있소이다. 그것을 모르는 사람이 어디 있겠소이까."

조광조의 말은 사실이었다. 갖바치가 점지한 참언의 두 문장 중 앞의 것은 일찍이 매계 조위(曺偉)에게 내렸던 참언 중의 한 문장이었다. 이 문장은 특히 사림파의 유림들 간에 널리 유행되었던 참언이었던 것이다. 그 참언에는 일화가 있다.

연산군은 선왕이었던 성종의 실록을 편찬하기 위해서 사국을 열었는데, 이때 당시 사관이었던 김일손(金日孫)이 사초(史草)에 스승 김종직의 조의제문(弔義帝文)을 실은 데서 사화가 시작되었던 것이다.

조의제문은 김종직이 세조 3년(1457년) 10월. 밀양에서 경산으로 가다가 답계(踏溪)에서 하루를 숙박했는데, 그날 밤 신인이 칠장복(七章服)을 입고 나타나 전한 말을 듣고 슬퍼하여 지은 글이었다.

김종직은 이 제문에서 항우에게 죽은 초나라의 회왕(懷王), 즉 의제(義帝)를 조상하는 글을 지었다. 이는 세조에게 죽임을 당한 단종을 의제에 비유하여 세조의 정권 찬탈을 은근히 비난한 글이었던 것이다.

운문체로 지어진 유명한 조의제문은 꿈에서 깨어난 김종직이 다음과 같이 한탄하는 것으로 이어진다.

> ……꿈에서 놀라 깨어 생각해보니 '회왕은 남방 초나라 사람이고, 나는 동이의 사람이다. 땅이 서로 만리나 떨어져 있고, 시대가 또 천여 년이나 떨어져 있는데, 내 꿈에 나타나는 것은 또 무슨 징조일까. 역사를 상고해봐도 시체를 강물에 던졌다는 말은 없는데, 혹시 항우가 사람을 시켜 몰래 시해하여 시체를 물속에 던진 것인지 이 또한 알 수 없는 것이다.

그리고 나서 김종직은 제문을 짓고 이렇게 넋을 위로하였던 것이다.

> 이 천지가 다하도록 그 원한 다할까
> 넋은 지금도 구천을 맴도는데
> 내 마음 금석을 꿰뚫음이여
> 임금께서 갑자기 꿈속에 나타나셨네
> 주자의 사필을 본받아
> 설레는 마음으로 겸손히 사례며
> 술잔을 들어 강신제를 드리나니
> 영혼이시여 흠향하시옵소서.

김일손이 스승 김종직의 조의제문을 넣어 『성종실록』을 편찬하였을 때 책임자는 이극돈으로 훈구파의 한 사람이었다. 그렇지 않아도 사초 속에 자신의 비행이 기록되어 있어 이에 앙심을 품고 있던 이극돈이 김종직의 제자들이 주류를 이루고 있는 사림파를 숙청할 목적으로 옥사를 일으켰던 것이다.

연산군은 평소에도 사림파를 비롯한 선비들을 증오하고 있었다. 이극돈은 김종직의 조의제문이 세조의 찬탈을 비난하는 글이라고 사림파들을 불충한 무리로 몰아 일으킨 것이 무오사화였으며, 이때 김종직의 조의제문을 실록 맨 첫머리에 기록한 사람이 바로 매계 조위였던 것이다.

무오년에 옥사가 일어나자 유자광이 연산군에게 참소하기를 '매계가 조의제문을 첫머리에 기록한 것은 선왕 세조를 비난하기 위한 다른 뜻이 있었기 때문입니다' 하니, 연산군은 크게 노하였다. 그때 매계는 하정사(賀正使)로서 중국의 사신으로 들어가 아직 돌아오지 않고 있었다. 연산군은 강을 건너오는 즉시 참살하도록 명하였다. 매계 일행이 요동에 도착하여 이 소식을 듣자 허둥지둥 당황하여 어찌할 바를 모르고 있었다. 이때 매계의 서제(庶弟)로 신(伸)이라는 자가 있어 일찍이 그 지방에 점을 잘 치는 자가 있다는 것을 듣고 가서 길흉을 물었다. 그 사람은 운수를 따지다가 다른 말은 없고 다만 시 한 수를 적는다.

천층 물결 속에 몸이 뒤집혀 나오고
바위 밑에서 사흘 밤 잠들기를 기다린다.

신이 매계에게 말하기를 '처음 글귀는 화를 면하는 것 같기는 하나 아래 글귀는 해석하기 어렵다' 하고 서로 근심하여 소리 없이 울었다.

모두 압록강에 도착하여 강변을 바라보니 매계를 척살하기 위해서 관인들이 기다리는 형상이었다. 일행이 실색하여 '금오랑이 와서 형을 집행하기를 기다린다'고 서로 부둥켜안고 목놓아 울었다. 매계는 '목숨이 경각에 달렸구나' 하고 하늘을 우러러 탄식하였다. 마침내 강을 건너오자 정승 이극균이 다만 잡아다가 추문(推問)한다는 것을 알았다. 일행이 기뻐하고 다행히 여겨서 이를 '천층 물결 속에서 몸이 뒤집혀 나온다'는 점쟁이의 시가 바로 맞은 때문이라고 말하였다. 그러나 여전히 '바위 밑에서 사흘 밤 잠들기를 기다린다'라는 아래 글귀는 해독되지 않았다. 서울로 잡혀왔으나 죽지는 않고 곤장을 맞고 순천으로 귀양 갔다가 병들어 죽어 고향인 금산으로 반장되었는데, 그로부터 6년 뒤 갑자사화가 다시 일어나 연산군은 전일의 죄도 따로 기록하여 매계의 관을 쪼개어 시체를 참시하도록 명하였다.

시체를 바위 밑에 끌어 내다 두고 사흘 동안 장사하는 것을 허락하지 않았다. 이에 모든 사람들이 '바위 밑에서 사흘 밤 잠들기를 기다린다'라는 점괘가 맞음을 신통해하고 처음부터 끝까지의 매계의 운명을 점지하였다는 사실에 탄식해 마지않았던 것이다.

매계의 그런 일화는 훗날 김정국(金正國)이 지은 『척언집(摭言集)』에 수록되어 있다. 척언이란 문자 그대로 '주워들은 이야기'란 뜻으로 자신이 보고 들은 이야기들을 모은 잡록집이었다.

매계의 이 일화는 특히 유생들에게 널리 회자되고 있었다. 김종

직이 사후에 관 속에서 꺼내어져 참시되었던 것처럼 사림파의 운명
은 천층 물결 속에서 몸이 뒤집혀 나와 간신히 죽음을 면한다 하여
도 끝내는 바위 밑에서 사흘 밤 잠들기를 기다려야만 하는 비극적
인 최후를 맞게 된다고 스스로 자조하고 있었기 때문이었다.

조광조는 매계의 일화를 스승 한훤당을 통해 이미 전해들을 수
있었다. 한훤당도 무오사화에 연루되어 희천으로 유배되었다가 조
광조와 사제의 인연을 맺게 되었던 것이다.

"매계가 천층 물결 속에서 몸이 뒤집혀 나온다 하면서 간신히 목
숨을 건지더니 나도 천층 물결 속에서 헤쳐 나와 마침내 너를 만나
게 되었구나."

"하면."

조광조가 스승에게 물었다.

"'바위 밑에서 사흘 밤 잠들기를 기다린다' 는 참언은 무슨 뜻입
니까."

이에 준엄한 스승은 평소의 태도와는 달리 부드럽게 말하였다.

"그를 내가 어찌 알겠느냐. 어차피 점술이란 미신이 아니겠느냐."

평소에 「한빙계」를 지어놓고 '불망어(不妄語)', 즉 '망령된 말을
하지 말라' 는 계율을 철저히 지켜나가던 스승 한훤당은 그러나 그로
부터 6년 뒤 순천의 시장터에서 수많은 사람들이 지켜보는 가운데
사약을 먹고 사사당한다. 바로 그 순간 매계의 시신도 고향 금산에
서 관이 쪼개져 참시를 당해 사흘이나 장사를 지내지 못한 것처럼
한훤당의 시신도 저잣거리에서 사흘간이나 거적에 둘둘 말린 채 방
치되었으니, 한갓 망령된 말이라고 무시하였던 한훤당의 운명도 결

국 요동의 점쟁이가 내린 '바위 밑에서 사흘 밤 잠들기를 기다린다'는 점괘를 벗어나지 못하고 있음이 아닐 것인가.

그것이 불과 15년 전.

그렇다면 조광조의 운명도 매계는 물론 한훤당의 비극을 그대로 답습하고 있는 것인가.

"이것을 쓴 사람은 누구입니까."

양팽손이 조광조를 쳐다보며 물었다.

"갓바치네."

조광조가 대답하자 양팽손이 어이없다는 표정으로 말을 이었다.

"갓바치라면 피장이 아닙니까. 일개 피장이가 어찌 신명의 뜻을 알겠습니까."

"하지만 매계에게 점괘를 내린 사람은 그보다 훨씬 더 미천한 일개 복자가 아니었던가."

"너무 심려치는 마시옵소서."

양팽손이 대수롭지 않게 대답하였다.

"매계도 천층 물결 속에서 몸이 뒤집혀 나와 일단 생명은 보존하였으며, 대감께오서도 일시 재앙의 화를 면치 못하시지만 천층 물결 속에서 헤엄쳐 나와 곧 주상의 부르심을 받고 환향하게 되실 것이나이다."

"허지만."

여전히 갓바치가 만든 태사혜를 신은 채 조광조가 말하였다.

"이 말이 여전히 무슨 뜻인가 알 수 없지 않은가."

조광조는 갓바치가 쓴 마지막 문장을 손으로 가리키면서 말을 이었다.

"천년의 세월도 검은 신을 희게 하지는 못하는구나. 매계는 바위 밑에서 사흘 밤 잠들기를 기다려야 했는데, 그렇다면 나는 바위 밑에서 천년의 세월을 기다려야 한다는 뜻이 아닐 것인가."

이 말을 들은 양팽손이 크게 웃으며 말하였다.

"일찍이 채소권(蔡紹權)도 의복과 관대에 마음을 쓰지 않아 한쪽 발에는 검은 신을 신고, 한쪽 발에는 흰 가죽신을 신고 다녔다고 하더이다. 이를 본 김안로(金安老)가 '꽃빛이 짙고 옅은 것은 다만 먼저 되고 후에 된 것뿐이다' 라고 말하지 않았소이까."

양팽손의 말 역시 김정국이 지은 『사재척언(思齋摭言)』에 실린 이야기 중의 하나이다.

채소권은 권신 김안로의 처남이었으나 평소부터 사이가 좋지 않아 훗날 김안로가 흉적으로 참화를 입을 때 무사할 수 있었던 문신인데, 그는 천성이 부드럽고 탄솔(坦率)하였다고 한다. 『사재척언』에 의하면 채소권은 조금도 의복과 관대에 마음을 쓰지 않아 어느 날 아문에 출사하면서 한쪽 발에는 흰 가죽신을 신고 한쪽 발에는 검은 가죽신을 신고 가니, 아전들이 입을 가리고 서로 웃었다고 한다. 근무를 마치고 자신의 매형인 김안로를 만나자 이를 본 김안로가 크게 웃으며 말하였다고 한다.

"꽃빛이 짙고 옅은 것은 다만 먼저 되고 후에 된 것뿐이다."

김안로의 말은 '꽃이 필 때 어떤 빛깔은 진하고 어떤 빛깔은 옅은 것은 다만 먼저 나고 뒤에 나오는 차이뿐 꽃은 꽃일 뿐이다' 라는 말로 처남 채소권의 소박한 심성을 꽃의 아름다움으로 칭송하고 있었던 것이다.

"하오니 대감께오서 한쪽 발은 검은 가죽신을 신고, 한쪽 발에 흰 가죽신은 신은 것은 김안로 대감의 표현대로 꽃빛이 옅고 짙은 차이뿐 다른 뜻은 없을 것입니다."

양팽손은 짐짓 조광조를 위로하기 위해 가볍게 말을 흘렸다.

과연 양팽손의 말은 사실이었을까. 갓바치가 준 한쪽은 검고, 한쪽은 흰, 짝짝이의 태사혜는 김안로의 표현대로 꽃잎이 짙고, 옅은 차이에 불과하였던 것일까.

갓바치가 마지막으로 남기고 간 문장. '천층 물결 속에서 몸이 뒤집혀 나오고 천년 세월도 검은 신은 희게 하지는 못하는구나' 라는 참언 역시 단순히 매계 조위의 옛 고사를 빌려온 인용문에 불과한 것이었을까. 그렇다면 '천년 세월도 검은 신을 희게 하지는 못하는구나' 라는 마지막 문장은 무엇을 의미하는 것일까.

조광조가 중종의 명에 의해서 사약을 받은 것은 12월 20일. 기록에 의하면 눈이 강산처럼 내리던 한겨울날이었다고 한다. 조광조가 능주에 도착한 것이 11월 26일이었으니, 도착한 지 한 달도 못 되는 20여 일 만에 금부도사 유엄이 갖고 온 사약을 받고 비참하게 최후를 맞게 되는 것이다.

조광조는 양팽손의 손을 잡고 '양공 안녕히 계시오. 신이 먼저 갑니다' 라고 말한 후 최후의 유언으로 다음과 같이 말했다고 전해오고 있다.

"부탁이 있소이다. 양공, 나 죽은 후에 반드시 걸망 속에 들어있는 태사혜를 신겨주시오. 내 두 발에 신발을 신은 채 매장시켜

주시오."

조광조가 남긴 수수께끼의 유언은 양팽손에 의해서 그대로 지켜진다. 유언을 마치고 밖으로 나가 사약을 들이켰으나 쉽게 숨이 끊어지지 않았으므로 보다 못한 군졸이 밧줄을 들고 조광조의 고통을 덜어주기 위해서 목 졸라 교살시키려하자 조광조는 '무엇을 하려드느냐. 네놈은 내 몸에 손끝 하나 대지 못한다. 성상께서 나의 몸을 보존하고자 사사의 명을 내리셨는데 어찌하여 감히 내 몸에 손을 대려하느냐' 하고 호통을 치고는 남은 사약을 단숨에 들이킨 후 마침내 숨을 거뒀다고 한다.

고통으로 일그러진 조광조의 얼굴에는 이승에서의 한을 차마 끊지 못하겠다는 듯 부릅뜬 눈이 활짝 열려져 있었다. 두 눈을 감겨준 사람이 바로 양팽손.

그러고 나서 양팽손은 우차에 조광조의 시신을 실어 자신의 고향인 쌍봉마을 골짜기에 가매장하였다. 조광조가 남긴 유언대로 갖바치가 준 태사혜를 시신의 발에 신겨주었으며, 초라한 시신이었지만 가죽으로 만든 태사혜만은 어울리지 않게 화려하고 호사스러웠다고 한다.

지금도 조광조의 시신이 한겨울 동안 가매장되었던 자리에는 '靜庵趙先生書院遺址追慕碑'란 작은 비석이 서 있다. 송시열이 쓴 명필인데, 조광조의 사후 그의 무덤자리에 세워졌던 서원의 흔적도 사라져버리고 한겨울 그곳에서 가매장되었던 조광조의 시신은 이듬해 봄 오늘날 경기도 용인군 수지읍 상현리의 심곡리로 이장되는 것이다.

확인된 바는 없지만 한겨울이었으므로 양팽손이 신긴 태사혜도 아직 썩지 아니하고 생생하게 그대로 남아 있었을 것이다. 따라서 지난 5백 년의 세월이 흐르는 동안 무덤 속 조광조의 시신은 모든 것이 썩어 백골만이 남아 있을 터인데, 하면 조광조가 신었던 한짝은 검고, 한짝은 흰, 의미를 알 수 없는 짝짝이의 가죽신 역시 썩어 진토가 되어버렸을까.

그러나 아직 5백 년의 세월에도 썩지 아니하고 여전히 수수께끼로 남아 있는 것은 갖바치가 남기고 간 두 줄의 문장 중 마지막 문장이다.

"천년 세월에도 검은 신을 희게 하지는 못하는구나."

그 문장의 수수께끼는 조광조의 생전에도, 조광조의 사후에도 풀리지 아니하였다. 아니 5백 년의 세월이 흐른 지금도 갖바치가 남기고 간 참언의 내용은 여전히 수수께끼로 남아 있는 것이다. 갖바치의 참언이 정확하다면 아직 5백 년의 세월이 더 필요한 것일까. 5백 년의 세월이 더 흘러 마침내 천년의 세월이 흐른 뒤에야 우리나라 역사상 가장 독특하고, 가장 강력한 정치력을 발휘하였던 조광조의 역사적 평가는 올바르게 내려질 수 있을 것인가.

어쨌든 조광조는 1519년 12월 16일, 34세의 젊은 나이로 정쟁에 휘말려 아까운 목숨을 잃는다. 알성시에 합격하여 사헌부 감찰로 임명됨으로써 정식으로 관직에 진출한 이래 불과 4년 만에 일찍이 전제 왕조체제에서는 볼 수 없었던 강력한 개혁정치를 단행하였던 한국의 마키아벨리, 조광조는 이렇게 비참하게 최후를 맞게 되는 것이다.

그러면 조광조는 누구인가.

실패한 정치가인가. 권력투쟁에 패배함으로써 목숨을 잃은 권력의 희생양인가, 아니면 이율곡이 내린 '아깝다. 공은 어질고 밝은 자질과 나라를 다스리는 재주를 가졌음에도 학문이 이루어지기 전에 정치로 나아가 위로는 임금의 잘못을 시정하지 못하고, 아래로는 구세력의 비방을 막지 못하였다' 라는 평가처럼 현실정치의 벽을 뛰어넘지 못하고 단순히 이상정치를 구현하려 하였던 아마추어 정치가였던가.

조광조가 실패한 정치가든 아마추어 정치가이든 5백 년이 지난 오늘날의 현실에도 조광조는 여전히 부활하여 살아 있는 정치적 모델이니, 그렇다면 '천년의 세월도 검은 신을 희게 하지는 못하는구나' 라는 갓바치의 예언은 도대체 조광조의 무엇을 암시하고 있는 것일까.

하늘에 이르는 길

# 1

서울 외곽의 신흥도시인 분당을 향해 직통하는 도시 고속도로를 달려가는 동안 내 머릿속에 줄곧 떠오르는 단어 하나는 상전벽해(桑田碧海)였다.

'뽕나무밭이 푸른 바다로 변하였다'는 단순한 뜻이지만 그 표현으로 밖에는 설명할 수 없는 불가사의한 풍경이 차창 밖으로 펼쳐졌기 때문이었다.

불과 10여 년 전까지만 해도 한적한 교외의 들판이었던 이곳은 완전히 빌딩의 숲으로 변해 있었다. 거대한 아파트 빌딩으로부터 이들을 유혹하는 상가들, 서울에서부터 이전해온 관공서와 대기업의 사무실들…… 하늘을 찌를 듯한 마천루의 빌딩들이 숲을 이루고 있었다.

차를 몰고 백 킬로미터에 가까운 속도로 달려가는 내 머릿속으로

문득 릴케가『말테의 수기』에서 노래하였던 시 한 구절이 떠오르고
있었다.

　　도시는 고향도 어머니도 없다
　　아이들은 어머니가 야회(夜會)에 나가는 동안 그 옷깃 속에서
　　떨어진 장미꽃 냄새를 맡아가며 고독 속에서 잠이 든다
　　마치 등불을 들고 홀로 잠든 노예처럼.


　뽕나무밭이 변해서 푸른 바다를 이룬 거대한 신도시는 릴케의 시
처럼 고독을 키우고 고향을 잃어버리게 한다. 어머니를 잃어버린
우리들의 아이들을 노예처럼 홀로 잠들게 한다.
　상전벽해.
　원래 상전벽해는『신선전(神仙傳)』에 나오는 '마고선녀 이야기'
가 출전으로 어느 날 선녀 마고가 왕방평(王方平)에게 '제가 선생님
을 모신 지가 어느새 뽕나무밭이 세 번이나 푸른 바다로 변하였습
니다. 이번에 봉래(蓬萊)에 갔더니 바다가 다시 얕아져 이전의 반
정도로 줄어 있었습니다. 또 육지가 되려는 것일까요' 하고 말하였
던 데서 비롯된다. 그러나 상전벽해가 널리 쓰이게 된 것은 당나라
의 시인 유정지(劉廷芝)가 '흰머리를 슬퍼하는 노인을 대신해서 지
은 시'라는 의미의「대비백두옹(代悲白頭翁)」이라는 시에서 노래하
였던 데에서 비롯된다.


　낙양성 동쪽 복숭아꽃, 오얏꽃

날아오며 날아가며 누구의 집에 지는고
낙양의 어린 소녀는 제 얼굴이 아까운지
가다가 어린 소녀가 길게 한숨짓는 모습을 보니
올해에 꽃이 지면 얼굴은 더욱 늙으리라
내년에 피는 꽃은 또 누가 보려는가
뽕나무밭도 푸른 바다가 된다는 것은 정말 옳은 말이다.

유정지가 노래하였던 것처럼 강남의 신도시는 복숭아꽃, 오얏꽃 들이 만발한 5월의 신록이었다. 그러나 프랑스의 시인 코페가 '신은 촌락을 만들었지만 인간은 도시를 만들었다'라고 말하였듯 끊임없는 인간의 욕망으로 신이 만든 촌락은 파괴되고 결국 인간이 만든 신기루의 도시로 인해 '뽕나무밭도 푸른 바다가 된다는 것은 정말 옳은 말인 것이다(實聞桑田變成海)'.

낯선 도시의 풍경은 사람을 고독하게 한다. 평생을 도시에서 살아온 나였지만 공중에 떠 있는 누각 같은 신도시를 달려가다 보면 어디가 어딘지 방향감각을 잃어버린다. 한 치의 머뭇거림도 용납치 않는 드넓은 신작로는 오직 성난 말처럼 질주하는 속도만을 허락할 뿐.

따라서 방향감각을 잃지 않기 위해서는 쏜살같이 스쳐가는 도로의 표지판을 놓쳐서는 안 되는 것이다. 이러한 불안과 고독이 낯선 신도시를 달려가는 내 입에서 혼잣말이 흘러나오게 한다.

"사막이군."

나는 도시 고속도로를 달려가면서 소리를 내어 중얼거렸다.

"대도시는 대 사막이로군."

대도시는 대 사막이다.

영국의 속담처럼 엄청나게 뻗어나간 신도시는 거대한 사막이었다. 물도 없고, 그늘도 없고, 오직 있는 것은 생명을 거부하는 모래뿐. 그래서 T. S. 엘리엇은 도시를 '황무지'라 표현하지 않았던가.

T. S. 엘리엇의 시처럼 이곳은 물이 없고 바위만 있는 사막이며, 황폐한 황무지일지도 모른다. 저 거대한 빌딩들은 사막에서 솟아난 물이 없는 바위산. 서지도 눕지도 앉지도 못하는 정숙도 고독조차 없고 오직 있는 것은 빨간 성난 얼굴들이 으르렁거리는 냉소만이 존재하는 비정한 사막, 비정한 도시. 그 사막으로 난 모랫길을 나는 지금 철로 만든 낙타를 타고 유목민이 되어 달려가고 있는 것이다.

그러나 나는 낯선 신도시가 주는 감상에만 젖을 수가 없었다.

어제 나는 용인시에 전화를 걸어 내가 찾아가는 목적지에 이르는 길을 확인해두었던 것이었다.

인터넷을 통해 사전에 미리 정보를 수집해두었지만 그것만으로는 갈피를 잡을 수가 없었다.

지난겨울 전라남도 화순의 능주에 있는 적려유허비를 찾아갈 때도 길을 잘못 들지 않았던가. 막연히 그곳에 살고 있는 주민들에게 물으면 찾을 수 있을 것이라고 낙관적으로 생각하고 있다가 한결같이 모른다는 대답을 듣고 낭패를 보지 않았던가.

비교적 조광조의 유적들이 잘 보존되어 있는 한적한 지방에서도 그렇게 무심하였는데, 한참 난개발 중인 신도시의 한구석에 자리잡고 있는 조광조의 유적들을 찾는 것은 그에 비하면 마치 모래밭에 떨어진 바늘을 찾는 것만큼 어려운 일일지도 모른다.

고심 끝에 생각해낸 것이 용인시에 직접 전화를 거는 것이었다. 다행히 인터넷에는 조광조의 유적을 관리하는 문화재과의 전화번호가 기재되어 있었다. 막연히 공무원들은 불친절할 것이라는 선입견과는 달리 전화를 받는 사람은 의외로 친절하였다. 그는 '심곡서원'과 조광조의 무덤이 있는 장소를 문화재에 근무하는 직원답게 잘 알고 있었으며, 그곳의 위치를 묻는 내게 이렇게 말하였다.

"전화를 잘 걸어오셨습니다. 전화를 걸지 않고 그냥 찾으려 하셨다면 아주 힘드셨을 것입니다. 왜냐하면 그곳은 신개발지라 온통 아파트촌으로 둘러싸여 전문가들도 잘 찾을 수가 없기 때문입니다."

그리고 나서 그는 내가 출발하는 위치를 묻고 그곳에서 찾아오는 길을 하나하나 상세히 가르쳐주었다. 인터넷에 나와 있는 현장의 약도들도 물어 찾아가는 것보다 그가 안내해준 대로 이정표를 따라서 단순하게 찾아가는 방법이 훨씬 현명한 방법이라는 것을 차를 몰아가면서 나는 실감할 수 있었다.

그러나 그렇다 하더라도 자칫하면 안내판을 놓칠지도 몰랐으므로 차를 몰아가면서도 나는 줄곧 긴장할 밖에 없었던 것이다.

심곡서원.

심곡서원은 조광조와 그의 시신을 이곳까지 운구하였던 양팽손을 제향하고 있는 서원으로 조광조의 무덤이 있는 이곳에 선조 38년(1605년) 서원을 세우고 조광조의 위패를 모신 데에서 비롯된다.

선조는 특히 조광조를 존경하여 조광조를 영의정에 추증하고 시호를 내렸는데, '문정공(文正公)'이라 하였다. 이는 '도덕이 있고 학식이 넓으며 올바른 도리를 행한다'는 뜻으로 선조의 이러한 배려에도 재력이 부족하여 서원이 세워지지 못하다가 시호를 받은 지 30년이 지난 후에야 서원을 세울 수 있었는데, 서원의 이름을 '심곡'이라 하였던 것은 원래 이곳이 조광조의 선영이 있었던 '심곡리'란 곳으로 조광조가 19세 되던 해 아버지 조원강이 별세하자 3년간 시묘를 하면서 이곳에 초당과 연못을 만들어놓고 학문에 정진하던 유서가 깊은 곳이었기 때문이었다.

그러나 간신히 서원이 세워졌어도 임금으로부터 사액(賜額)을 받지는 못하였다. 임금으로부터 서원에 이름을 지어 그것이 새겨진 편액(扁額)을 받지 못하면 서원으로서의 정통성을 인정받지 못하는 법, 그 후 인조 9년(1631년), 유문서(柳文瑞) 등이 상소하여 사액해줄 것을 청하였지만 거절당하였고, '심곡'이란 사액을 받는 것은 효종 원년인 1650년이었다. 서원이 세워진지 반세기가 지나서야 임금으로부터 사액을 받은 것을 보면 조광조에 대한 평가는 사후 130년이 흘러가도 부정적인 평가를 완전히 씻을 수는 없었던 것으로 보인다. 그 후 2백 년이 지난 고종 2년(1865년), 흥선대원군에 의해서 서원철폐령이 내려 전국의 서원 417개 중 27개소만 살아남을 때 조광조를 배향하고 있는 심곡서원이 존치할 수 있었던 것은 그 만큼 이 서원이 차지하고 있는 비중이 크기 때문이었을 것이다.

지난겨울 능주에 있는 '적려유허비'를 답사함으로써 시작된 조광조의 추적은 조광조의 시신이 묻혀 있는 묘소와 심곡서원을 찾아감으로써 대단원의 막을 내리게 되는 것이다.

조광조가 죽은 지 5백 년.

지금까지의 추적은 조광조의 생애와 살아 있을 때의 그의 정치적 행적이었다면 심곡서원과 그의 무덤을 찾아감으로써 사후 5백 년이 흘러가는 동안 조광조가 역사에서 어떠한 인물로 평가받고 있는가에 대한 마무리 작업을 하기 위함인 것이다.

특히 숙종은 조광조를 매우 깊이 존경하여 『정암집』을 읽고나서 '독정암집유감(讀靜菴集有感)'이란 어제(御製)를 내린다.


늘 돌아가시기 전에 한 말씀 생각하면 눈물이 절로 솟아났었는데

지금 선생의 글을 읽어보니 더욱 더 도덕이 밝았음을 알겠도다

조정의 벼슬아치들은 공을 이루기를 간절히 바랐고, 시골의 노파들도 존경하였다네

부수적으로 예(藝)에 노닐며 굳센 필세(筆勢) 또한 아름답도다.

每思臨死言 涕淚自交洴

今讀先生書 盒知道德晟

朝紳咸仰成 野嫗亦尊敬

餘事游於藝 佳哉筆勢勁


조광조에 대한 숙종대왕의 어제는 지금도 심곡서원 강당에 현판으로 내걸려 있다 한다.

차는 어느덧 신도시에서도 외곽지대로 접어들고 있었다. 외국에서나 볼 수 있는 명품들을 싼값에 살 수 있는 아울렛들이 갑자기 나

타났다. 지금까지 비교적 한적하였던 도로는 먼 곳에서 싼값에 고급 상품들을 사려는 사람들이 몰고 온 차량들의 행렬로 시장거리처럼 붐비고 있었다.

지금까지는 사람의 행렬이 드문 한적한 풍경이었다. 대부분 서울로 출퇴근을 하고 도시는 베드타운의 역할에만 충실한 듯 거리를 오가는 사람들은 의외로 드물어 유령의 도시처럼 보였다. 그러나 아울렛이 있는 외곽지대는 모여든 사람들로 무슨 잔칫날처럼 붐비고 있었다. 싼값에 고급 명품을 살 수 있다는 기대감으로 한꺼번에 많은 사람들이 몰려들어 대혼잡을 이루고 있는 모양이었다.

나는 네거리에 붙여진 도로 표시판을 보았다.

"죽전네거리."

나는 차 옆 좌석에서 메모지를 들어 보았다. 어제 내게 길을 가르쳐준 문화재과에 근무하는 관리의 말이 정확하다면 첫 번째 갈림길에 접어든 셈이었다.

"죽전네거리에서 우회전하십시오. 고가도로 위로 직진해서는 안 됩니다."

나는 그가 가르쳐준 대로 방향지시등을 켠 후 오른쪽으로 방향을 틀었다. 그러자 한눈에 구도로가 나타났다. 새로 개발된 신도시가 아니라 예전부터 있었던 낡은 구역인 듯 도로는 좁고 퇴락한 건물들이 도로 양옆에 촘촘히 서 있었다.

정치적 목적에 의해서 한꺼번에 개발된 분당의 신도시는 일단 여기에서 끝이 난다. 그러나 인간의 끝 간 데를 모르는 욕망으로 인해 개발은 또 다른 개발을 낳고 도시는 또 다른 도시를 낳는다. '수지'

라는 새로운 이름의 신개발지가 암세포처럼 번져나가 전이되고 있
는 것이다.

원래 이름은 용구현(龍駒縣)이라 불리우던 용인시. 고구려에서는
이곳을 구성현(駒城縣)이라 하였다. 고려 때는 처인현(處仁縣)이라
불리웠으므로 두 마을의 이름에서 한 자씩 따와 용인이라는 명칭으
로 고쳐 부르게 된 것이다. 조선 초기의 문신이었던 김수녕(金壽寧)
은 용인을 이렇게 기문(紀文)하고 있다.

"용인은 작은 고을이다. 그러나 왕도가 인접한 까닭으로 밤낮으
로 모여드는 대소빈객이 여기를 경유하지 않는 적이 없는데, 이는
대개 남북으로 통하는 길목인 때문이다."

그러나 용인이 서울에서 가까운 작은 고을이었지만 풍광만은 절
경이어서 갑자사화 때 관이 쪼개어져 참시를 당한 후 사흘 동안이
나 장사를 지내지 못하여 점쟁이가 말하였던 대로 '바위 밑에서 사
흘 밤을 잠들기를 기다렸던' 매계 조위는 이곳 객관에서 하룻밤을
머물면서 노래하였다.

> 졸졸 흐르는 물소리는 환패(環佩)소리 같고
> 고요하게 맑은 것은 동경(銅鏡)을 새로 간 듯하네
> 물고기도 꽃다운 먹이에 몰려들어서 펄떡펄떡 뛰어 오른다
> 너울거리는 녹음이 청정한데 늙은 나무는 가지가 엉기었다
> 급한 비가 질펀한 물을 깨트리며 은은하게 우뢰를 몰고 오고
> 공중에 빗긴 것은 만줄기 은대(銀竹)인데
> 수면 위에는 야단스레 소용돌이가 생긴다

맑은 청풍이 뜰을 씻어가고 어둠은 저물녘 까마귀를 따라 온다

술잔이 오래되어 밤 기운이 차곱고야

나는 이 한적함을 사랑하여 삼성(參星)이 기울 때까지 앉아 있

노라

시를 적어서 아름다운을 기록하려 해도 차마 묘한 시귓 음·하

(陰·何)에게 부끄럽구나.


조위가 노래했던 대로 용인의 절경을 노래하려 해도 음·하, 즉 육조시대의 유명한 시였던 음갱(陰鏗)과 하손(何遜)이 부끄러워서 차마 기록할 수 없다는 조위의 탄식처럼 용인은 예로부터 풍광이 아름다운 적현(赤縣).

그러나 그 풍광은 어디로 사라졌는가. 조위의 시처럼 청정한 녹음은 어디로 사라지고 뜨락을 스쳐가는 맑은 바람과 까마귀를 따라 내려오던 저물녘의 어둠은 어디로 사라졌는가. 광기 어린 인간의 욕망으로 끊임없이 파헤쳐지고, 부서지고, 까뭉개진 자리에 콘크리트로 만든 건물들만이 들어서고 있음이니.

일찍이 프랑스의 철학자 루소는 말하였다.

"도시는 인류의 쓰레기 하치장이다."


2


어느덧 넓은 도로가 나타났다. 왕복 6차선의 준 고속도로였다. 관

리가 말하였던 대로 수원으로 가는 43번 국도였는데, 43번 국도가 나타난 것은 가르쳐준 대로 정확한 방향을 따라가고 있음을 증명해 준 것이었다.

연이어 새로운 도시가 나타났다. 지금까지 내가 달려온 것보다 더 새로운 신개발지였다.

그러나 나는 긴장하고 있었다. 어제 내게 특별히 강조했던 관리의 말이 새삼스럽게 떠올랐기 때문이었다.

"43번 국도를 따라 곧장 달려오시면 안 됩니다. 그러면 곧장 북수원으로 직행하시게 될 것입니다. 한 5분 가량 달려오시다 보면 오른쪽으로 '수지초등학교'로 들어가는 표시판이 나올 것입니다. 그 표시판이 나오면 샛길로 들어오셔야 합니다. 절대로 입구를 놓치시면 안 됩니다."

나는 메모지를 들어 다시 한번 확인하여 보았다. 메모지에는 '수지초등학교'라고 분명히 적혀 있었다. 나는 잊어버리지 않기 위해서 입으로 중얼거려 외워보았다.

"수지초등학교, 수지초등학교."

나는 출구를 알 수 없는 미로(迷路)에 빠진 느낌이었다. 수없는 반복훈련으로 출구를 발견하는 실험용 쥐처럼 내 앞에 펼쳐진 거대한 도시의 미로는 나를 실험용 미아로 만들고 있었다.

마침내 도로 한옆에 세워진 철제기둥에서 내가 찾던 '수지초등학교'의 표시판을 찾을 수 있었다. 하마터면 지나칠 뻔하였으므로 황급히 핸들을 꺾어 출입구처럼 빠져 나왔다. 갑자기 2차선으로 접어든 옛길이었다.

나는 본능적으로 찾아가고 있는 목적지에 거의 다 와가고 있음을 느꼈다. 첫 번째 네거리에 이르자 왼쪽으로 관리가 말하였던 것처럼 대기업의 기술원 건물이 보였고, 키가 낮은 야산으로 올라가는 언덕 길이 시작되었다. 아직 무시무시한 난개발의 발톱이 이곳까지는 미치지 못한 듯 오월의 신록들이 야산을 새파랗게 뒤덮고 있었다.

나는 차창을 열었다. 그러자 싱그러운 숲 냄새가 훈풍을 타고 스며들었다. 이곳의 옛 지명으로는 '서원골', 지금은 용인시의 상현동이지만 옛사람들은 이곳에 '심곡서원'이 있다 하여서 '서원골'이라고 불렀을 것이다. 기록에 의하면 심곡서원은 광교산의 끝자락과 이진산을 잇는 선상에 위치하고 있다 하였는데, 그렇다면 저 신록으로 뒤덮인 산의 이름이 광교산일 것인가.

어쨌든 서원에서 전해 내려오는 연보에 의하면 이곳에서 조광조는 젊은 시절 10년 가까이 머물렀던 것처럼 보인다. 연산군 6년 (1500년) 조광조 나이 19세 되던 해 아버지가 돌아가시자 3년간 묘막을 짓고 시묘하였으며, 끝난 후에는 선영묘 근처에 초당을 짓고 그곳에서 학문에 정진하였다.

이때의 기록을 연보는 다음과 같이 전하고 있다.

……선생은 이미 상을 벗었으나 애통함을 다하지 아니하여 마침내 묘 밑에다가 초당 몇 칸을 짓고 영원이 사모하는 곳으로 하고 또한 못을 파고 축대를 만들어 연꽃과 잣(은행, 느티)나무 두 종류를 심어놓고 쉬는 것을 의뢰하였다. 어머니를 봉양함에는 맛있는 음식을 드리고, 겨울에는 따스하게 하고, 여름에는 서

늘하게 해드림을 삼가하였다. 힘써 글 읽는 것을 그치지 아니하여 『소학(小學)』 『근사록(近思錄)』 『사서(四書)』로써 위주로 삼고, 그 다음의 모든 경서와 성리학에 대한 글들과 『통감강목(通鑑綱目)』 등을 읽었다. 매일 닭이 울면 세수하고, 머리 빗고, 엄숙히 단정히 앉아 심기를 편안히 하고, 구부리고 읽으면 우러러 생각하며 생각하여 터득하지 못하면 비록 날이 다하고 밤을 새우더라도 터득할 것을 기약하고 스스로 한정적인 생각은 절대로 하지 않았다. 참을성을 쌓고, 힘쓰기를 오래하며, 덕의 그릇이 성취되었으나 오히려 스스로를 속이지 않고 홀로 있을 때를 삼가는 것으로 힘씀을 삼았다. 이때 사화(戊午士禍)가 성하여 사람들은 선생이 하는 짓을 보고 어떤 사람은 미치광이라 칭하고, 어떤 사람은 재앙의 근원이라 칭하여 친구들이 간간이 끊어지기도 했으나 선생님은 이를 대수롭게 여기지 않았다.

조광조가 『소학』을 열심히 읽었던 것은 그의 스승 김굉필로부터 받았던 영향 때문이었다.

『소학』은 남송시대 주자(朱子)의 감수 아래 그의 제자인 유청지(劉淸之)가 편찬한 책으로 『대학(大學)』에 대응된 말이다. 초보교육을 위해 아동에게 일상적 예의범절과 어른을 섬기고 벗과 사귀는 도리를 가르치는 것을 목적으로 한다. 어릴 때부터 유교적 윤리관을 심어주기 위한 아동의 수신서(修身書)로 장려되었던 모든 교육기관에서 필수교과서로 읽힌 책이었으며, 모든 학문의 기초가 되었던 책이었다.

특히 조광조의 스승 김굉필은 소학동자라고 불리울 만큼『소학』을 읽는 데만 열중하였다. 김굉필은『소학』을 읽은 후「독소학(讀小學)」이란 시를 지었다.

학문을 배우고도 천기를 알지 못하더니
소학의 글 속에서 어제의 잘못을 깨달았네.
業文猶未識天機
小學書中悟昨非

김굉필이『소학』에 깊이 빠진 것 역시 그의 스승 김종직의 영향이 었는데, 김종직 역시 그의 부친이었던 김숙자(金叔滋)로부터『소학』의 중요성을 전수받게 되었으므로 이로부터『소학』을 중시하는 '소학파' 란 학통(學統)이 생겨나게 된 것이다.

이러한 학통은 특히 고려 신하로 굳게 지조를 지켰던 길재(吉再)와 세조의 쿠데타에 항의하여 관직을 버린 김숙자로 이어지는 사림파의 핵심적 교재로써 사용되고 있었다.

조광조는 스승의 영향을 받아『소학』을 중심으로 하는 경전들과 중국의 역사서인『통감강목』에 의지하여 연보에서 기록된 것처럼 주위 사람들로부터 미치광이란 말을 들을 만큼 이곳 일대에서 학문에 정진하였던 것이다.

경사진 오르막길을 오르자 곧 다시 내리막길이 나타났다. 안내판이 나타나지 않아 잠시 차를 멈추고 지나가는 사람에게 물으려 하는데 멀리 표지판이 보였다. 한눈에 유적지를 나타내는 갈색 이

정표였다. 일단 갈색 표지판이 나타난다는 것은 가까운 곳에 유적이 있다는 반가운 신호였으므로 나는 그대로 차를 몰고 다가가 보았다.

심곡서원.

마침내 어렵사리 미로를 헤치며 찾아온 뒤끝에 목적지인 심곡서원을 발견하게 된 것이다. 서원으로 들어가려면 왼쪽으로 급커브를 틀어 낮은 분지로 들어가야 했으므로 나는 조심스럽게 오가는 차량이 있는가를 살피며 샛길로 접어들었다.

인근에 사는 주민들이 텃밭을 만들어 채소를 가꾸고 있기 때문일 것일까. 작은 공터들이 보이고 둘러싸인 야산에는 온통 아파트 건물들이 병풍을 두르고 있었다. 그 공터에 초라한 몇 개의 건물이 보이고 마침내 홍살문(紅箭門)이 나타났다.

보통 홍살문은 능이나 묘, 궁, 관가들의 입구에 세운 것으로 두 개의 둥근 기둥을 올리고 지붕이 없이 붉은 살을 쭉 박고 가운데 태극 문양을 새긴 문이었다. 붉은 칠을 한 것은 잡귀신을 쫓고, 홍살문 안에는 위대한 사람의 신위가 있으므로 이곳에 들어오는 사람은 반드시 경건한 마음으로 참배하라는 주술적인 의미를 담고 있었다.

도로변에는 '하마비(下馬碑)'가 우뚝 서 있었다. '누구든지 그 앞을 지날 때에는 말에서 내리라'는 뜻을 가진 석비로 품귀에 따라서 1품 이하는 10보, 3품 이하는 20보, 7품 이하는 30보 앞에서 내려 걸어가게 되어 있는 '대소인원개하마비(大小人員皆下馬碑)'인 것이다.

그러나 나는 말에서 내리지 않았다. 홍살문 안으로 작은 주차장이 보였으므로 그대로 차를 몰고 들어가 그곳에 차를 세웠다.

차에서 내리자 오월의 햇살이 플래시를 한꺼번에 터트리듯 작열하고 있어 눈이 부실 정도였다. 낮은 울타리를 따라 피처럼 붉은 연산홍의 꽃들이 흐드러지게 피어 있었고, 서원 뒤편의 숲속에 아카시아 꽃들이라도 만발한 듯 달콤한 꽃 냄새가 풍겨오고 있었다.

그러나 서원 주위는 문자 그대로 천지개벽이었다. 마음 같아서는 그대로 까뭉개고 그곳에 새 아파트를 짓고 싶지만 명색이 유형문화재 제7호로 지정돼 있는 유적지라 어쩔 수 없이 보존하고 있는 듯 서원의 건물들은 흥부네 집 아이들의 해진 옷을 기운 누더기처럼 간신히 그곳에 남아 있었다. 원래는 야산을 등뒤로 하고 양지바른 명당자리에 세워진 서원이었지만 이제는 볼썽사나운 고층아파트들로 둘러싸여 서원은 데리고 온 의붓자식처럼 천덕꾸러기 취급을 받고 있었다.

서원의 입구는 세 칸의 솟을대문으로 이루어진 외삼문(外三門)으로 돌계단 위에 우뚝 서 있었다. 홍살문처럼 역시 붉은 칠을 한 대문에는 각각 태극문양이 그려져 있었고, 검은 바탕에 흰 글씨로 쓰여진 '심곡서원'이란 현판이 내걸려 있었다. 그러나 그것보다 강렬하게 내 눈을 사로잡은 것은 서원 바깥에 있는 작은 못이었다.

기록에 의하면 조광조는 이곳에 스스로 못을 파고 그곳에 연꽃을 심었다고 한다. 그렇다면 이 못자리가 조광조가 만들었다는 그 연지(淵池)가 아닐 것인가. 그러나 철책으로 둘러싸인 못자리는 물조차 없는 메마른 구덩이에 지나지 않았다.

어떻게 이럴 수가 있는가.

개발, 개발에만 온 정신을 팔고 있는 사람들. 그러나 그들은 소중한 문화유산을 보존하는 데는 이와 같이 무신경하다. 아파트 한 채에 들어가는 주방기구의 값만으로도 조광조가 만들었던 연못은 복원될 수 있을 것이다. 아파트 거실에 매달린 고급 샹들리에의 조명 값만으로도 그 못에 연꽃을 심을 수가 있을 것이다.

그렇다.

미친 것은 우리들이다. 기록에 의하면 사람들은 '선생이 하는 것을 보며 어떤 사람은 미치광이라 칭하였다'고 하지 않았던가. 그러나 미치광이는 조광조가 아니라 후세를 사는 우리들인 것이다. 무엇이 소중한지 무엇이 귀한지 모르고 오로지 경제적 논리에 의해서 이익을 좇고 프리미엄에 미쳐 있는 미치광이들.

그 메마른 구덩이가 조광조가 직접 만든 연못임을 증명할 수 있는 증거가 바로 못자리 위쪽에 그대로 남아 있었다.

기록에 의하면 조광조는 '이곳에 연못을 만들고 잣나무 두 종류를 심어놓고 쉬는 것을 위탁하였다'고 전하고 있다. 조광조가 심었던 잣나무는 은행나무와 느티나무. 그 나무들이 연못 위쪽 위에 아직도 남아 있었던 것이다.

지금도 남아 있는 나무들은 은행나무와 느티나무가 세 그루, 나는 연못가에 있는 느티나무로 올라가 보았다. 나무 밑동 옆에는 이 느티나무가 경기도에 의해서 보호수로 지정되었음을 알리는 안내판이 서 있었고, 수령 5백 년이 되었음을 알리고 있었다. 느티나무 옆에는 향나무의 괴목(槐木)이 나란히 서 있었는데, 5백 년이 된 느티나무임에도 불구하고 나무의 높이는 17미터, 밑 둘레가 4미터에 이를 만큼 거목으로 자라 있었다.

조광조가 죽고 왕이 바뀌고 왕조가 멸망하고 전쟁이 일어나는 5백 년 동안 그가 심은 나무는 예나 지금이나 변함없이 그 자리에서 움직이지 않고 역사의 진리를 말하여주고 있는 것이다.

나는 돌계단을 올라 외삼문으로 다가갔다. 솟을대문 옆에는 심곡서원을 설명하는 안내문이 적혀 있었다.

심곡서원.

이곳은 중종 때의 문신 정암 조광조를 기리기 위해서 효종 원년(1650년)에 건립된 서원으로 그해에 비로소 사액을 받았다. 현종 14년(1673년) 강당이 중건되었다. 고종 대원군의 철폐 때에도 훼철되지 않았던 전국 47개 서원 가운데 하나이다. 조광조는 연산군 때의 폭정을 개혁하기 위해서 중종에 의해서 등용된 인물로 향약보급운동, 반정공신위훈(反正功臣僞勳) 삭제, 현량과 실시 등 각종 개혁정치를 추진하였다. 그러나 개혁의 내용이 지나치게 급진적이어서 훈구대신들이었던 남곤, 심정들의 정치적 반격이라 할 수 있는 기묘사화가 일어났다. 이 사화로 조광조는 전라도 능주로 유배되어 그곳에서 죽임을 당하였다. 선조 때 영의정으로 높임을 받고, 문정공(文正公)이란 시호를 받았다. 심곡서원은 사당과 강당만으로 이루어진 조선 후기의 소규모 서원이지만 건물은 상당히 짜임새 있다.

외삼문 천장 밑에는 '심곡서원'이란 현판이 내걸려 있었다. 나는 그 현판이 안내문에 나와 있는 대로 효종이 내린 편액인가 하고 유심히 살펴보았다. 그러나 아니었다.

임금이 내린 편액이라면 그곳에는 분명히 사액이란 글귀가 명기되어 있기 마련이었다. 그러나 그곳에는 아무런 글귀가 적혀 있지 않았다.

외삼문은 굳게 잠겨져 있었다. 일년에 두 번 음력 2월과 8월 중정일(中丁日)에 대제를 올릴 때만 열어놓으며, 사람들은 다만 서쪽에 있는 협문을 통해야만 서원 안으로 들어갈 수 있음이었다.

나는 서협문을 통해 서원 안으로 들어갔다. 안으로 들어가자 이곳 건물 중 가장 큰 건물인 강당이 나타났다. 강당 위에는 다음과 같은 글씨의 현판이 걸려 있었다.

日照堂.

한눈에 조광조의 절명시 중 '밝은 해가 아래 세상을 내려다보니 거짓 없는 이내 충정 환하게 비추리라.(白日臨下土 昭昭照丹衷)'에서 한 자씩 빌려와 지은 당호임을 알 수 있었다.

건물의 형태는 덤벙추초라 불리우는 주춧돌 위에 원통주를 세운 초익공집으로 합각지붕에 겹처마로 되어 있었다. 각 칸마다 판자로 된 문비(門扉)가 달려 있었다. 건물 안에서부터 글 읽는 소리가 들려오고 있었다. 반쯤 열린 창호문을 통해 안을 살펴보니 어두운 실내에서 몇 명의 사람들이 책을 펴놓고 무엇인가를 소리내어 읽고 있었다. 그 소리의 정체는 곧 밝혀졌다. 주차장에 차를 세울 때도 두 대의 승용차가 이미 주차되어 있었고 건물 뒤쪽으로 돌아가 보니 강당문 앞에 신발들이 가지런히 놓여 있는 것을 보아 강당 안에서 무슨 모임이 있는 모양이었다.

　서원의 옛 건물을 단순히 유적으로만 보존하지 않고 인근에 사는
사람들끼리 이곳에 모여서 함께 글공부를 하는 장소로 활용하고 있
는 것 같아 마음이 흡족하여졌다. 건물 뒤쪽에는 사우(祠宇)로 들어
가는 내삼문이 따로 마련되어 있었다. 경내에서 조광조를 배향하는
제사의 중심 공간인 지존한 사당을 지키는 마지막 문으로 가운데
문은 제향시 제수만이 통과할 수 있는 신문(神門)이었다. 천장 밑에
는 현판이 걸려 있었다.

　深谷書院 庚寅年 七月二十七日 賜額.

　사액이란 글씨가 분명히 양각되어 있는 것을 보아 이 현판이 임
금 효종으로부터 사액된 편액임이 분명하였다. 경인년이라면 효종
원년(1650년), 마침내 효종은 친필로 사액하여 내림으로써 정식으로
조광조의 복원을 만천하에 공표하게 되는 것이다. 실로 조광조의
사후 130년 만의 일인 것이다.

　나는 효종이 직접 쓴 '심곡서원'의 현판을 우러러보았다. 검은색
바탕의 흰 글씨로 양각된 효종의 어필은 능숙한 솜씨의 달필은 아
니었으나 한 자 한 자 정자체로 공들여 쓴 필치였다.

　일찍이 청나라의 볼모로 잡혀갔다가 즉위한 뒤 청나라에 대한 복
수를 결심하고 북벌계획을 세웠던 강골답게 글자 하나하나에는 혼
이 깃들어 있었다. 31세의 나이에 왕위에 오른 효종은 즉위하자마
자 친청파에 대한 숙청을 단행하고, 송시열과 같은 반청파를 등용
한다. 또한 오랫동안 역적으로 몰려 있던 조광조에 대한 사액을 내
린 것을 보면 얼마나 효종이 자주정신에 투철하였던가를 말해주고

있는 것이다.

그뿐인가.

효종은 '심곡서원'이란 사액을 직접 내렸을 뿐 아니라 예조좌랑 채지연(蔡之沇)을 직접 이곳까지 보내어 조광조의 영령 앞에 제사를 지내도록 명령한다. 이 제문을 지은 사람은 이시해(李時楷).

이시해는 선왕이었던 인조의 실록을 편찬한 당대 제일의 문장가로서 효종이 형 소현 세자와 더불어 청나라의 심양에 볼모로 갈 때 호종하였던 인연으로 효종의 각별한 총애를 받고 있던 문신이었다.

효종은 이시해로 하여금 치제문(致祭文)을 지어 올리도록 하는 한편 채지연을 보내어 조광조의 신위 앞에서 이를 낭독하도록 하였다.

이 기록이 치제문 서두에 나오고 있다.


국왕은 예조좌랑 채지연을 보내어 선정신(先正臣)인 문정공 조광조의 영령(英靈)에 제를 드리노라.

國王遣臣禮曹佐郎蔡之沇 諭祭于先正臣文正公趙光祖之靈.


경의 기상은
산악의 정신인 듯 북두의 결정인 듯
영봉(靈鳳) 같은 상서(祥瑞)며 금옥같이 윤택하다
어려서 학문에 뜻을 두고
개연(慨然)히 분발하여 대도(大道)를 탐구했네
역법(曆法)은 하정(夏正)쓰고 면류관은 주(周)의 제도
일찍부터 지닌 포부 왕좌지재(王佐之才) 그 아닌가

이 나라 동녘 땅에 문화가 싹튼 것은

기자(箕子)가 우리 땅에 오면서 시작됐네

그 덕화(德化) 그 교훈이 그 뒤로 침체되어

신라 고려 지나면서 큰 발전 없었도다

두절된 그 학문을 문경공이 창시하고

경 또한 분발하여 정통을 받았도다

방향을 제시하고 앞길을 알려주니

문왕이 아니어도 그침 없이 분기(奮起)한다

흉중(胸中)에 쌓인 지식 자연히 대도(大道)와 부합되며

언어와 동작은 법도에 어김없다

조용히 생각하고 밤낮으로 신칙(申飭)하여

엄연하고 숙연한 그 위의 어긋남이 없었도다

굳건하고 엄밀하게 다듬고 갈고하여

영화가 밖으로 발하여

선명한 그 광채가 옥같고 물과 같네

법도 있는 품위는 일거일동(一擧一動)에 나타나고

고고한 학의 맑은 울음 구천까지 들려주어

임금께 신임받아 천재일우(千載一遇) 되었도다.


나는 내삼문의 협문을 거쳐 사우 앞으로 들어가 보았다. 사당은 장대석으로 만든 기단 위에 방주(方柱)를 두르고 맞배지붕을 한 건물이었는데, 문은 닫혀 있었다. 어쨌든 서원 경내에서 가장 신성한 장소였으므로 망설여지긴 했지만 그렇다고 따로 관리인을 불러 안

내를 받을 처지가 못 되었으므로 나는 그냥 문을 열고 사당 안으로 들갔다.

정면으로 붉은 커튼이 가려진 조광조의 영정이 보였다. 나는 그 커튼을 젖혀보았다.

검은 관모에 양손을 소매 속으로 찔러 넣고, 흰색 관복을 입은 조광조의 영정은 이미 지난가을 능주의 적중거가에서 본 그대로의 동일한 전신상이었다.

두루마리 바깥으로 흰색 버선을 신은 조광조의 두 발이 밖으로 삐죽이 나와 있었다. 그 발을 보자 나는 문득 갓바치가 직접 만들어 보냈던 한짝은 검고, 한짝은 흰 태사혜의 신발이 떠올랐다. 전해 내려오는 야사에 의하면 조광조는 죽기 직전 양팽손에게 자신이 죽으면 그 신발을 신겨달라고 유언하였으며, 양팽손은 이를 지켜 그대로 시행하였다고 한다.

저 흰색 버선발 위에 신겨졌던 한짝은 검고, 한짝은 흰 짝짝이의 비단신.

천층 물결 속에 몸이 뒤집혀 나오고
천년의 세월도 검은 신을 희게 하지는 못하는구나.

조광조가 죽어 이미 5백 년이 흘렀음에도 갓바치가 마지막으로 쓴 참위의 수수께끼는 여전히 풀리지 않고 있다.

영정 앞에는 붉은색 제단이 놓여 있었고, 제단 위에는 나무로 만든 물건 하나가 놓여 있었다. 나는 그 물건을 감싸고 있는 뚜껑을 밀어 올려 내용을 확인하여 보았다. 그 나무 조각 위에는 다음과 같은 글씨가 적혀 있었다.

贈領議政文正公靜菴趙先生神位.

이것인가.

나는 그 초라한 신위를 물끄러미 쳐다보면서 생각했다.

이것이 조광조의 신위인가. 신위라면 죽은 조광조의 영혼이 의지하여 머물러 있는 자리. 이 한갓 초라한 나무막대기 위에 조광조의 영령이 머물러 있단 말인가.

사당 안 동쪽으로 또 하나의 제단이 만들어져 있었다. 그곳에는 영정도 보이지 않고 다만 붉은색으로 칠하여진 또 하나의 신위가 놓여져 있을 뿐이었다. 나는 다시 그 나무상자의 겉면을 벗겨 보았다. 그 안에는 다음과 같이 쓰여진 또 하나의 신위가 놓여 있었다.

學圃梁先生神位.

학포 양팽손은 조광조와 뗄래야 뗄 수 없는 불가분의 인연을 맺고 있었다. 조광조의 시신을 고향 앞 골짜기에 가매장하여 들짐승의 밥이 되지 않도록 하였을 뿐 아니라 이듬해 봄 조광조의 시신을 이곳까지 운구하였던 은인이었다. 두 사람이 최초로 인연을 맺은 것은 1506년 중종 원년 양팽손의 나이 19세가 되던 해였다. 이 무렵 조광조는 이곳에서 학문에 정진하고 있었는데, 도가 지나쳐 '사람들은 선생이 하는 것을 보고 어떤 사람은 미치광이라 칭하고 어떤 사람은 재앙의 근원이라 칭하여 친구들이 간간히 끊어지기도 했으나 선생은 대수롭지 않게 여기기도 하였다'고 기록하고 있을 정도였다. 친구들마저 찾아오지 않을 정도로 미친 사람처럼 학문에 열중하던 조광조에게 그러나 여섯 살이나 어린 양팽손은 소문을 듣고 조광조를 찾아간다. 이때의 기록이 양팽손의 연보에 남아 있다.

선생이 개연(慨然)히 도를 구할 뜻이 있어 의리를 연구하고 경제(經濟)에 마음을 두었으나 지식을 개척해 나가지 못함을 허물로 여겨 드디어 정암 선생을 찾아가 더불어 경지(經旨)를 강구하고, 사물을 토론하니, 정암도 그 깊이 학식과 재능을 인정하여 세상에 필요한 큰 그릇이라 하였다.

이처럼 양팽손은 친구들로부터 따돌림을 받고 있던 조광조를 불원천리하고 능성에서 용인으로 찾아간 붕우였으며, 마침내 조광조가 진사시험에 방수(榜首)되고, 양팽손이 생원시험에 일등으로 합격한 후에도 두 사람은 서로 강론하고 질의하여 빠진 날이 없었던 것이다. 이때의 기록이 연보에 다음과 같이 남아 있다.

정암이 일찍이 "내가 양팽손과 더불어 이야기함에 마치 지초(芝草)나 난초의 향기가 사람에게서 풍기는 것 같다" 하였고, 또 그 기상을 일컬어 "비개인 뒤의 가을하늘이요, 구름이 막 걷힌 직후의 밝은 달이다. 인욕이 깨끗이 다 없어졌다" 하였다.

조광조가 양팽손을 '마치 지초나 난초의 향기가 사람에게서 풍기는 것 같다'고 평한 내용은 지란지교(芝蘭之交)에서 나온 말이다. 지란지교는 '지초와 난초 같은 향기로운 사귐'이란 뜻으로, '벗

사이의 맑고도 높은 우정'을 이르는 말인 것이다.

이 말은 공자가 「교우편(交友篇)」에서 친구와의 우정을 다음과 같이 강조한 것에서 비롯된다.

선한 사람과 함께 있는 것은 향기로운 지초와 난초가 방 안에 들어가는 것과 같아서 오래되면 그 냄새를 맡지 못하나 이는 곧 향기와 더불어 동화된 것이다.(與善人居 如入芝蘭之室 久而不聞其香 卽與之化矣)

공자는 선한 사람과의 우정뿐만 아니라 선하지 못한 사람과의 교우도 경계하고 있어 이렇게 말하고 있다.

선하지 못한 사람과 같이 있으면 절인 생선가게에 들어간 것과 같아서 오래되면 그 나쁜 냄새는 알지 못하나 그 냄새와 더불어 동화되는 것이다. 이는 붉은 주사(朱砂)를 지니고 있으면 붉어지고 검은 옻(漆)을 지니고 있으면 검어지게 되는 것이니, 군자는 반드시 그와 함께 있는 것을 삼가야 한다.

조광조와 지란지교를 맺었던 양팽손. 그의 연보는 조광조와의 향기로운 우정을 기록하고 있다.

정암이 능성으로 귀양 오자 선생은 정암과 더불어 언제나 곤궁한 처지에서라도 도리어 형통함을 잊지 말자고 서로 권면하였다. 정암이 말하기를 "우리 두 사람이 여기에서 공유하게 된 것이 아마도 우연이 아닐 것이니 서로 간절히 하고 자세히 권면하여 본뜻을 이룩하고 큰 허물이나 짓지 않도록 합시다." 이에 선생도 말하기를 "이제 인정이 망가졌는데 우리가 귀양을 와서 이렇게 못다한 학문을 마치게 되었으니 이 또한 하늘의 뜻인가 보다" 하였다. 그리고 경의(經義)를 연마하지 않을 날이 없었고, 어쩌다가 며칠만 서로 보지 못하면 곧바로 편지가 왕복하였다.

그러나 뭐니뭐니 해도 양팽손이 지초와 난초처럼 향기로운 사람이었던 것은 조광조의 사후에 그가 보인 행동이었다. 역적죄로 사사된 죄인의 시신은 함부로 수습할 수 없음에도 불구하고 양팽손은 조광조의 시신을 홀로 염하고 매장하였던 것이다.

이때의 기록도 연보에 나오고 있다.

정암이 사사의 명이 이르자 선생이 손을 잡고 결별을 했는데 다른 말은 하지 않고 다만 하는 말이 "각자 우리 왕에게 해야 할 도리를 할 뿐이다"고 하였다. 이날은 바람도 매섭고 눈이 많이 내려 사람들이 그 추위를 견딜 수 없었는데, 선생은 홀로 적려의 밖에서 종일토록 통곡하여 울고, 몸소 염을 하며, 빈소를 마련하고 전(奠)을 올리며 슬픔을 극진히 하였다.

그뿐인가.
이듬해 봄, 날이 따뜻해지자 조광조의 체백(體魄)을 용인에 보내

장례를 치르도록 하였던 것이다. 체백이란 죽은 지 오래된 송장을 가리킨 말로 주로 객사하여 임시로 땅속에 가매장한 시신을 말함이다. 양팽손이 없었더라면 조광조의 시신은 들짐승의 밥이 되어 이와 같은 서원도 조광조의 무덤도 남아 있지 못하게 되었을 것이다. 이때 양팽손은 우분(憂憤)으로 병이 나서 장례에 참석치 못하였다고 한다. 그 대신 양팽손은 그의 고향에 조광조의 사당까지 건립하는 것이다. 이때의 기록도 연보에 실려 있다.

　　선생이 매양 정암을 이야기하려면 곧 눈물을 흘리더니 이때
　　이르러 쌍봉의 중조산 아래에 사당을 짓고 문인과 자제를 시켜
　　춘추로 제사를 지내도록 하였다.

　오늘날 조광조를 위대한 사상가로 보는 사람도 있지만 실패한 정치가로 보는 사람도 있다. 그러나 조광조가 양팽손이란 사람과 죽음을 뛰어넘는 향기로운 지란지교의 우정을 맺음으로써 '나를 낳아준 사람은 부모이지만 나를 알아준 사람은 포숙아이다.(生我者父目 知我者鮑叔牙)'이라고 탄식한 관중처럼 자신을 진정으로 알아주는 친구를 가졌던 조광조를 인생의 성공자로서 평가하는 데는 이의가 없을 것이다.

　그러나 조광조의 신위를 모신 심곡서원에 양팽손이 함께 배향된 것은 극히 최근의 일로 1958년에 이르러서야 시행되었으니, 참으로 아이러니컬한 일일 것이다.

　나는 묵묵히 조광조의 영정을 바라보았다. 조광조의 영정을 모시

고 일년에 두 번 제례를 지내고 있지만 사당 안은 울긋불긋하게 그린 변두리 극장의 싸구려 간판처럼 조잡한 느낌이었다. 나는 문득 효종 원년에 왕이 직접 예조좌랑 채지연을 보내어 제를 올렸을 때 낭독하였던 치제문의 마지막 부분을 떠올렸다. 당대의 문장가였던 이시해가 어명으로 지어올린 제문답게 명문이었던 치제문의 마지막 부분은 다음과 같다.

> 굳히고 다진 맹세 나쁜 풍속 모두 고쳐
> 더 없이 순후한 태평성세 만들고자
> 이런 계획 이루어져 성과가 나타나서
> 우리 임금 요순같이 거의 되게 되었는데
> 소인배가 틈을 타고 가진 흉계 다 부려서
> 청천백일(靑天白日) 흑운되어 변괴가 발생했네
> 군신간에 가진 의논 좋은 정치하자고 했는데
> 소인들은 음모하여 오만 간계 다 꾸몄다
> 그 당시 북문의 화는 천고의 슬픔이네
> 공자 같은 성인도 천하를 순환했고
> 주자 같은 현인도 위학으로 몰렸었네
> 성공을 못 본 것은 이 아니 천명인가
> 국가의 운명이지 경과는 관계없다
> 하늘은 어이하여 현철(賢哲)을 내어놓고
> 상란(喪亂)을 입히다니 이것이 웬말인가
> 사문(斯文)이 화를 입자 사기마저 꺾였으며

우리 도가 불행하여 불귀객이 되시다니

성조께서 보살피어 증시(贈諡)하고 증직(贈職)하여

국맥을 다시 이어 사림이 힘입었다

주공 공자 경륜도덕(經綸道德) 공언(空言)으로 되었는데

경의 창시 아니더면 존숭(尊崇) 할 줄 누가 아랴

천리와 인심은 경에 의해 밝아지고

도학을 전승한 공(功) 정자·주자 못지 않네

위대하다 경의 공로 오랠수록 빛이 나서

영원히 백세토록 종주로 떠받드니

부색(否塞)함은 잠깐이고 신장됨은 오래도다

구성(駒城) 땅 저 한편에 완연한 송추있어

사당 짓고 신주 앉혀 춘추로 제향한다

현판을 높이 달아 심곡이라 이름하고

예관을 보내어서 술잔을 드리오니

밝으신 영령은 나의 이곡(裏曲) 받아주오.


과연 그러한가.

나는 팔짱을 끼고 조광조의 영정을 바라보며 생각하였다. 과연 치제문의 내용처럼 조광조의 공로는 위대해서 오랠수록 빛이 나고 있는가. 영원히 백세토록 조광조의 업적은 신장되고 있음일 것인가.

그때였다. 건물 밖에서부터 떠들썩한 인기척이 들려왔다. 강당 안에서 모였던 사람들이 회합을 끝내고 뿔뿔이 흩어지는 모양이었다. 나는 사당을 나와 강당 쪽으로 걸어갔다. 주로 나이 들어 은퇴

한 사람들이 헤어지며 인사를 나누고 있다 나를 보았다. 그 중의 한 명이 내게 명함을 주며 악수를 청하였다.

"일주일에 한 번씩 모여서 논어도 배우고, 경전도 공부하고 있습니다."

대학의 교수로 있는 분이 자원봉사하여 모임을 이끌고 있는 모양이었다. 심곡서원이 다만 문화재로만 남아 있지 않고 산교육의 현장으로 활용하고 있다는 사실이 내겐 우선 반가웠다.

"다른 사람들은 이곳에 모여 서예공부도 하고 있습니다."

강당 옆에는 '장서각(藏書閣)'이란 현판이 정면에 내어 걸린 건물이 있었다.

"저 안에는 아직도 많은 책이 보관되어 있습니까?"

내가 묻자 교수가 대답하였다.

"글쎄요. 원래는 67종의 486권의 책이 소장되어 있었고, 『정암집』목판본이 보관되어 있었지만 두 차례 걸쳐 도난되어 지금은 대부분 사라져버리고 서고 역할만 하고 있을 뿐입니다."

나는 쓸쓸한 느낌이었다. 원래 심곡서원에는 치사재(治事齋)란 건물이 있어 원생들이 기거하며 공부를 하던 서원이었다.

서원은 원래 지방 사림세력의 구심점이며, 나아가 중앙 정치세력의 기반으로서의 기능을 갖고 있던 중요한 거점이었다. 따라서 서원은 학문연구와 선현제향을 위해서 사림에 의해 건립된 사설 교육기관임인 동시에 향촌의 자치운영기구였던 것이다.

그런 의미에서 서원은 성리학적 보급인재를 양성하기 위한 조선조 최고의 학당이었으며, 오늘날의 대학에 해당하는 고등교육기관이었던 것이다. 그런데 원생들은 사라지고 장서각에 보존되었던 귀중한 교재들은 도난으로 사라져버린 것이다.

사람들이 사라지기를 기다려 나는 강당 안으로 들어가 보았다. 원생들이 모여서 화합과 학문에 정진하던 강당 안에는 문화재급에 해당하는 중요한 유물이 보존되어 있었기 때문이었다.

나는 특히 송시열이 쓴 '심곡서원강당기(深谷書院講堂記)'와 숙종 대왕이 조광조의 문집을 간행됨을 축하하며 쓴 '어제(御製)'의 두 현판을 내 눈으로 직접 보고 싶었다.

송시열은 평생 조광조를 흠모하였던 성리학자로 직접 능주에 있는 '적려유허비문'을 썼을 뿐 아니라 1637년 10월에는 심곡서원을 방문하고 그 기문을 목판에 새겨 강당 천장에 내걸었던 것이다.

과연 송시열의 강당기는 빼곡히 채운 문장으로 천장벽에 걸려 있었다. 그보다 내 눈을 강렬하게 사로잡은 것은 숙종대왕이 직접 지은 어제였다.

민진원은 왕비였던 인현왕후의 동생으로 문장과 글씨에 뛰어난 문신이었는데 숙종이 죽은 후 '임금은 돌아가셨으나 신하인 자신은 아직도 살아 있다' 하여서 미사신(未死臣)이란 겸사(謙辭)로서 자신을 칭하고 몸소 숙종의 뜻을 받들어 『어제』를 기록하였던 것이다.

숙종의 『어제』에 나오는 「시골의 노파들도 역시 존경하였다네(野嫗亦尊敬)」에는 다음과 같은 일화가 있다.

연보에 의하면 조광조에게 사명이 내리자 아우 숭조(崇祖)가 분망히 길을 가는데 어떤 할머니가 산 가운데로부터 슬피 울며 나오더니 묻기를 "무슨 일로 곡을 합니까" 하였다. 숭조가 대답하기를 "저는 형이 죽었기 때문에 곡을 합니다만 할머니는 어째서 곡을 합니까?" 하니, 할머니는 대답하였다. "나라에서 조광조를 죽였다고 하니, 어진 사람이 죽으면 백성들은 도대체 누구를 믿고 살아야 합니까" 하였다.

강령현(康翎縣), 지금의 경기도 옹진군에서는 한 농부가 마침 닥친 가뭄의 원인을 두고 조광조를 죽인 탓이라 했다가 처벌을 받았다는 기록까지 전하고 있는 것이다. 민진원은 숙종의 어제를 간행 뒤 다음과 같은 소감을 밝히고 있다.

숙종 어제가 간행된 뒤에는 제생들이 비로소 이를 볼 수 있었다. 감모의 정성을 감당치 못하여 당차 서원의 벽에 걸어서 영구히 교훈을 남기고자 하여 나에게 부탁하여 베껴 쓰게 하였다. 내 삼가 완미하고 엄숙히 읽어보니 우리 성고(聖考, 숙종)께서 유학을 높이고 도를 귀중히 여기셨으며, 세상에 드문 상감의 지극한 뜻을 엿볼 수 있었다. 한 번 읊조리고 세 번 탄식하여 감동하여 눈물이 절로 솟아나왔다. 삼가 엎드려 절하여 눈물을 씻고 이를 쓴다.

나는 '서원의 벽에 걸어서 영구히 교훈을 남기고자 썼다'는 민진원의 현판을 강당 천장에서 찾아내 이를 천천히 읽어보았다.

강당 천장 벽에는 송시열의 '강당기'를 비롯하여 '학규(學規)',

'중건기(重建記)' 등 많은 현판들이 걸려 있었으나 대부분 일정한 규격 속에 많은 내용을 빼곡히 담고 있어 판독하기가 불가능하였지만 유독 숙종대왕의 어제만은 굵은 필체로 양각되어 있었고, 마모상태도 양호하여 한 자 한 자 정확히 읽어 내려갈 수 있었다. 민진원이 추신하여 쓴 문장 제일 뒤에는 이러한 내용이 기록되어 있었다.

崇禎後再庚戌首春 未死臣 閔鎭遠 敬識.

재경술이라면 1730년. 수춘은 1월이니, 민진원이 숙종대왕의 뜻을 받들어 어제를 삼가 적은 것은 조광조의 사후 2백 년 후의 일인 것이다.

그러나 과연 그러한가.

나는 팔짱을 낀 채 다시 생각하였다. 조광조의 사후 2백 년이 흐른 뒤에 숙종은 '늘 돌아가시기 전에 한 말씀 생각하면 눈물이 절로 솟아 나온다'고 노래하였다. 숙종이 돌아갔음에도 신하인 자신은 황공하게도 살아 있다 하여서 죽지 못한 신하, 즉 미사신(未死臣)이라고 표현하고 있는 민진원 역시 '한 번 읊어보고 세 번 탄식하여 감동하여 눈물이 절로 솟아 나왔다'고 칭송하고 있다.

또한 효종의 어명으로 이시해는 치제문을 통해 조광조를 '위대하다. 공의 경로는 오랠수록 빛이 나서 영원히 백세토록 종주(宗主)로 떠받드니'하고 축원하고 있다.

그뿐인가. 송시열은 「강당기」에서 조광조를 다음과 같이 영탄하고 있다.

선생은 뛰어난 자질로 문장의 기운을 지니시어 스승의 전수를 받지 않고 홀로 도의 묘리를 터득하시었다. 이는 순수한 성현의 도요, 순전한 제왕의 법이었다. 비록 일시에 행하지는 못하였으나 후세에 전하는 것은 더욱 오랠수록 없어지지 않으리라. 아, 이것이 어찌 인력이 관여할 일인 것인가. 하늘이 실로 그렇게 한 것이다.

송시열로부터 '성현의 도'와 '제왕의 법'을 갖추었던 하늘이 내린 인물로 찬양 받았던 조광조.

그러나 조광조는 이처럼 후세의 사람들로부터 칭송만 받았던 인물은 아니었던 것이다. 조광조의 사후 그에 대한 복권운동이 시작되자 홍문관 직제학이었던 허흡(許洽) 등은 조광조를 '나라를 어지럽히는 괴수'라고 단정하여 맹렬하게 비난하였다고 실록은 전한다. 심지어 조광조와 같은 신진사림파로 함께 김굉필의 문하에서 수학하였으며, 기묘사화 때는 조광조 일파로 몰려 삭직당하고 유배를 떠났던 김정국은 『사재척언』에서 조광조를 비판하고 있는 것이다.

대사헌 조광조는 항상 총애를 받아 매양 소대(召對)할 때에는 반드시 의리를 끌어와 비유하였다. 종으로 횡으로 경서의 말을 인용하여 말을 정지하는 때가 없으니 다른 사람은 그동안에 한 마디 말도 하지 못했다. 비록 한겨울과 한창 더위라도 한낮이 지나도록 그치지 않았고, 소대를 마치고 나면 윤허되지 않은 일이 없었다. 같이 있던 자는 매우 괴롭게 여겼고, 모두 싫어하는 기색이 있었다. 일찍이 대사헌으로서 아문에 출사하다가 길에서 고형산을 만났으나 경례하지 않고 지나갔는데, 대사헌을 미워하는 자는 모두 이를 같았다. '한서'를 상고하여 보니 소망지(蕭望之)가 어사가 된 후에는 정승을 가볍게 여겨 만나고도 예를 표하는 일이 없는 것과도 같았다. 또한 장탕(張湯)도 어사가 되어 매양 밤이 늦어야 일을 파하였다. 두 사람이 어질고 어질지 않음은 비록 같지 않으나 거만하고 정사를 제 마음대로 하다가 죄를 당한 것은 같다. 예나 지금이나 군자의 몸가짐에는 공경하고 겸손한 것이 복을 누리는 터전이 된다. 어찌 경계하지 않으리오.

같은 신진사림파였던 김정국으로부터도 '예나 지금이나 군자의 몸가짐에는 공경하고 겸손한 것이 복을 누리는 터전이 된다. 어찌 경계하지 않으리오.(古今一轍君子處身持敬謙遜享福之基可不戒哉也)'라는 경책을 받았던 조광조. 비록 도덕적으로는 훌륭한 군자였지만 정치가로서는 치명적인 약점을 갖고 있었던 것으로 보인다.

그 하나는 말을 즐겨하는 다변과 자기의 뜻만이 옳다고 생각하는 독선적인 교만이었던 것이다. 『조선왕조실록』에도 조광조가 경연에서 말을 독차지하여 '한번 말을 꺼내면 하루 종일 계속되어 차츰 조광조의 집요함에 실증을 느껴 중종은 낯빛을 찡그리고 싫어하는 기색이 완연하였'고 전할 정도로 조광조는 말을 독점하고 자신의 정치적 주장을 굽히지 않았던 것이다.

결국 다변은 정치가에게는 예나 지금이나 치명적인 독이 되는 법. 정치가들은 무엇보다 말을 아끼고, 말에 신중해야 하는 것이다.

일찍이 송나라의 태종은 이방(李昉)에게 칙명을 내려『태평총류』를 편찬하게 하였다.

훗날 태종이 하루에 세 권씩 읽어 일년 만에 완독하였다고 해서『태평어람(太平御覽)』이란 제목으로 바꾼 이 책에는 이러한 명언이 나오고 있다.

정신은 감정에 의해서 발현되며, 마음은 입을 통해서 발표된다. 복이 생기는 것은 그 징조가 있으며, 화가 생기는 데도 그 단서가 나타난다. 그러므로 함부로 감정을 표출하거나 지나치게 수다를 떨어서는 안 된다. 작은 일은 큰일의 시작이 되고, 큰 강도 작은 개미구멍으로 터지며, 큰 산도 작은 함몰로 기울어진다. 이처럼 작은 일이라도 삼가지 않으면 안 된다. 병은 입으로 들어가고 화는 입에서 나오는 것이므로 군자란 항상 입을 조심하지 않으면 안 된다.

'입은 화의 근원'이라는 이 말에서부터 '구시화문(口是禍門)'이라는 성어가 나온 것. 그러므로 특히 백성을 이끄는 지도자는 항상 말을 아끼고 말을 조심해야 하는 것이다. 평소에 공자의 설법을 유치한 행위라고 무시하였던 노자는『도덕경』에서 의미심장한 진리를 말하고 있다.

"참으로 아는 사람은 말하지 않고, 말하는 사람은 참으로 알지 못한다.(知者不言 言者不知)"

참으로 아는 사람은 말하지 않고 오직 행동으로 나타내 보일 뿐이다. 참으로 아는 사람은 말의 수단을 통해서 남을 설득하려 하지 않고 오직 실행으로 남을 감화시키는 것이다.

결국 조광조의 참화도 지식인으로서의 다변에서 비롯되었으니, 그렇다면 조광조는 노자의 눈으로 보면 아는 자가 아니라 알지 못하는 부지자(不知者)가 아닐 것인가.

한 역사적 인물에 대한 이와 같은 상반된 평가는 조광조가 죽은 지 5백 년이 흐른 지금에도 계속 이어지고 있음이 아닐 것인가.

나는 천천히 강당을 나왔다.

하오에 접어든 5월의 햇살은 더욱 더 눈부셔서 밖으로 나오자 갓 빨은 옥양목처럼 온 천지에 널려 있었다. 더 이상 이곳에 머무를 필요가 없었으므로 나는 외삼문을 통해 서원 밖으로 나섰다.

이제 가야 할 곳은 한 곳뿐. 조광조의 무덤이었다.

주차장에 세워둔 승용차를 타고 무덤까지 갈까 하다가 나는 문득 서원의 기록을 떠올렸다. 서원의 기록에 의하면 '본원의 터는 용인현 서쪽으로 십리 쯤 되는 심곡의 선묘 아래 있는 묘좌유향이며, 선생의 묘소는 이곳에서 수백 보쯤 떨어져 있다. 혹자는 선생의 옛 집터'라 하였다.

기록대로라면 조광조의 묘소는 이곳에서 수백 보가 떨어진 가까운 곳에 위치하고 있는 것이다. 그렇다면 굳이 차를 타고 가지 않고 걸어가는 편이 빠를 것이다. 나는 즉시 홍삼문을 벗어나 걷기 시작하였다.

채마밭을 지나자 다시 옛길이 나타났다. 간신히 차 두세 대가 엇갈려 갈 수 있을 정도로 비좁은 도로였다. 도로 옆에는 아직 개발되지 않은 한옥들이 자리잡고 있었고, 허름한 상점들이 쉴새없이 오가는 작업 차에서 풍기는 먼지를 뒤집어쓰고 구부정하게 허리를 굽히고 있었다. 나는 상점에 들러서 말린 건어물과 소주 한 병을 사들었다. 지난겨울 능주로 갔을 때 향을 피운 분향만을 했던 것에 대한 아쉬움이 남아 있었기 때문이었다.

상점 주인에게 조광조의 무덤이 있는 위치를 묻자 그는 턱으로 가리키며 말하였다.

"언덕길을 내려가시면 큰 도로 입구 변에 있을 것입니다. 잠깐이면 됩니다."

비닐봉지에 물건을 싸들고 나는 다시 밖으로 나왔다.

거리 곳곳에는 현수막이 내걸려 있었다. 도로뿐만 아니라 야산의 나뭇가지 위에도 현수막이 걸려 있었다. 이곳의 땅이 수원으로 편입되는 것을 반대한다는 페인트로 조잡하게 쓰여진 글씨였다. 한결같이 붉은 페인트였으므로 얼핏 보면 붉은 피로 쓰여진 혈서처럼 보이고 있었다.

나는 담배를 피워 물었다. 휘파람이라도 불고 싶은 가벼운 마음이었으나 마음과는 달리 발걸음은 무거웠다. 그것은 조광조에 대한 이러한 상반된 평가 때문이었다. 나는 지난 6개월 동안 조광조에 대한 추적을 계속해왔다. 그럼에도 불구하고 나는 여전히 조광조의 실체를 정확히 파악할 수 없었던 것이다.

조광조.

과연 그는 누구인가.

영웅인가, 역적인가. 아는 자인가, 모르는 자인가. '하늘의 도'와 '제왕의 법'을 알았던 성현인가, 나라를 어지럽힌 괴수인가. 지식인가, 지성인인가. 도덕주의자인가, 위선자인가. 개혁적인 정치가인가, 과격한 극단주의자인가. 현실적인 인물이었던가, 이상적인 몽상가였던가. 오늘을 사는 우리가 본받아야 할 인물인가, 아니면 본받지 않아야 할 인물인가.

그 순간 나는 한짝은 검고 한짝은 흰 태사혜의 신발을 마지막으로 선물하였던 갖바치의 참위를 헤아릴 수 있을 것 같았다.

그렇다.

조광조는 여전히 한짝은 검고, 한짝은 흰 가죽신을 신고 있는 것이다. 5백 년이 흐른 세월 뒤에도 그는 여전히 짝짝이의 신발을 신고 있는 것이다. 그렇다면 조광조는 검은 사람인가, 아니면 흰 사람인가. 오늘날 우리들 중 자신이 검은 신을 신고 있다고 생각하고 있는 사람들은 조광조 역시 검은 신을 신었다고 할 것이다. 스스로를 진보주의자로 생각하고 있는 사람들은 조광조 역시 진보주의자로 생각하고 있을 것이며, 스스로를 보수주의자로 생각하고 있는 사람은 조광조를 과격한 극단주의자로 폄하하고 있을 것이다. 이렇듯 자신의 이념이나 이기주의에 의해서 조광조는 아직도 상반된 평가를 받고 있는 것이다. 그리하여 여전히 한밤의 숙청극은 계속되고 있다. 아직도 권력의 신무문에서는 쿠데타가 이루어지고 있으며 끊임없이 정적에게 사약이 내려지고 있는 것이다.

그 모든 것이 백성을 위한다는 미명하에 이루어지고 있지만 실은 권력을 장악하려는 추악한 욕망에서 비롯된 것이다. 그 어디에도 백성은 존재하지 않는 것이다.

그 순간 내 머릿속으로 몽골제국의 초기공신이었던 야율초재(耶律楚材)가 떠올랐다. 역사상 가장 강력하였던 몽골제국의 세조 쿠빌라이의 뛰어난 정치고문가였던 야율초재는 때문에 인류사상 최고의 정치가로 손꼽히고 있다. 그는 요나라의 왕족 출신으로 대대로 금나라를 섬겼으나 몽고군이 요나라를 점령하자 칭기즈칸에게 항복한 인물로 군정과 민정을 분리하여 군관이 민중을 지배하지 못하게 하고 세제를 정비하여 제국의 경제적 기초를 확립하였던 대정치가였던 것이다.

야율초재는 연경이 몽고군의 손에 들어갔을 때 포로가 되었으나 그의 명성을 들어왔던 칭기즈칸이 간곡히 불러 등용했던 사람이었다. 천성이 현명하고 충직하여 직언을 서슴지 않았고, 권세와 이익에 굴하지 않았다.

아버지 칭기즈칸과 오고다이칸 2대에 걸쳐 재상으로 봉직하였는데, 오고다이칸은 아버지의 뒤를 이어 제위에 오르자 야율초재에게 물었다.

"나는 아버지가 이룩한 대제국을 개혁하려 한다. 좋은 방법이 있으면 말해보라."

이에 야율초재가 대답했다.

"한 가지 이로운 일을 시작하는 것은 한 가지의 해로운 일을 제거하는 것만 같지 못하고, 한 가지 일을 만들어내는 것은 한 가지 일을 줄이지 못하는 것만 같지 못합니다."

야율초재는 진정으로 백성을 위한 개혁이라면 새로운 사업이나 제도를 시작하여 백성을 번거롭게 만드는 것보다는 원래 있던 일 가운데서 해로운 일, 필요 없는 일을 제거하는 것이 훨씬 백성들을 위하는 일이라는 결론을 피력하였던 것이다. 여기에서 그 유명한 '한 가지 이로운 일을 시작함은 한 가지의 해로운 일을 제거함만 못하다.(興一利不若除一害)' 는 정치철학이 탄생된 것이었다. 이는 한 마디로 야율초재의 정치관을 나타내는 말로 조광조가 시행하였던 정치개혁과 반대되는 이론이었던 것이다.

조광조는 썩어빠진 정치를 개혁하기 위해서 끊임없이 새로운 제도를 창출해내었고, 이를 강력하게 추진해 나갔다. 그러나 대정치가 야율초재의 개혁 방법은 무엇을 하기 위한 개혁이 아니라 무엇을 하지 않는 무위의 개혁이었으며, 이와는 반대로 조광조의 개혁은 끊임없이 일을 만들고 새로운 방법을 창안해내는 방법이었던 것이다.

그렇다면 조광조는 정치를 유교의 학문과 일체시하였던 아마추어 정치가였는지 모른다. 이러한 아마추어리즘이 조광조를 실패한 정치가로 전략시킨 중요한 이유가 아니었을까.

조광조의 무덤 위치를 가르쳐준 상점 주인의 말은 정확하였다. 언덕길을 내려가자 곧바로 왕복 6차선의 간선도로가 나타났다. 심곡서원으로 가기 위해 잠시 접어들었던 샛길은 여기에서 끝이 나고 다시 수원으로 가는 준 고속도로의 43번 국도가 합류되는 모양이었다. 그 합류되는 지점에 이정표가 서 있었다.

"문정공 조광조선생묘 및 신도비"

아슬아슬한 교차점에 위치하고 있었으므로 차를 타고 왔으면 자 칫 그대로 지나칠 수밖에 없을 만큼 짧은 경계구역이었다. 원래는 개천이 흘러내리던 곳이었는지 임시로 작은 다리가 놓여 있었고, 그 다리를 건너자 입구에는 다음과 같은 철제 간판문이 세워져 있 었다.

이곳은 조선 중기 사림의 중심인물로 정치개혁을 주도한 조광 조의 묘이다. 조광조는 성리학연구에 힘써 김종직의 학통을 이 은 사림파의 영수로 인정받고 있다. 조광조는 중종 5년, 생원진 사시에 합격, 성균관에 들어가 공부하였다. 중종반정 이후 훈구 파의 권력독점으로 사회갈등이 심화되고 있어 정치적 개혁이 요 구되고 있던 상황에서 중종의 두터운 신임을 얻은 조광조는 왕 도정치의 실현을 역설하면서 급진적인 개혁을 단행하였다. 그의 개혁정치는 고려시대 때부터 내려오는 조선시대 때의 풍습과 사 상을 유교적으로 바꾸어 놓으려는 것이었다. 그러나 훈구파의 강력한 반발로 새로운 정치질서를 이루려던 계획은 실패하고 탄 핵을 받은 뒤 유배되었다가 죽임을 당하였다. 그 뒤 선조 초에 신원되어 영의정에 추종되고, 문묘에 제향되었다. 선조 38년에 는 그의 묘소 아래에 있는 심곡서원에 봉안되었다. 이율곡은 김 굉필, 정여창, 이언적 등과 함께 조광조를 동방사현이라 불렀다. 조광조의 묘역은 선조 때 만들어져 현재까지 원형 그대로 잘 보 존되어 있다……

조광조를 동방사현이라고 불렀던 이율곡은 평생 조광조를 존경하여 자신이 세운 은병정사 내의 주자사(朱子祠)에 조광조의 석상을 세워놓았을 정도였다. 그는 또한 조광조의 묘지명을 직접 썼으며 그 묘지명에서 이율곡은 '저 울창한 용인 땅 산 서리고, 물굽이 긴대, 빛나는 그 덕업 영원토록 잊지 못하리'라는 감탄사로 조광조를 기리고 있는 것이다.

그뿐인가.

선조 원년에는 당시 백인걸을 비롯하여 태학생 홍인헌 등은 조광조를 문묘에 배향할 것을, 부제학이던 박대립은 관작을 증수하고 시호를 내릴 것을 주장했다. 그러자 선조는 경연에서 퇴계 이황에게 조광조의 학문과 행적에 관해 물었다. 이에 이황은 대답했다.

"그는 성품이 빼어났으며 일찍 학문에 뜻을 두어 집에서는 효도와 우애를 조정에서는 충직을 다하였으며, 동시 여러 사람과 협력하고 옳은 정치를 다하였습니다만 그를 둘러싼 젊은 사람들이 너무 과격하여 남곤, 심정 등을 모함하고 구신들을 물리치려함으로써 화를 입게 된 것입니다."

조광조에 대한 수많은 평가 중 우리나라가 낳은 세계적인 사상가인 이퇴계가 내린 조광조에 대한 평가야말로 단연 최고봉일 것이다. 이퇴계는 자신이 직접 「조광조 행장기(行狀記)」를 썼으며, 이 행장기에서도 이퇴계는 조광조의 실수를 안타까워하고 있다.

그러나 공의 뜻이 너무 속히 하고자 하는 데에 잘못됨을 면치 못하여 무릇 건의하고 시행하는 데 조급하게 굴어서 장황하고

276

과격하며 또는 나아가 젊고 이를 좋아하는 사람들과 어울려서 유행에 뜻이 맞아 함부로 날뛰는 자가 그 사이에 많이 끼어 있었고, 늙은 신하들이 새 시의(時議)에 배척당하여 이에 따라 공박을 당한 자의 원망이 골수에 사무치고 있었다.

그럼에도 불구하고 ⟨인퇴계⟩는 자신이 「조광조 행장기」를 짓는 이유를 '황(滉)이 스스로 생각하기를 비록 선생의 문하에 공경히 배우지는 못하였으나 선생으로부터 받은 것이 적지 않게 많은데, 이미 비명(碑銘)을 사양한 데다가 또 행장마저 짓지 않으면 더 어찌 정(情)이 지극하니 일(事)이 따른다고 하겠는가'라고 표현함으로써 자신이 조광조에게 학문적으로나 사상적으로나 지대한 영향을 받았음을 고백하고 있었던 것이다.

나는 천천히 조광조의 무덤 쪽으로 걸어갔다. 원래는 깊은 심산 유곡이었는데 산기슭까지 아파트 단지들이 건설되고 중턱으로는 고속도로가 건설되어 묘역은 야산으로 변해 있었다. 묘역으로 들어간 산자락에는 소나무와 잡목으로 이루어진 숲이 군락을 이루고 있었고, 그 나뭇가지에도 용인 땅의 수원편입을 결사반대한다는 붉은 페인트로 칠해진 현수막이 내어 걸려 있었다. 언덕으로 오르는 가장자리에는 거대한 표석이 세워져 있었다. 그곳에는 이러한 글씨가 새겨져 있었다.

漢陽趙公靜菴趙光祖先生墓域.

그 표식을 보자 나는 마침내 조광조의 무덤를 찾아왔다는 사실을 실감할 수 있었다.

프랑스의 시인 보들레르는「악의 꽃」에서 노래하였던가.

"이승은 짧다. 무덤은 기다린다. 무덤은 배고프다."

배고픈 무덤. 보들레르의 절창처럼 누군가 찾아오기만을 기다리는 배고픈 조광조의 무덤. 옛말에 무덤을 '백골청태(白骨靑苔)'라 하였다. 죽은 후 5백 년이 흘렀으므로 이미 흰 뼈와 푸른 이끼로만 남아서 예나 지금이나 여전히 난세를 살고 있는 우리를 기다리는 조광조의 무덤을 마침내 오늘 내가 찾아가고 있는 것이다.

무덤으로 오르는 오솔길 옆에 거대한 신도비가 우뚝 서 있었다. 신도비는 지난날 종2품 이상 벼슬아치의 무덤가에 세워진 석비였다.

이 신도비가 세워진 것은 선조 18년(1585년)으로 조광조의 사후 66년이 흐른 뒤였다.

어명을 받고 비문을 지은 사람은 노수신(盧守愼)이고, 비문을 쓴 사람은 이산해였다. 노수신은 당대 최고의 성리학자로 영의정에 이르렀던 대학자였는데, 어명으로 자신이 신도비명을 짓게 된 이유를 비문 서두에 기록하고 있다.


융경(隆慶) 무진년(戊辰年)은 지금 임금(선조)의 원년이다. 정암선생에게 영의정을 추증하시고 다음 해에 시호를 도덕이 있고, 견문이 넓으며, 정도로써 사람들을 복종시킨다는 뜻으로 문정(文正)이라고 내리셨다. 이윽고 어명으로 그의 행동을 기록하게 하시고, 서원과 사우를 세울 것을 허락하셨다. 이는 천심을 나타내고 사람의 도리를 붙잡아 혁혁하게 사람의 이목에 비춰진 것이었으니 이 때문에 한 나라의 선비된 자들이 안심하게 되었다. 그 뒤 11년 만에 진신포의(縉紳布衣)들이 모두 그 묘도(墓道)에 비각이 없다 하여서 모두들 나에게 와서 비명을 부탁하였다……。

서문에 나오는 '진신포의' 중에서 진신은 옛날 벼슬하는 자가 홀(笏)을 꽂고 신(神)을 드리웠기 때문에 관복을 입는 말이며, 포의는 베로 지은 옷으로 미천한 사람을 가리키는 말인 것이다. 그러므로 여기서는 벼슬한 사람, 안 한 사람 할 것 없이 모두 신도비를 세울 것을 원하였다는 뜻을 내포하고 있음인 것이다.

신도비에 새겨진 비문은 석비의 앞뒤를 빼곡히 채우고 있었다. 조광조의 생애를 비롯하여 그의 업적과 행장을 남김없이 기록하고 있는 비명은 다음과 같은 찬사로 끝맺음하고 있다.

오는 이와 가는 이가 끊임없이 이어지고 망하지도 아니하고 어기지도 아니하며, 뒤에도 계시옵고 앞에서도 계시도다.

역대의 임금들이 은혜를 베푸시어 사방의 모든 선비 보호하고 호위하니 아직까지도 전한 것이 있도다.

공(功)은 비록 두어 해를 깊이깊이 닦았으나 은택(恩澤)은 백성에게 흘러서 내려가도다.

온전함을 더욱 밝게 볼 수 있어 잘 모르는 그들에겐 내 이렇게 고하노니, 두려워하지 말며 의심도 하지 말고, 어진 이와 현명한 이를 반드시 믿어주오.

아아! 슬프도다! 성공하며 패하는 건 하느님께 맡겨두리.

신도비.

무덤으로 가는 길목에 세워 죽은 이의 사적(事跡)을 기리는 비석. 대개 무덤의 남쪽을 향해서 세우는데, 여기서 신도란 말은 죽은 사람의 묘로(墓路), 곧 신령의 길이란 뜻인 것이다. 그렇다면 이 오솔길은 조광조의 신령과 만나러 가는 유일한 신도(神道)일 것인가.

그러나 과연 그러한가.

신도비명을 더듬어 확인하던 나는 한 구절에서 손이 멈췄다.


　오는 이와 가는 이가 끊임없이 이어지고 망하지도 아니하고 어기지도 아니하며, 뒤에도 계시옵고 앞에서도 계시도다.(有來有歸不亡不違在後在前)


과연 그러한가.

조광조의 영령을 찾아가는 신도에는 5백 년이 지난 지금에도 오는 이와 가는 이가 끊임이 없이 이어지고 있는가. 21세기를 살아가는 오늘날에도 여전히 신진사림파와 훈구파의 정치적 공방은 계속되고 있지 아니한가. 어차피 권력의 다툼은 힘을 가진 구세력과 그것을 빼앗으려는 신세력의 신구갈등에서부터 비롯되는 것. 구세력은 자신을 보수라 하고 신세력은 자신을 진보라 일컫는다. 그러나 어차피 진보를 표방하는 신세력도 언젠가는 스스로 청산해야 할 낡은 구세력으로 전락해가는 것이니, 조광조가 살았던 16세기보다도 더 심각한 국론분열을 일으키고 있는 오늘날에도 조광조는 여전히 뒤에도 계시옵고 앞에서 계시옵는가.

그러나 아니었다.

조광조의 무덤으로 올라가는 길은 깎아지른 낭떠러지였다. 조광조의 비극적인 운명을 암시하듯 조광조는 살아서도 절벽의 생애였고, 죽어서도 단애(斷崖)의 운명이었다. 따라서 조광조의 무덤은 끊겨서 더 이상 올 수도 없고 갈 수도 없는 차안의 언덕인 것이다.

연보에 의하면 1520년 봄, 조광조의 시신을 심곡리의 언덕에 반장(返葬)하였을 때 다음과 같은 일이 일어났다고 전해오고 있다.

소달구지로써 용인으로 관을 옮겨와서 장례를 마치고 나니 흰 무지개가 해를 둘렀는데, 동쪽 서쪽으로는 세 번 두르고, 남쪽과 북쪽으로는 각각 한 번씩 둘러섰고, 남북쪽에 둘레 밖으로 두 줄기의 무지개가 띠를 둘러놓은 듯이 하늘에 닿을 것 같았다……

그러나 쌍무지개가 떴던 무덤 주위로는 홍예(虹蜺)대신 고층 아파트들이 하늘에 닿을 것 같이 띠를 두르고 서 있었고, 깎아내린 산기슭에는 도시와 도시를 잇는 간선도로가 개통되어 수많은 차량들이 굉음을 내며 달려가고 있을 뿐이었다. 분명히 심곡리의 언덕이라고 표기된 기록과는 달리 조광조의 무덤은 급격한 경사를 이룬 비탈길에 마치 낭떠러지 위에 세운 제비집처럼 아슬아슬하게 버티고 있었다.

길 양옆에 무덤들이 보였다. 이곳 어딘가에 조광조의 선친이었던 조원강의 무덤도 있을 것이고, 조광조의 차남이었던 용(容)의 무덤도 있을 것이다. 조광조에게는 두 명의 아들이 있었는데, 장남 정

(定)은 일찍 죽었고, 둘째 아들 용은 판관으로 있어 훗날 이퇴계에게 사람을 보내어 비명을 써달라고 간곡히 부탁하였다는 것이 행장기에 나와 있는 것을 보면 이곳 일대가 조광조의 선영이었던 것이 분명하다. 조광조의 부인이었던 한산 이씨는 비교적 오래 살아 조광조가 죽은 지 38년 후에 이곳에 묻혀 장사를 치른 후 다시 조광조와 합장되었다. 그러나 수백 년의 세월이 흘러 비석도 없어져버리고 묘비도 사라져버려 누구의 것인지 알 수 없는 황폐한 무덤들만 곳곳에 산재해 있을 뿐이었다.

나는 가파른 비탈길을 빠르게 올랐다. 짧은 거리였지만 급경사였으므로 숨이 턱까지 차오르고 있었다.

무덤 바로 앞에는 묘표(墓表)가 서 있었다. 죽은 사람의 이름과 생몰연월일 등을 새겨 무덤 앞에 세운 푯돌은 당대 문장가였던 이산해의 솜씨였다. 이산해는 작은아버지 이지함에게 글을 배웠으며, 지함은 평생 마포 강변의 흙담 움막집에서 청빈하게 지내 토정(土亭)이라 불리웠던 조선시대의 기인으로『토정비결』의 저자로도 유명한 사람이었다.

훗날 이율곡으로부터 '진귀한 새, 괴이한 돌, 이상한 풀' 이라는 평가를 받았던 기인. 이지함처럼 이산해도 괴팍한 성격을 가진 사람이었으나 평생 조광조를 사숙하여 신도비도 함께 쓴 당대 최고의 문장가였다.

이산해는 묘포에서 이렇게 조광조의 죽음을 슬퍼하고 있다.

"오호라 묘비로도 진실로 선생의 경중을 나타내기에 부족한데 하물며 다시 여기에 무엇을 기대할 것이 있겠는가."

조광조의 무덤은 두 개의 석인과 한 쌍의 망주석(望柱石)이 보호하고 있었다. 봉분은 잘 보존되어 있었고, 무덤 위에 자란 풀들도 가지런히 깎여 있다. 이름모를 야생화들이 풀 사이에 피어 있었고, 한 떼의 나비들이 이리저리 날아다니고 있었다.

나는 들고 온 비닐봉지 속에서 소주병과 건어물을 꺼내어 상석 위에 내려놓았다. 마개를 따고 종이컵 위에 술을 한 잔 부은 다음 나는 무릎을 꿇고 조광조의 무덤을 향해 삼배를 올렸다. 상석 위에는 누군지 꺾어 묶은 한 다발의 들꽃이 놓여 있었다.

배를 올리고 나서 나는 종이컵 속에 든 술을 봉분 주위를 돌아가며 무덤 위에 뿌리기 시작하였다.

생전에 조광조는 주색에 엄격하여 절제를 잃지 않았다고 한다. 20세도 되지 않았던 젊은 시절 한 여인이 추파를 보내어 머리 비녀를 보내오자 이를 여인숙의 벽에 걸어놓고 온 것은 유명한 일화였지만 실제로도 조광조는 평생 첩을 두지 않고 일부일처로만 지냈다. 이는 당시로서는 드문 예에 속하고 있다. 그러나 그렇다고 무조건 여자를 멀리하던 율법주의자는 아니었다. 기록에 의하면 중종 13년 5월. 왕에게 다음과 같이 아뢰고 있다고 전하고 있다.

"남녀가 적합하게 서로 만나서 정도를 잃지 않는다면 이는 도심(道心)이지 사사로운 욕정이 아니며, 또한 도에 지나치게 거절한다면 이 또한 사람의 정이 아닌 것입니다."

이는 술에서도 마찬가지였다. 술을 못하는 편은 아니었지만 술로 인한 동료들의 실수를 자주 보고는 철저하게 절주를 실천하였다고 기록은 전하고 있다.

그러나 그러한 조광조도.

나는 술을 무덤의 주위에 뿌리면서 생각하였다.

막상 의금부에 의해서 한밤중에 체포되자 엉망으로 만취하였던 것이다. 자신을 심문하던 이장곤에게 '이 못난 놈아, 이 용가야' 하고 술주정하였으며, 주위의 만류를 뿌리치고 자신이 답변한 공초에 서명하기를 거부하였던 것이다. 아마도 그날이 조광조가 일생일대에 만취한 처음이자 마지막 날이었으니.

나는 빈 잔에 술을 따라 혼자서 벌컥벌컥 들이키기 시작하였다.

혼자서 마시는 낮술이 금세 취기를 불러일으켰다.

남은 술을 종이컵에 다시 따르자 술병이 바닥났다. 술잔을 들고 나는 무덤 앞에 앉아서 주위를 살펴보았다. 산이 높고 계곡이 깊어 심곡이라 불렸던 산골은 그러나 이제는 화류항(花柳巷)으로 변해 있었다. 5백 년의 세월이 흐르는 동안 조광조가 낳은 아들과 그 아들이 낳은 아들과 또 그 아들의 아들들이 죽고 또 태어난 천년의 세월을 통해 이곳까지 파도가 밀려들어와 조광조의 무덤을 무인도로 만들고 있는 것이다. 인적은 끊기고 조광조는 완전히 잊혀진 인물로 낭떠러지 위에 세워진 제비집처럼 간신히 명맥만 유지하고 있을 뿐이다.

이제 조광조는 없다.

노수신은 신도비에서 조광조를 '오는 이와 가는 이가 끊임없이 이어지고, 망하지도 아니하고, 어기지도 아니하고, 뒤에도 계시옵고 앞에서도 계시도다' 라고 노래하였지만 이제 조광조는 앞에도 없고 뒤에도 없다. 찾아오는 이도 없고 가는 이도 없다. 조광조는 이제 과거에도 없고 미래에도 없는 것이다.

한 잔의 낮술이 내 마음을 감상적으로 만들었을까. 나는 거대한 아파트들과 도로 위를 쏜살같이 달려가는 차량들의 행렬을 우울한 마음으로 바라보았다. 문득 서원 강당 위 천장에서 보았던 이재(李縡)의 시 한 수가 떠올랐다. 이재는 조선 중기의 문신으로 사화 때 관직을 사퇴하고 성리학 연구에 몰두하였던 대학자였는데, 문외출송(門外黜送)할 때 심곡서원을 방문하고 다음과 같은 시를 짓는다.

> 선생의 위대한 모습을 뵙지는 못했으나
> 하늘과 땅 같은 천리(天理)의 마음은 알 수가 있겠도다
> 가련하도다 심어두신 수택의 나무들이
> 윗가지는 솟았지만 아래는 그늘이 없네.

이재는 서원을 방문했을 때 조광조가 직접 심은 나무들을 바라보며 그렇게 노래하였던 것이다. 조광조가 심은 나무들은 지금도 여전히 살아남아 무성히 자라고 있다. 그러나 조광조가 심은 손때 묻은 나무가 아직도 무성히 자라고 있다 하더라도 그 아래는 이재의 노래처럼 그늘이 없지 아니한가.

그늘이 없는 나무, 조광조야말로 그늘이 없는 나무(無影木)인 것이다. 역사적으로는 분명히 살아 있는 존재임에도 불구하고 조광조의 그림자는 그 어디에서도 찾을 수가 없는 것이다

그뿐인가. 역시 조선후기의 문신이었던 성영우(成永愚)도 서원을 방문하고 이렇게 한탄하고 있지 아니한가.

찾아온 손님들은 저문 날을 근심하고
문밖의 정가(政街)에는 갈림길이 많구나.
客來愁日暮
門外政多岐


술 취한 내 가슴속으로 성영우의 시구가 비수가 되어 내리꽂혔다.

그렇다.

날은 저물어가고 있다. 계절의 여왕인 5월의 찬란한 햇살이 눈부시게 빛나고 있지만 저물어가는 저 문밖의 정가에는 갈림길이 많기도 하지 않은가. 도대체 이렇게 많은 갈림길이 일찍이 정가에 존재하였던가.

일찍이 공자는 『중용(中庸)』에서 말하였다.

"군자의 길은 예컨대 먼데로 가려면 반드시 가까운 곳에서부터 시작하고 높은 데로 올라가려면 반드시 낮은 곳에서 시작하는 바와 같느니라."

그러나 먼 곳을 가는 길도, 가까운 곳으로 가는 길도, 높은 데로 올라가는 길도, 낮은 곳으로 가는 길도 이제는 보이지 않는다. 보이는 곳은 천 갈래로 만 갈래로 찢어진 갈림길뿐, 갈림길이 많이 있다는 것은 가야 할 올바른 방향을 그만큼 찾기 힘들다는 뜻이 아닐 것인가.

다기망양(多岐亡羊).

'여러 갈래 길에 이르러 양을 잃었다'는 뜻으로 달아난 양을 찾으려는데 길이 여러 갈래로 갈라져 있는 바람에 정작 양은 놓치고 말

286

았다는 얘기다. 이는 열자(列子)의 「설부(說符)편」에 나오는 고사로 그 유래가 있다.

전국시대의 사상가로 양주(楊朱)가 있었다. 당시에는 천하의 혼란을 다스리기 위해 '모두가 서로 사랑하라(兼相愛)'를 부르 짖는 묵자(墨子)의 사상이 대유행을 보이고 있었다. 묵자는 '남을 사랑하기를 자기 자신을 사랑하듯 하라' 하면서 '겸상애'야말 로 '돌아가면서 서로를 이롭게 하는 교상리(交相利)'의 유일한 방법이라고 주장하고 있었는데, 이와는 달리 양주는 극단적인 개인주의, 혹은 이기주의를 표방하고 있었다.

양주의 개인주의는 '내 몸에 터럭 한 개를 가지고 세상을 구할 수 있다 하더라도 나는 터럭 하나도 뽑을 수 없다'고 말함으로써 묵적, 혹은 묵자의 겸애설(兼愛說)과 대비를 보여 '양주묵적'이 라고 통칭되던 바로 그 사람인 것이다.

어느 날 양주의 이웃집 양 한 마리가 달아났다. 그래서 그 집 사람은 물론 양주의 집 사람까지 동원되어 양을 찾으러 나서느 라고 안팎이 매우 분주하였다. 이 모습을 본 양주가 물었다.

"양 한 마리를 찾는다면서 왜 그리 많은 사람이 나서느냐."

그러자 하인이 대답하였다.

"예, 양이 달아난 쪽에는 갈림길이 많이 있기 때문입니다."

얼마 후 모두들 지쳐서 돌아왔는데, 양은 찾지 못했다고 했 다. 갈림길마다 사람들이 찾아 나섰지만 갈림길에 또 다른 갈림 길이 있어서 양이 어디로 달아났는지 통 알 수 없었기 때문이라고 했다.

　이 말을 들은 양주는 갑자기 우울해져서 하루 종일 말도 하지
않았다. 제자들이 그 까닭을 물어도 대답조차 없었다. 그래서 맹
손양(孟孫陽)이란 제자가 선배인 심도자(心都子)를 찾아가 앞서
있던 일을 말하고 스승인 양주가 입을 다문 이유를 물었다. 이에
심도자는 이렇게 대답하여 주었다.

　"그것은 선생님께서 이렇게 생각했기 때문이라네. 곧 '큰길에
갈림길이 많기 때문에 양을 잃어버리듯이 학문하는 사람들은 다
방면으로 배우기 때문에 본성을 잃는다. 학문이란 원래 근본이
하나인데, 그 말단에 와서 이와 같이 달라지고 만 것이다. 그러
므로 하나의 근본으로 돌아간다면 얻는 것도 잃는 것도 없다' 고
생각하시고는 현실이 그렇지 못함을 안타까워하면서 입을 다무
신 것이라네."

　여기서부터 '다기망양'은 학문의 길이 너무 여러 갈래로 나뉘어
서 다방면에 걸쳐 지나치거나 반대로 지역적인 것에 얽매이면 아무
것도 얻을 수 없다는 비유로 쓰이게 되었는데, 오늘날에도 선택할
대상이 너무 여러 가지가 있어, 어느 것을 택할지 곤혹스러운 경우
에도 이 말을 사용하고 있는 것이다.

　나는 찔끔찔끔 술을 마시면서 생각하였다.

　양주가 걱정하였던 대로 갈림길이 많기 때문에 양을 잃어버린 것
처럼 오늘날 문밖에는 갈림길이 많이 있어 정치가 실종되어버린 것
이 아닐까.

기독교에서 예수가 자신을 따르는 사람을 양이라 표현한 것처럼 양은 백성을 의미하는 비유일 것이다. 정치란 양을 편안히 하고 정치가는 양을 풀밭으로 이끄는 목자일 것이다.

양을 풀밭으로 이끄는 길이 정치의 근원이므로 이 길은 복잡하지 않고 오히려 단순할 것이다. 그러나 수많은 이데올로기와 정쟁과 편가르기에 의해서 정치의 길은 수많은 갈림길로 갈라져 있는 것이다. 따라서 오히려 이 수많은 갈림길 때문에 막상 우리가 찾아야할 잃어버린 양은 찾을 수가 없게 되는 것이다. 성영우의 탄식대로 오늘날 문밖 정가에는 갈림길이 많기도 하여 백성들은 저문 날을 근심하고 있는 것이 아닐까.

이 모든 것은 양들을 이끌어가는 지도자들의 사리사욕 때문에 비롯되었으니, 이 어리석은 지도자들을 우리는 정상배(政商輩)라고 부른다.

일찍이 공자는 군자에 대비되는 말로 소인을 이르러 다음과 같은 사람이라고 평하고 있다.

"소인은 편당을 짓고 두루 어울리지 않으며, 이해관계를 따지는 데 밝으며, 교만하며 태연하지 못하며, 언제나 걱정근심으로 지내며, 모든 잘못을 남의 탓으로 돌리는 사람이다."

결국 정치가 이처럼 갈림길이 많아 어지러운 것은 소인배들 무리 때문이 아닐 것인가.

나는 다시 찔끔찔끔 술을 마셨다. 애초에는 조광조의 무덤에 제사를 지내고 남은 술을 음복하기 위해 마시기 시작한 술이었으나 점심도 거른 공복에 마신 술이었기 때문이었을까, 만취한 느낌이었다.

그렇다면.

나는 소리를 내어 중얼거렸다.

지금은 태평성대인가. 아니면 난세인가. 당나라의 선승 조주(趙州)는 난세야말로 호시절이라 하였는데, 그렇다면 지금은 호시절인가, 아니면 비상시국인가.

아니다.

나는 머리를 흔들며 생각하였다.

지금이야말로 난세이며 춘추전국시대인 것이다. 비록 하나의 국호를 가지고 있으나 실은 수많은 갈림길로 나누어진 전국시대인 것이다.

원래는 천자가 천하의 종주로서 다스리던 나라였으나 이제는 천자가 제후들을 다스리는 능력을 잃게 되어 약육강식의 전쟁이 끊이지 않는 전국시대가 되어버린 것이다. 천자는 천자로서의 권능을 잃고 수많은 갈림길은 제후들과 대부들에 의해서 지배된다. 작은 나라들은 큰 나라에게 먹히거나 예속되고 있으며, 쉴새없는 공전(攻戰)으로 땅 빼앗기 놀이를 하고 있는 것이다. 그리하여 곳곳에서 왕들이 생겨나고 스스로를 제후라고 칭하는 신귀족들이 일어나고 있다. 세력을 넓히려는 패권주의에 의해서 서로 힘을 합쳐 어제의 적이 오늘의 동지가 되며, 어제의 변절자가 오늘의 애국자가 되어버린다. 제후는 왕을 꿈꾸며 왕은 천자를 꿈꾸고 있다. 모두들 천하통일을 꿈꾸며 진시왕이 되고 싶어하고 있다.

일찍이 공자가 태어난 것은 기원전 551년.

그 무렵 천하는 진(秦), 초(楚), 제(齊), 진(晉), 오(吳), 월(越), 노

(魯), 송(宋), 정(鄭), 위(魏)…… 등의 전국시대로 갈라져 있을 때였으니, 2천5백 년 전의 그때와 지금의 전국시대와 무엇이 다를 것인가.

공자는 말년에 난세를 두려워하며 역사책인 『춘추(春秋)』를 지었다. 맹자는 공자가 『춘추』를 지은 이유를 말하고 있다.

"세상에 도가 쇠미해지고, 사설(邪說)과 폭행이 생겨나며, 신하로서 자기 임금을 죽이는 자가 생기고 자식으로서 그 아비를 죽이는 자가 생겨나니, 공자는 두려워서 『춘추』를 지었다."

2천5백 년 전의 전국시대와 지금의 시대와 무엇이 다를 것인가. 세상에 도가 쇠미해지고 사설과 폭행이 생겨나고 부하가 상사를 죽이고 아들이 아비를 죽이는 자가 생겨나니, 공자의 전국시대와 전혀 다름이 없지 않은가.

사마천은 『사기』에서 이렇게 이르지 않았던가.

공자가 『춘추』를 지음에 있어서는 쓸 것은 쓰고 깎아낼 것은 깎아내었는데, 자하(子夏) 같은 제자들도 한마디도 더 보탤 여지가 없었다. 제자들에게 『춘추』를 전해주면서 공자는 '후세가 나를 알아주는 것도 『춘추』를 통해서일 것이고, 나를 죄주게 되는 것도 『춘추』를 통해서일 것이다'고 말씀하셨다.

쓸 것은 쓰고 깎아낼 것은 깎아내어 단 한 자도 가감할 수 없을 만큼 심혈을 기울였던 『춘추』. 여기에서 '공정한 태도로 준엄하게 역사를 비판하는 필법'인 공자의 춘추직필(春秋直筆)이란 말이 생겨났으니, 공자가 다시 태어난다면 이 전국시대를 어떠한 필법으로 기록할 것인가.

아니다.

나는 머리를 흔들면서 생각하였다. 공자는 반드시 살아나야 한다. 공자는 부활하여 이 시대에 다시 살아나 그 유명한 춘추필법으로 역사를 비판하고 이 전국시대를 주유하면서 왕도를 설파하여야 할 것이다.

이는 조광조의 시대에도 마찬가지가 아니었을까. 조광조도 자신이 살았던 당대를 극심한 가치관의 혼란으로 난세 중의 난세로 보았을 것이며, 따라서 공자가 다시 살아나 재림하는 것이 시대의 요청이라고 생각하였을 것이다. 어쩌면 조광조는 자신을 공자의 현신이라고 생각하였을지도 모른다.

순간 내 머릿속으로 조광조의 무덤 입구에 서 있는 안내문의 내용이 떠올랐다. 비교적 조광조의 업적을 정확하게 압축해놓은 안내문의 내용은 다음과 같았다.

"……중종의 두터운 신임을 얻은 조광조는 왕도정치의 실현을 역설하면서 급진적인 개혁을 단행하였다. 그의 개혁 중심에는 고려시대 때부터 내려오는 낡은 조선시대 때 풍습과 사상을 유교적으로 바꾸어 놓으려는 것이었다."

여기서 '왕도정치' 란 공자가 그토록 열국을 주유하면서 구현하기를 염원하였던 정치사상을 말하고 있는 것이다. 왕도정치란 '인과 덕을 바탕으로 백성들을 다스리는 정치사상' 을 말함인데, 맹자는 '왕도' 에 대비되는 정치사상으로 '패도(覇道)' 를 엄격히 구별하고 있다.

서양철학에 있어 소크라테스가 공자라면 플라톤과 같은 존재는 맹자였다. 맹자는 공자의 유가사상을 한층 더 발전시킨 것으로 유명한데, '왕도'와 '패도'의 차이를 이렇게 설명하고 있는 것이다.

"무력으로써 인을 대신하는 것이 패도이고, 덕으로써 인을 행하는 것은 왕도이다. 무력으로 남을 복종시키는 것은 마음으로써 복종케 하는 것이 아니며, 힘이 모자라 그렇게 되는 것이며, 덕으로써 남을 복종시키는 것은 마음속으로 기뻐하며 진심으로 복종케 하는 것이다."

왕도를 유가정치의 이상으로 삼았던 공자와는 달리 힘으로써 백성을 지배하는 패도 역시 중요한 정치수단으로 보았던 맹자는 그러므로 이상주의적인 공자와는 달리 현실적 정치관을 가졌던 사상가라고 볼 수 있는 것이다.

그러나 조광조는 안내문에서 엿볼 수 있듯이 '왕도정치의 실현'을 역설하였던 공자의 화신(化神)이었다.

조광조의 왕도정치는 안내문에 나와 있는 대로 '고려시대 때부터 내려오는 조선시대의 낡은 풍습과 사상을 유교식으로 바꾸어놓으려는 것'이었다.

공자의 사상은 시황제의 '분서갱유(焚書坑儒)' 정책으로 자취를 감추었다가 한나라의 무제(BC 140~87년 재위) 때에 오경박사가 갖추어지면서 유학으로 정립되어 2천 년의 중국역사를 통해서 중국정치의 기본원리와 사회윤리의 발판을 이루는 학문으로 발전되어 나가게 되는 것이다. 그 후 수나라와 당나라를 거칠 때에는 불교의 융성으로 유학은 자연 쇠퇴해가고 있었는데, 이는 중국의 영향을 받은 삼국시대와 통일신라시대, 그리고 고려시대 때까지 우리나라에서도 계속되었던 것이었다.

유교가 다시 부흥하기 시작한 것은 주자(朱子, 1130~1200)에 의해서인데, 그런 의미에서 주자는 유교의 중시조라고 불리울만 할 것이다. 후대의 평가와는 달리 당대에는 위학(僞學)이라 하여서 크게 박해를 받았던 주자의 성리학은 송나라 멸망 후 원대에 이르러 관학으로 채택되고 과거의 교재로 사용되면서 크게 번성하기 시작하였다.

주자는 공자가 말하였던 '옛날의 학자는 자기를 위해서 공부했지만 요즘의 학자는 다른 사람에게 내보이기 위해서 공부한다.(古文學者爲己今之學者爲人)'라는 구절에서 자기 자신의 도덕적 함양을 위한 위기지학(爲己之學)과 다른 사람에게 내보이기 위한 위인지학(爲人之學) 사이에 분명한 선을 그었으며, 이것을 타파하는 길이야말로 진정한 학문의 길임을 역설하였던 것이다. 이것이 주자의 핵심철학으로, 이는 위대한 철인 소크라테스가 살았던 그리스시대에 대유행을 보이던 소피스트, 즉 궤변주의에 대해 '너 자신을 알아라'고 질타하였던 소크라테스의 육성을 연상시키는 사자후인 것이다.

소피스트들은 궤변적 변론술로 '비논리적인 것을 논리적인 진실처럼 보이게 하는 일종의 기만술'이었다. 주자가 살았을 당시에도 지식인들은 진정한 깨우침을 위한 노력은 전혀 하지 않고, 궤변술을 통해 명성만을 추구하고 있었던 것이었다. 이를 주자는 꾸짖고 있다.

"오늘도 경전을 토론하는 사람들에게는 네 가지의 병폐가 있다.

그 하나는 본디 저속한 것을 끌어 올려서 숭고하게 만들고, 본디 비천한 것을 끝까지 캐물어서 심오하게 만들고, 본디 비근한 것을 이끌어서 고원하게 만들고, 본디 명확한 것을 굳이 희미하게 만든다."

유학이 주자에 의해서 중흥된 것은 원나라라는 이민족의 침입 앞에 민족적 저항을 하지 않으면 안 되는 국가적 위기를 맞고 있었기 때문이었다. 이민족의 북방지배는 한족에 대한 정치적 위협인 동시에 문화적으로나 도덕적으로도 치명적이었던 것이었다. 또한 정부는 부패하고 부도덕하며, 당파싸움은 치열하며 많은 지식인들은 관직에 나가지 않았으며, 한족의 문화적 전통이었던 유학은 이미 천년이상 불교에게 그 자리를 빼앗고 있었던 것이다.

"오늘 이민족의 교의에 무릎을 꿇게 되면 한민족의 정신적 뿌리인 유학은 어떻게 되겠는가."

주자는 이러한 위기상황 속에서 유학의 도를 부흥시키기 위해 전 생애를 바쳤던 위대한 사상가였다. 이는 우리나라에서도 마찬가지였다.

고려 후기의 시대상황 역시 무신집권에 의한 정치적 불안, 불교의 부패와 무속의 성행, 몽고의 침탈 등으로 국내외적으로 위기가 가중되고 있었던 것이다.

이 무렵 고려 후기의 학자 안향(安珦)이 1289년 원나라를 왕래하여 주자서를 베껴오고, 공자와 주자의 화상을 그려 가지고 온 후 주자학은 본격적으로 우리나라에 수입되게 된 것이다. 그 후 성리학은 성균관의 유학자들에게 수용되어 새로운 학풍을 이루게 되었는데, 특히 정도전, 권근(權近) 같은 성리학자는 이성계를 도와 법전을 제정하고, 국시(國是)를 유교로 삼는 정치이념을 성립함으로써 활짝 꽃피게 되었던 것이었다.

특히 조광조가 살았던 당대는 중종이 알성시의 문제에서 말하였 듯 나라의 기강이 바로 서지도 못하고, 나라의 법도도 정해지지 않 는 난세 중의 난세였던 것이다.

세조는 어린 단종을 죽이고 정권을 찬탈하였으며, 중종 역시 신 하들의 반정에 의해서 물러난 연산군 대신 옹립되어 왕위에 오른 허수아비 왕이었던 것이다. 왕조의 건립 이래 두 번이나 신하가 임 금을 쫓아내고 죽이는 불충의 난이 일어난 무법천지였던 것이다.

따라서 조광조는 안내문에 나와 있던 대로 '고려시대 때부터 내 려오는 조선시대의 낡은 풍습과 사상을 유교식으로 바꾸어놓으려 는 개혁정치'를 펼치다가 '훈구파의 강력한 반발로 새로운 정치질 서를 이루려던 개혁은 실패하고 탄핵을 받아 유배되었다가 죽임을 당했던 것'이었다.

그리고 죽임을 당해 이곳에 묻혀 있는 것이다.

나는 아껴 마시던 술을 단숨에 들이켰다.

순간 내 머릿속으로 죽기 직전 마지막으로 양팽손에게 했던 조광 조의 유언이 떠올랐다.

조광조는 양팽손의 손을 잡고 '양공, 안녕히 계십시오. 신이 먼저 갑니다'라고 위로 한 후 다음과 같이 말하였다고 야사는 전하고 있 지 아니한가.

"부탁이 있소이다. 양공, 나 죽은 후에 반드시 걸망 속에 들어 있는 태사혜를 신겨주시오. 내 두 발에 신발을 신긴 채 매장시켜

주시오."

　조광조가 남긴 수수께끼의 유언은 그대로 지켜졌을 것이다. 양팽 손은 손수레에 조광조의 시신을 실어 자신의 고향인 쌍봉계곡에 가 매장하였으며, 이때 가죽으로 만든 태사혜를 조광조의 두 발에 신 겨주었을 것이다. 이듬해 봄 조광조의 시신이 이곳으로 반장될 때 에도 조광조의 시신은 아직 썩지 아니하고 그대로 남아 있었을 것 이고, 또한 그 짝짝이의 가죽신도 남아 있었을 것이다. 그러나 그 5 백 년이 흐르는 동안 무덤 속 조광조의 백골도 진토되어 아무것도 남아 있지 않을 것이니, 하물며 그 가죽신이야 일러 무엇하겠는가. 그러나 조광조의 육신이 썩어 진토가 되었을지언정 갖바치가 남기 고 간 참위만큼은 여전히 수수께끼로 남아 있으니.

　"천년 세월도 검은 신을 희게 하지는 못하는 구나."

　수수께끼의 갖바치가 직접 만든 가죽신과 더불어 받쳐 올린 조광 조의 운명을 암시하는 수수께끼의 참언. 이 참언의 비밀은 5백 년의 세월이 흐른 뒤에도 여전히 풀리지 않고 있는 것이다. 5백 년의 세 월이 흐른 지금에도 여전히 한짝은 검고, 한짝은 흰 짝짝이의 가죽 신을 족쇄처럼 신고 있는 조광조.

　그때였다.

　문득 내 머릿속으로 등소평의 목소리가 천둥소리가 되어 들려왔 다. 죽의 장막 중국이 개방정책을 실시하려 하였을 때 위대한 개혁 가 등소평은 이렇게 말하였다.

　"흰 고양이든 검은 고양이든 어느 고양이든 상관없다. 쥐를 잘 잡 는 고양이야말로 좋은 고양이인 것이다."

중국이 정부 주도 체제에서 시장경제체제로 바뀔 무렵 등소평은 '부유할 수 있는 사람부터 먼저 부유해져라' 라는 선부론(先富論)을 주창한 후 '공산주의든 자본주의든 간에 돈을 잘 벌 수 있는 체제가 좋은 체제인 것이다' 라는 뜻으로 그 유명한 '흑묘백묘론(黑猫白猫論)' 을 슬로건으로 내세운 것이다.

　　등소평의 개혁정신에 의해서 중국의 개방은 급속도로 진전된다. 그 어떤 이념이나 그 어떤 이데올로기에 구애되는 것은 마치 고양이의 색깔을 구분 짓는 무의미한 일이다. 오직 필요한 것은 고양이의 빛깔이 아니라 쥐를 잘 잡느냐 못 잡느냐의 실용주의인 것이다.

　　그렇다면 조광조는 어떠한가.

　　개혁가 조광조는 여전히 죽은 지 5백 년의 세월이 흘렀음에도 한 짝은 검은 신을, 한짝은 흰 신을 신고 있지 아니한가. 오늘을 사는 우리들은 자신의 이념에 의해 조광조가 검은 신을 신은 검은 사람이라고 단정짓는가 하면 조광조가 흰 신을 신은 흰 사람이라고 평가하고 있지 않은가.

　　분명히 말해서 흰 빛깔과 검은 빛깔은 쥐를 잘 잡는 고양이와는 전혀 상관이 없고, 흰 가죽신과 검은 가죽신은 조광조와 전혀 상관없음에도 불구하고 우리는 여전히 조광조의 짝짝이 신발, 그 빛깔만을 문제 삼고 있지 않은가.

　　1999년 말 「뉴스위크」는 20세기가 낳은 유명한 어록을 소개하고 있다. 1925년 히틀러가 『나의 투쟁』에서 '대중은 작은 거짓말보다 더 큰 거짓말에 더 쉽게 속아 넘어간다' 라고 한 말에서부터 1987년 레이건 미대통령이 고르바초프에게 '미스터 고르바초프, 이 벽(베

를린장벽)을 허물어버립시다'라고 한 말까지 소개한 이 어록 중에서 백미는 단연 1978년 등소평이 선언한 '흑묘백묘론'이었다. 원래 이 것은 등소평의 독창적인 이론은 아니었다. 원래 사천지방의 속담인 '흑묘황묘(黑猫黃猫)'에서 유래되었다. 이데올로기와 선입관에 구 속되지 않고 오직 경제발전의 결과만을 놓고 어떤 정책이나 제도의 옳고 그름을 판단하지 말자는 등소평의 실용주의 경제이론은 모택 동의 '잡초론(雜草論)'의 경제이론을 송두리째 뒤집어엎는 혁명적 인 발상이었던 것이다.

모택동은 '사회주의의 잡초를 심을지언정 자본주의의 싹을 키워 서는 안 된다.(寧要社會主義的草不要資本主義的苗)'라는 '잡초론' 으로 문화혁명을 일으켜 중국의 역사를 후퇴시켰으며, '등소평은 죽어도 회개할 줄 모르는 주자파의 대표적인 인물'이라고 비난하며 숙청하였던 것이다. 결국 등소평의 '고양이론'이 모택동의 '잡초 론'을 뒤집어엎은 이후 중국 도처에는 자본주의의 숲이 무성하게 자라고 있음이니.

나는 천천히 무덤가에서 일어서면서 생각하였다.

결국 조광조의 검은 신과 흰 신도 마찬가지가 아닐 것인가. 갖바 치의 참언은 '검은 신이든 흰 신이든 상관없다. 몸에 잘 맞아 편안 한 신발이면 좋은 신발인 것이다'라는 메시지를 오늘을 사는 우리 에게 전하고 있음이 아닐 것인가.

조광조가 신진사림파이든 대역죄인이든 과격주의자든 실패한 정 치가든 그것은 모두 신발의 빛깔에 불과한 것이다. 조광조는 안내 문에 나와 있던 대로 유교의 정신으로 왕도정치를 실현하려 하였던 개혁자였던 것이다.

이러한 조광조의 유교적 개혁정신은 「계심잠(戒心箴)」에서 여실히 드러나고 있다. 어느 날 중종은 어전회의에서 말하였다.

"내 항상 마음을 경계하고 싶으니 홍문관에서는 이에 합당한 글을 지어 올리도록 하라."

왕의 어명이 떨어졌으므로 소속 관원들이 모두 모여 머리를 짜내어 글을 올렸는데, 그 결과 채택된 것은 뜻밖에도 조광조의 글이었다.

'마음을 경계하는 글'인 「계심잠」에는 조광조의 도덕주의를 엿볼 수 있는 내용이 잘 표현되어 있는데, 조광조는 이로 인해 중종으로부터 털로 만든 이불까지 하사받는 것이다.

이 「계심잠」의 서문은 다음과 같다.

사람의 마음에는 욕심이 있으므로 그 마음의 본체의 영묘한 것이 잠겨져서 사사로운 정에 구속되었음은 능히 유통하지 못하여서 천리가 어두워지고 기운도 또한 막히어서 인륜이 폐해지고 천지만물이 생을 이루지 못하는 것입니다. 하물며 임금은 음란한 소리와 아름다운 맛의 유혹이 날로 앞에 모여들고 또한 권세의 높은 것으로 교만해지기가 쉽습니다. 성상께서 이를 염려하시고 두려워하여 신에게 명하여 마음을 경계하는 글을 지으라하시니 아아, 지극하십니다. 신이 감히 뜨거운 정성을 헤쳐 내어 만분의 일이나마 도움이 될 것을 바라나이다.

그리고 나서 조광조는 다음과 같이 말하고 있다.

굳세게 자기의 마음을 지켜 신명의 엄숙함을 본받도록 한다. 이렇게 하기를 바꾸지 말고 끊임없이 마음을 닦아라. 그리하면 마음의 밝음이 진실로 깨끗하고 그 흐름은 호호(浩浩)할 것이니라. 천하 모든 일에 발휘하면 탁연한 밝은 날이라. 마음속에 있는 의(義)는 모든 일에 나타나고 인(仁)은 모든 물건에 밝게 비칠 것이다. 아아, 이 마음을 항상 지니면 선과 악이 분별될 수 있을 것이다.

끝으로 조광조는 주장하고 있다.

그러므로 옛 성인이 가르쳐주고 또 그것을 그대로 행하는 것이 성인의 심법(心法)을 받아들이는 것이다.

조광조는 어디까지나 옛 성인, 즉 공자의 말씀을 받아들이고 공자가 가르친 대로 행하고, 공자의 심법을 받아들이는 것만이 '마음을 지켜나가는 법'임을 강조하고 있는 것이다. 여기에서 조광조의 개혁정신은 자명해지는 것이다. 조광조는 공자의 마음으로 정치를 개혁하려 하였던 것이다.

조광조는 자신을 공자의 현신으로 동일시함으로써 공자의 눈으로 세상을 보고, 공자의 입으로 말을 하고, 공자의 귀로 소리를 듣고, 공자의 마음으로 세상을 바꾸려 하였던 것이다. 조광조는 자신뿐 아니라 중종도 공자가 되어주기를 소망하였던 것이다.

나는 마지막으로 조광조의 무덤을 돌아보면서 생각하였다.

조광조의 발에 신겨진 검은 신과 흰 신. 천년의 세월도 검은 신을 희게 바꾸지는 못하는 가죽신은 바로 공자인 것이다.

나는 소리를 내어 중얼거렸다.

수수께끼의 참언은 이제야 그 비밀이 밝혀지는 것이다. 이제야 알겠으니 조광조는 우리나라가 낳은 가장 위대한 정치가인 것이다. 조광조는 비록 실패했지만 공자의 사상으로 낡은 정치를 개혁하려 하였던 선각자였던 것이다. 다른 성리학자들이 공자의 사상을 다만 학문적으로만 연구하고 발전시켰음에도 불구하고 조광조는 공자의 사상을 현실정치에 접목시키려고 애를 썼던 구도자였다. 격랑의 역사를 온몸으로 부딪쳐 유가의 도를 실현하려다 산화한 유교적 이차돈인 것이다. 따라서 조광조의 실패는 정치적 실패가 아니라 구도의 궁극(窮極)이였으니, 조광조야말로 순교자인 것이다.

나는 천천히 가파른 언덕길을 걸어 내려오기 시작하였다.

다시는 조광조의 무덤을 찾아오지 않을 것이다. 지난 6개월 동안 추적해왔던 조광조의 생애와는 이제 작별을 고할 때가 된 것이다. 이제 내 앞에는 새로운 길이 펼쳐져 있다. 그것은 조광조의 발자취를 좇아 5백 년 전의 과거에서 2천5백 년 전의 역사 속으로 타임머신을 타고 시간과 공간을 뛰어넘어 공자의 행적을 좇아가는 길일 것이다.

조광조가 신었던 짝짝이의 신발을 물려 신고 마치 조광조로부터 바통을 전해 받은 장거리주자처럼 계주를 이어가야 하는 것이다.

언덕을 내려와서 나는 마지막으로 다시 조광조의 무덤을 우러러보았다. 문득 조광조가 살아생전 지었던 한 수의 시조가 머릿속에서 떠올랐다.

> 길 건너 일편석이 강태공의 조대(釣臺)로다
> 문왕은 어디가고 빈 배만 남았는고
> 석양에 물차는 제비만 오락가락하더라.

조광조의 시처럼 언덕 위의 무덤은 빈 무덤으로만 남아 있을 뿐이었다. 석양의 물차는 제비만 오락가락하더라는 시구처럼 풀밭 위로는 어지러운 나비 떼들만 춤을 추며 오락가락하고 있을 뿐이었다.

조광조여, 안녕.

개천 위로 난 다리를 건너면서 나는 소리를 내어 중얼거렸다.

나는 조광조가 내게 준 한짝은 검고, 한짝은 흰, 짝짝이의 신발을 물려 신고 서둘러 차가 주차되어 있는 심곡서원을 향해 걷기 시작하였다. 어느덧 술은 완전히 깨어 있었다.